금
병
매
1

금병매 金瓶梅 1

초판 1쇄 발행 2022년 9월 30일

지 은 이   소소생(笑笑生)
옮 긴 이   강태권
펴 낸 이   한승수
펴 낸 곳   문예춘추사

편   집   이상실
마 케 팅   박건원, 김지윤
디 자 인   박소윤

등록번호   제300-1994-16
등록일자   1994년 1월 24일
주   소   서울특별시 마포구 동교로 27길 53, 309호
전   화   02 338 0084
팩   스   02 338 0087
메   일   moonchusa@naver.com

I S B N   978-89-7604-531-7 04820
            978-89-7604-530-0 (세트)

천하제일기서

金瓦每

완역

금병매

1

소소생笑笑生 지음 / 강태권 옮김

예춘추사

야하지 않은 사랑 이야기

『금병매』는 과연 야한 소설일까?

중국 문학에 관심이 있는 한국 사람이라면, '중국 시' 하면 이백이나 두보, 그리고 '소설' 하면 『삼국지』와 『수호지』 『서유기』 『금병매』를 서슴지 않고 거론한다. 어려서부터 유비·장비·조조·제갈량·송강·손오공·삼장법사·저팔계·반금련·서문경·무송·무대 등의 이름을 들었기에 비록 읽지는 않았더라도 상당히 친숙하게 느끼고 있는 것이다.

그러나 실제로 대학에서 소설을 전공하는 학생들 중에서도 네 작품을 다 읽은 학생은 극히 드물다. 특히 노골적인 성(性)의 묘사와 문란한 애정 행각의 대명사로 알려진 야한 소설 『금병매』는 그러한 선입관 때문에 사람들이 제대로 읽어보지도 않고 무시하는 경향이 있다. 예전부터 전해 내려온 이야기, 즉 서문경과 반금련이 펼치는 온갖 애정 행각이 너무 야해서 함부로 그런 것을 읽으면 안 된다는 어른들의 '말씀'에, 흥미와 호기심은 있으나 읽기를 포기한 경우가 많다는 것이다. 그런데 『금병매』는 과연 그런 소설일까? 단순히 '성'을 주제로 하고 그것만을 다룬 작품이라면 수많은 중국 소설 중에서 대표적인 작품으로 남을 수가 있을까? 그보다 더 야한 작품도 많은데 말이다.

『금병매』가 과연 어떠한 작품인가에 관해서는 처음 출현하였을 때부터 의견이 분분했다. 어떤 이는 당시의 세상일을 '질책'한 작품으로, 어떤 이는 '음서(淫書)' 또는 '음사(淫史)'로 평을 하였다. 그러나 우리에게 『아큐정전』으로 잘 알려진 루쉰(魯迅)은 명나라 때의 소설 가운데 인간의 세태를 가장 잘 표현한 '인정소설(人情小說)'이라고 평을 하였다.

이처럼 서로 다른 평가를 받고 있는 이 작품을 우리는 단순히 '성'을 다룬 작품으로만 여기고 있다. 그것은 이 작품이 엄격한 도덕률에 매여 있었던 조선 시대에 전래되어 내용의 음란성이 비판받았고 그 때문에 드러내놓고 읽을 수가 없었기 때문이다. 그렇지만 세월이 지나면 모든 평가가 달라지듯 최근에 이르러 이 작품에 대한 평가도 새로워지고 있다. 중국에서는 『홍루몽』을 전문으로 연구하는 '홍학(紅學)'과 『금병매』만을 전문으로 연구하는 '금학(金學)'이라는 것이 최근에 활발하게 자리 잡아가고 있다.

『수호지』를 읽어본 사람이 만약에 이 작품을 읽는다면, 어떻게 해서 거기에 등장하는 무송과 무대, 반금련이 이 작품에 나오는지 다소 의아해서 고개를 갸우뚱거릴 것이다. 사실 금병매의 작자는 『수호지』의 24회부터 27회까지 등장하는 무송과 반금련 등의 인물에서 힌트를 얻어 100회 분량의 새로운 소설을 지은 것으로 보인다. 물론 작품의 무대가 중국 산동성 청하현으로 옮겨져 있고, 시간적으로는 1112년부터 1127년까지로 설정한 것이 『수호지』의 무송 관련 이야기와의 차이점이다.

『금병매』의 줄거리

서문경(西門慶)은 본래부터 천하의 바람둥이로 우연히 만난 무대의 부인 반금련에게 첫눈에 반해버린다. 그는 중매인 왕파의 도움을 받아 그녀를 만나고 둘이서 밀애를 즐기다 결국은 그들의 사랑에 걸림돌인 무대를 독살하기에 이른다. 물론 서문경의 집에는 본부인 오월랑·기녀 출신의 이교아·하녀 출신의 손설아 등의 여인이 있었으나 이에 만족하지 못할 뿐 아니라 중매인의 소개로 알게 된 돈 많은 과부 맹옥루를 부인으로 맞이한다. 맹옥루를 부인으로 맞아들인 것은 서문경에게 경제적으로 큰 사건이다. 단순한 생약가게를 하던 서문경은 그녀가 가져온 재산을 바탕으로 가게를 크게 넓히고 새로 비단가게를 여는 등 경제적 도약의 발판으로 삼는다.

그러나 이에 만족하지 못한 서문경은 의형제까지 맺은 이웃집 화자허의 부인 이병아와 밀통을 하여 화자허가 24세의 젊은 나이에 화병으로 세상을 뜨게 만들고, 이병아와 그녀가 지닌 모든 재물까지 차지한다. 서문경은 이 재물을 이용하여 약방과 포목가게 등을 다시 더 크게 늘리고 이렇게 모은 재물을 당시의 세도가인 태사 채경에게 보내어 그 대가로 '산동제형소부천호'라는 무관직(武官職) 벼슬을 얻게 되고 이병아에게서 아들 관가를 얻으니 경사가 내외로 겹친다.

이병아를 부인으로 맞은 일은 서문경에게 인생의 크나큰 전환점이라고 할 수 있다. 그녀가 가져온 재산은 맹옥루가 가져온 재물에 비할 수가 없을 정도로 많아서 이를 바탕으로 사업을 확장함은 물론, 자택의 대대적인 수리 및 고관대작들과의 거래에도 많은 선물을 할 수 있을 정도로 탄탄한 재력을 갖추게 된다. 인물도 아름답고 재물도 많이 가져온 데다 대를 이어줄 아들까지 낳았으니 서문경의 사랑이 그녀에게 쏠리는 것은 당연한 일이었다. 또 우연한 기회에 호승(胡僧)에게서 춘약(春藥)을 얻어, 음행(淫行)을 더욱 활발하게 즐긴다. 물론 그전에도 여인들과 사랑의 행위를 나눔에 있어 보조기구나 춘약을 사용하곤 했었다.

그렇지만 모든 인생사가 그렇듯 좋은 일이 있으면 나쁜 일도 있기 마련이다. 이병아가 서문경의 사랑을 독차지하게 되자 이를 질투한 반금련은 마침내 훈련된 고양이로 하여금 관가를 놀라게 했고 그것이 화근이 되어 생후 일년 2개월 만에 아기는 사망한다. 이병아 역시 사랑하는 아이를 잃은 상심한 마음을 어쩌지 못하여 세상을 등지고 만다. 경쟁자가 없어진 반금련은 서문경의 사랑을 독차지할 수 있으리라 기대를 하였으나 서문경은 집안의 여인들에게 만족하지 못하고 여전히 기녀나 과부·하인의 부인들과 놀아나면서 더욱 방탕한 생활을 한다. 그러나 호승이 춘약을 건네주며 절대로 과다하게 사용치 말라고 신신당부를 하였건만, 반금련은 밖에서 다른 여인과 사랑을 나누고 들어온 서문경에게 자신의 음욕을 억제치 못하고 춘약을 과다하게 복용시킴으로써 서문경은 결국 33세의 젊은 나이로 세상을 뜬다.

서문경이 죽은 후에 서문가는 몰락의 길을 걷게 된다. 집안의 주인이 된 오월랑은 서문경의 여인들이었던 이교아·반금련의 수족이었던 춘매를 팔아버린다. 뿐만 아니라 서문경 생전에 가장 총애를 받았으나 오월랑한테는 눈엣가시처럼 보였던 반금련마저 팔아버리고 정실부인으로서의 위엄을 찾으려 한다. 귀양길에서 돌아온 무송이 이 소식을 듣고 반금련을 사서 무대의 제단 앞에서 왕파와 함께 죽임으로써 억울하게 죽은 형 무대의 죽음을 복수한다. 오월랑은 서문경이 죽던 해에 태어난 아들인 효가를 15세 되던 해에 '명오(明悟)'라는 이름으로 출가시키고, 하인이었던 대안(大安)을 양자로 삼아 서문경의 후사를 잇게 하고 자신은 70세까지 장수한다.

제목에 대하여

이 작품을 읽으면서 우리의 눈길을 끄는 것 가운데 하나가 제목이다. 모든 소설의 제목이 그렇겠지만 특히 중국 소설의 경우 제목은 전체 내용을 함축적으로 상징하고 있다. '금병매(金瓶梅)'라는 명칭은 작품 속의 세 여인, 즉 반금련(潘金蓮)과 이병아(李瓶兒)·춘매(春梅)의 이름에서 한 자씩 따와 만들어진 것이다. 즉 200여 명에 이르는 서문경의 여인들 중에서 가장 아름답고 영리한 여인들의 이름에서 취한 것이다. 그렇다면 왜 이 여인들을 중심으로 이야기를 전개시키고 그 여인들의 이름에서 제목을 따왔는가? 이는 당시의 미인관을 통해서 짐작해볼 수 있다.

고대인의 미인에 대한 안목과 표준은 오늘날과 다르다. 현대 여성은 얼굴 생김과 함께 가슴·허리·둔부의 적당한 조화와 보기 좋은 각선미(脚線美)가 미인에 대한 평가 기준이 된다.『금병매』에는 당시의 미인관이 나온다.

> 꽃 같은 얼굴, 옥 같은 살결, 별 같은 눈에 달과 같은 눈썹, 허리는 버들가지 같고 발은 갈고리 모양이며 발끝은 겨우 세 치가 될 뿐이다. 가라앉는 물고기, 떨어지는 기러기의 용모, 달은 가려지고 꽃이 수

줍어하는 모습, 뱃속에는 삼천 소곡조 팔백 대곡조를 간직해두었고 풍류는 수정 쟁반에 구슬을 굴리는 듯하며, 태도는 살구가지에 새벽달이 떠오르는 듯한 미색이다.

이와 같이 명나라 시대에는 피부가 희고 부드러우며, 몸체가 원만하게 선을 그리면 미인으로서의 기본적인 조건은 갖추고 있다고 보았다. 특히 당시에는 여인이 전족(纏足)을 한 작은 발을 지니고 있으면 남자들의 시선과 마음을 끌기에 족하였다.

『금병매』 중의 '금(金)'은 바로 여인의 '작은 발'을 상징한다. 작품 중에서 반금련의 모습을 묘사하기를 "어려서부터 생김새가 빼어났고 전족을 한 한 쌍의 보기 좋은 발을 지니고 있었기에 금련이라고 불렀다"고 하며 특히 그녀의 발이 작고 귀여움을 강조하면서 그녀 이름의 유래를 이야기한다. '금련(金蓮)'이라는 말은 바로 전족한 여인의 작은 발을 의미하였던 것이다. 또한 맹옥루를 묘사함에도, 중매인 설씨는 그녀가 서문경에 비해 나이가 많음을 두려워하여 그들이 만나는 자리에서 고의로 맹옥루의 치마를 약간 들추어 "치마 끝으로 3촌이 될까 한 가지런한 한 쌍의 전족한 발이 드러나도록 하였다" 하니 서문경이 작은 발을 보고서는 매우 만족해한다. 이로써 명나라 사회에서 '금련'이야말로 용모 못지않게 미인이 갖추어야 할 중요한 조건임을 알 수 있다. 비단이나 면을 사용하여 발이 커지는 것을 억제한, 소위 '전족'의 풍속을 일컬어 '삼촌금련(三寸金蓮)'이라고 했던 것이다.

또한 그 무렵에는 남녀가 처음 만났을 경우, 그 여인이 남자에게 어떠한 감정을 가지고 있는가를 알아보는 특이한 방법이 있었다. 그것은 남자가 여인에게 말을 걸어보거나 그 여인의 작은 다리를 더듬어보는 방법이었다. 만약에 남자가 다리를 더듬었을 때 여인이 반항을 하지 않으면 그것은 그 남자에 대해 호감을 가지고 있음을 의미한다. 『금병매』에서 서문경이 처음에 반금련을 유혹할 때에도 이와 같은 방법을 사용한다. 사실 이와 같은 전족은 인욕(人慾)의 생산품으로서 '초(楚)나라 여인의 허리'나 '한(漢)나라 여인의 머릿결'과 같이 여인들이 남자들의 애완물로 변했음을 의미한다. 여하튼 작은 발로 걸어가는 여인들의 율동의 미묘함에서 독특한 성적인 분위기를 느낄 수 있을 것이며, 『금병매』의 작자가 작품 중에 등장하는 여인들 중에서 '음욕'이 제일 강한 여인에게 반금련이라는 이름을 부여한 이유와, 또한 반금련이라는 이름에서 작품명을 취한 이유를 추측해볼 수 있을 것이다.

　『금병매』 중의 '병(瓶)'은 바로 이병아에게서 취한 것이다. 그렇다면 '병(瓶)'은 여인의 무엇을 의미하는 것일까? 이병아의 이름은 그녀가 태어난 날에 이웃 사람이 한 쌍의 어병을 가져왔기에 '병저(瓶姐)'로 지었다고 설명한다. 이에서 알 수 있듯 '병'은 바로 꽃병을 의미하는 것이다. 꽃병에는 각양각색의 꽃뿐만 아니라 어떠한 물건이라도 꽂을 수가 있으며, 꽂았던 꽃이 시들면 언제든지 새로운 것으로 교환할 수가 있고, 또한 그 소유자도 언제 어디서나 손쉽게 바꿀 수가 있다. 게다가 이러한 복합적인 의미 외에도 꽃병이 보여주는 외관상의 모습과 꽃병의 색깔이 서문경과 같은 당시의 남자들이 좋아하던 여인들의 하얀 피부색과 같다는 점도 고려했을 것이다.

　오월랑이 이병아를 처음 보았을 때 그녀의 하얀 피부가 제일 먼저 눈에 띄었던 것으로 나오고 서문경도 그녀의 모습을 말할 때에 첫마디가 "살빛이 희고 몸이 부드럽기가 마치 면화와 같다"고 하는 데서도 서문경이 그녀의 무엇에 매료되었는가를 쉽게 알 수 있다. 그래서 까무잡잡한 피부를 지닌 반금련은 이를 부러워해 일반인들은 마시기조차도 어려웠던 우유로 목욕을 하기까지 한다.

다음으로『금병매』중의 '매(梅)'가 주는 의미는 무엇이며, 작자는 왜 미천한 신분인 춘매(春梅)에게 이 이름을 부여한 것일까? 매화(梅花)는 중국인들에게는 봄날 소담스럽게 피어나는 가장 깨끗한 꽃으로 통한다. 때문에 춘매의 '매'는 이러한 봄날 같은 청춘의 무한한 활력을 대표할 뿐만 아니라, 그 꽃이 주는 이미지와 같이 작고 아름다우면서도 생기가 넘치는 여인의 용모와 성격을 상징한 것이라 여겨진다.

『금병매』라는 소설을 어떻게 이해해야 할까?

『금병매』는 서문경이 살아 활동하던 1화부터 79화까지와, 서문경이 죽고 난 후인 80화부터 100화까지의 두 부분으로 크게 나누어 볼 수가 있다. 서문경의 생시에는 그를 중심으로 이야기가 전개되는데, 죽고 난 후의 이야기는 오월랑과 춘매를 중심으로 한다. 그리하여 마치 두 개의 작품을 읽는 듯한 느낌이 들기도 한다. 그런데 소설을 읽고 나면 읽기 전에 가지고 있던 선입관, 즉『금병매』는 '야한 소설'이라는 평가가 얼마나 잘못된 것인지 알 수 있다. 물론 소설 속에는 성에 관한 묘사가 많이 나온다. 대강의 통계에 따르면 성행위를 언급한 곳이 105군데이고 그중 비교적 상세하게 언급한 곳은 36곳이며, 암시적으로 살짝 언급한 것까지 친다면 거의 150여 군데에 이른다. 하지만 100만여 자에 이르는 방대한 전체 작품에서 본다면 이러한 성

묘사의 문자가 차지하는 부분은 거의 1~2퍼센트에 불과할 뿐이다. 그렇지만 이러한 연유로 인해서 『금병매』는 "음란한 책 중의 최고"라는 평가를 받고 있는 것이다.

사실 이 작품이 그러한 평가를 받는 것은 그 내용이 사대기서의 다른 작품들과는 판이할 뿐만 아니라, 남녀간의 성행위를 표현함에서도 다른 작품에서는 거의 찾아볼 수 없는 대담하면서도 생생한 묘사가 나온다는 점에 그 원인이 있다고 하겠다. 게다가 작품의 곳곳에서 그 시기에 암암리에 사용했던 춘약이나 성행위 보조 기구가 공공연하게 등장하는 것도 한 이유가 될 것이다. 윤리의식이 강한 시대였기 때문에 사람들이 그것을 충격적으로 받아들인 것은 당연한 것이었다.

그렇지만 시대가 다르면 그 충격 또한 달라지듯 성이 범람하는 시대에 살고 있는 현대인들은 이 작품을 새롭게 평가해볼 필요가 있다. 특히나 서문경과 관계를 가진 많은 여인들은 그에게 주택이나 의상, 먹는 것, 돈 등을 주저 없이 요구하고 서문경은 이를 받아들인다. 이렇게 사랑의 행위가 아닌 일종의 상거래 같은 그들의 애정 행각을 어떻게 받아들여야 하는가?

『금병매』는 처음 출간되었던 명나라 시대 이후, 청나라와 근대에 이르기까지 계속하여 중국을 대표하는 야한 소설로 거명되곤 했다. 그러나 단순하게 '성'의 문학을 대표하는 작품이라면 그 생명력이 오래가지는 않을 것이다. 독자들은 작품 속에서 서문경이 많은 여인과 관계를 갖는 것 때문에 야하다고들 한다. 그러나 실제로는 완전하게 번역된 것이 아닌 삭제된 것을 보았거나 - 기존의 책들은 거의 음란한 부분을 삭제하여 번역했다 - 읽어보지도 않고 야한 작품이라고 평가하는 것인지도 모른다. 다른 사람들의 이야기를 대충 듣고서 그렇게 추측할 수도 있기 때문이다. 그러나 작품 속에서 서문경이 살아 활동하는 기간이 6년이고 사랑의 행각도 그 기간 안에 이루어지고 있다는 것을 생각하면 이런 선입관에서 벗어날 수 있을 것이다.

『금병매』가 문학사에서 차지하는 가치

『금병매』를 연구하는 학자들은 그 속에 '중국 명나라 시대의 사회사(社會史)'가 들어 있다고 평가하기도 한다. 위로는 황제에서부터 밑으로는 하인에 이르기까지 천차만별의 사람들이 등장하고 그들의 생활이 생생하게 묘사되어 있기 때문이다. 이 소설을 통해 당시의 생활상을 마치 한 편의 기록영화를 보듯 생생하게 이해할 수 있다는 것이다.

서문경이 채경에게 뇌물을 써 관직을 얻고 난 후, 축하연을 벌이는 장면에서는 당시의 음주문화를 알 수 있다. 그리고 이병아가 죽었을 때 그녀의 장례를 치르는 모습에서는 그 어느 기록에서도 찾아볼 수 없는 명나라 때의 장례의식을 보게 된다. 그 밖에 하인들의 몸값, 전당포에서의 이자율, 집값, 명절의 놀이들, 종교의식, 음식의 종류, 의상 등을 알 수 있다.

이러한 요소 때문에 『금병매』를 연구하는 사람들은 이 작품을 단순히 성문학의 대표로서 평가하는 것이 아니라 명나라 시대 중국의 참 모습을 잘 반영했다고 여겨 그 작품성을 인정하고 있는 것이다. 한 학자는 이렇게 말하기도 했다.

"『금병매』안에 반영된 것은 하나의 진실된 중국 사회다… 만약에 문학 안에서 중국 사회의 잠복된 어두운 면을 보려면,『금병매』가 가장 믿을 만한 연구 자료다."

"소설은 바로 그 시대를 비추는 거울"이라는 말대로 작자 소소생은 인간과 사회의 추악한 면과 어두운 면을 전체적으로 통찰하고 심각하게 깨달은 뒤에 그 무대를 명나라가 아닌 송나라 시대로 옮겨 작품을 썼다. 또 인물의 형상화(形象化)에서도 긍정적인 인물보다는 부정적인 인물의 묘사에 더 치중하고 있다는 점을 발견할 수 있다. 즉, 종전의 작품들과는 달리 부정적인 인물들의 말과 행위를 다룸으로써 독자들에게 강렬한 인상을 심어줄 수 있었던 것이다.

또한 일반적인 인식과는 달리『금병매』는 남성중심의 세계뿐만 아니라 여성중심의 세계를 그려낸 측면도 있다. 서문경을 중심으로 한 남자들의 세계, 즉 상인이나 관리, 한량들이 나오는 내용이 많고 또 주인공을 둘러싼 여인들이 철저하게 그의 애완물(愛玩物)처럼 묘사되는 등 한 남자의 '음욕사(淫慾史)'라 볼 수 있는 측면이 있다. 그러나 이병아와 반금련, 방춘매 등과 같은 여인들의 '애정사(愛情史)'라는 관점에서 본다면 분명히 여성중심적인 시각도 있음을 알 수 있다. 즉, 작품 전체의 구성이 서문경의 죽음(제79화)을 중심으로 크게 양분되어 있는 것이다.『금병매』의 작자가 서문경을 중심으로 한 남자들의 단순한 성적 유희만을 그리려 하였다면 굳이 100회라는 횟수에 연연하여 서문경 사후 21회나 되는 이야기를 더 쓸 필요가 없었을 것이기 때문이다.

이러한 관점에서 보자면, 작품 중에 넘쳐흐르는 '성'의 묘사는 당시 사회의 모순과 인간의 정신상태를 폭로하기 위한 수단이지 결코 그 자체가 목적은 아니라고 할 수 있을 것이다. 때문에 '성'의 해방을 널리 알리려 했다는 식의 주장은 지나친 확대해석이라고 느껴진다. 작자 소소생은 반금련과 춘매의 죽음을 통해 과도한 음욕을 비판하고 있으나, 정상적이면서도 절제가 있는 정욕은 부정하지 않는다. 즉, 적당한 정욕의 발설과 그에 따른 만족은 인간에게 행복을 가져다 주지만, 과도한 음욕은 생명을 상하게 할 수도 있다는 보편타당의 진리를 확인시켜주는 것이라 하겠다.

그러나 한편으로 소설 전체를 관류하는 성의 묘사에서, 조악한 성욕의 발설에서 시작된 애정이 진실된 감정으로까지는 전환되지 못하고 있다는 점에서 한계가 있다고 느껴진다. 즉 '성'을 '정'의 아름답고도 순수한 경지에까지 끌어올리지 못한 것이다. 그 때문에 '음서'니 '예서(穢書)' 따위의 오명을 쓰게 된 것이다. 이러한 한계가 있지만 작자 소소생은 당시 사회에 만연해 있던 부패와 인간의 모순, 도덕의 타락 등을 예리하게 들추어내고 있다. 강한 열정으로 인간사회의 추악한 면모를 한 폭의 그림 속에 생생히 펼쳐 보여준 것이다. 또한 유한한 생명을 가진 인간의 무한한 욕망이 대조적으로 잘 나타나 있기도 하다. 그래서 "끝이 있는 것으로 끝없음을 따르는 것은 위태하다"고 한 장자(莊子)의 말을 떠올리게 한다.

강태권

서문경의 여인들

오월랑   첫째 부인. 청하좌위 오천호의 딸로 서문경의 전처가 죽자 정실로 들어온다. 서문경 집안의 큰마님으로 행세하며 집안 여인들 간의 질서를 유지하고자 노력하고, 서문경이 죽은 후에는 유복자 아들을 잘 키워보고자 노력하나, 결국 인생이 한바탕 꿈에 불과함을 깨닫는다.

이교아   둘째 부인. 노래 부르는 기생이었으나 서문경의 눈에 들어 부인이 된다. 서문경이 죽자 재물을 훔쳐 기원으로 돌아간다.

맹옥루   셋째 부인. 포목상의 정처였으나 남편이 죽자 설씨의 주선으로 서문경과 혼인한다. 나름 행실을 바르게 하며 산 덕분에 쉽게 맞이할 수도 있는 불운을 피해 간다.

손설아   넷째 부인. 서문경 전처의 몸종이었다가 서문경의 눈에 들어 그의 부인이 된다. 집안 하인과 눈이 맞아 도망가는 등, 삶의 신세가 바람에 나부끼는 깃발처럼 이리 움직였다 저리 움직였다 한다.

반금련   다섯째 부인. 무대의 부인이었으나 서문경과 눈이 맞아 무대를 독살하고 서문경에게 시집온다. 영리하고 시기심 많은 성격에 서문경을 독차지하려고 애쓰지만, 끝내 원수의 칼날을 피하지 못한다. 삶의 영고성쇠가 무상함을 증명하듯 실로 파란만장한 삶을 산다.

이병아   여섯째 부인. 화자허의 부인이었으나 화자허가 화병으로 죽자 서문경의 부인이 된다. 천성이 착하지만 죽은 화자허의 좋지 않은 기운이 그녀의 삶을 지치게 한다.

춘매   반금련의 몸종으로 서문경의 총애를 받는다. 사람 일은 알 수 없음을 증명하는 인물로서, 쇠락해지는 듯하다 다시 최고의 영예를 누리는 삶을 산다.

이계저 이교아의 조카로 기원의 기생. 행사 때마다 서문경의 집안에 불려온다.

송혜련 서문경 집안의 하인인 내왕의 부인. 자신의 미색 때문에 남편이 쫓겨나게
된다.

임부인 서문경을 의붓아버지로 섬기는 왕삼관의 어머니. 아들을 핑계삼아 서문경
과 관계를 맺는다.

여의아 서문경의 아들 관가의 유모. 이병아가 죽은 뒤 서문경의 눈에 들어 관계를
맺는다. 서문경이 그녀를 죽은 이병아를 대하듯 한다.

왕륙아 한도국의 부인. 딸의 혼사를 매개로 서문경의 눈에 들어 은밀한 만남을 갖
는다. 남편의 암묵적 승인 하에 자신의 몸을 팔아 생계를 이어간다.

반금련의 남자들

무대 금련이 독살한 전남편. 동생 무송에게 자신의 억울한 죽음을 알리고 복수를
부탁한다.

서문경 금련이 재가한 남편. 천하의 난봉꾼으로, 집안의 여러 부인을 거느리고도
틈만 나면 새로운 여인에게 눈을 돌린다.

진경제 서문경의 사위. 일찌감치 장인 집에서 기거하며 서문경이 다른 여자를 탐하
는 사이에 금련과 정을 통한다. 수려한 외모로 어린 나이부터 정욕에 이끌
리는 삶을 산다.

금동 서문경의 하인.

왕조아 왕노파의 아들.

일러두기

* 이 책은 『신각금병매사화(新刻金瓶梅詞話)』와 『신각수상비평금병매(新刻繡像批評金瓶梅)』의 합본을 저본삼아 이를 완역한 것이다.
** 본문 삽화는 『신각수상비평금병매』에서 가져온 것이다.
*** 본문 중 괄호 안의 글은 옮긴이의 주이다.
**** 각 이야기의 소제목은 편집부에서 새로 만든 것이다.

여는 글
시대의 풍객, 서문경의 결의형제

때는 북송[北宋] 휘종[徽宗] 정화[政和](1111~1118) 연간, 산동성 [山東省] 동평부[東平府] 청하현[淸河縣]이라는 마을에 꽤 내력 있는 자제가 있었다. 생김이 훤칠할 뿐만 아니라 시원한 성격에, 집안에 재산도 있는 스물예닐곱 살 난 사내로서, 성은 복성인 '서문[西門]' 이며 이름은 외자 '경[慶]'을 썼다. 부친인 서문달[西門達]은 사천[四 川]과 광주[廣州] 지방을 오가면서 약재를 팔다가 이곳 청하현에 큰 생약[生藥] 가게를 하면서 대저택을 지어 살았는데, 부리는 노비며 노새, 말 등이 무리를 이루어 비록 부귀영화를 누린다고 할 정도는 아니었지만 청하현에서는 제법 알아주는 집안이라 하겠다.

다만 서문달 부부가 일찍 세상을 떠 홀로 남은 아들은 남의 말 듣 기를 좋아하여 공부는 하지 않고 온종일 밖에서 방탕한 나날을 보내 다가 부모가 죽은 후에는 아예 기생집에서 자면서 온갖 일을 저지르 고 다녔다. 무예도 약간 배웠고, 도박·바둑·장기·마작 등 못하는 것 이 없었다.

사귀는 친구들도 이러한 부류로 본분과 분수를 모르는 자들이었 다. 첫 번째로 친한 자는 성이 '응[應]'이고 이름은 '백작[伯爵]', 자는

'광후[光侯]'라는 인물로서 포목점을 하던 응원외의 둘째아들이었다. 가산을 탕진하고 몰락한 후 아예 기생집에 빌붙어서 살기에 사람들은 응백작을 '응비렁뱅이[應花子]'라고 불렀다. 그 또한 제기차기·쌍륙 치기·장기 두기 등 온갖 잡기에 능했다. 두 번째는 성이 '사[謝]', 이름이 '희대[希大]', 자는 '자순[子純]'이라는 인물이다. 본래 청하현 위천호 사응습[謝應襲]의 자손으로, 일찍이 부모를 여의고 놀기만을 좋아해 이 역시 앞날이 막막한 자로서 비파를 잘 탔다. 이들 두 사람과 서문경은 의기투합을 잘했다.

이 밖에 몇 명 더 있는데 하나같이 건달들로, 쓸 만한 인물은 하나도 없었다. 이름을 대보면 자가 '공성[貢誠]'인 축일념[祝一念]이라는 자가 있고, '백수[伯脩]'라는 자에 별명은 '손과취[孫寡嘴]'인 손천화[孫天化]라는 자가 있다. 또 다른 자는 오전은[吳典恩]이라는 인물로 본래는 현의 음양생[陰陽生](점·묘지터·집터 등을 봐주는 사람)이었으나 일을 그만두고 백성들과 관리들 사이에서 보증을 서주는 일을 하다 서문경과 왕래를 텄다.

나머지 자들은 자가 '비거[非去]'인 운참장[雲參將]의 아우 운리수[雲理守], 자가 '견초[堅初]'인 상시절[常時節]과 복지도[卜志道], 그리고 자가 '광탕[光湯]'인 백뢰광[白賚光]이었다.

이 백뢰광으로 말하자면 사람들이 광탕('몹시 오만방자하고 방탕함'을 가리키는 광망방탕[狂妄放蕩]의 준말인 '광탕[狂蕩]'과 음이 같음)이라는 자가 듣기 좋지 않다고 했다. 하지만 백뢰광은 다음과 같이 말할 뿐이었다.

"고칠 수야 있지만, 처음 이름을 지을 때 점쟁이가 내 성은 백씨인데 본래 전해오는 말로 흰 고기가 주왕의 배로 들어왔고, '주유대

뢰[周有大賚]'와 '어탕유광[於湯有光]'이라는 두 구에서 끝 자를 취해 '광탕'이라고 한 것이오. 내 이름에는 이 같은 사연이 있어 고칠 수 없소."

이 무리들은 서문경이 수중에 돈이 있는 데다 호탕한 것을 잘 알기에 적당히 꼬여서 돈도 얻어 쓰고 술도 같이 마시면서 계집질과 도박을 어울려 하곤 했다. 이들은 술잔이 넘칠 때에는 의기도 깊고 우애로움도 자못 끈끈했으나, 그러던 어느 날 평지풍파가 일면 이때서야 비로소 본마음을 드러냈으니!

이러한 사람들은 품행이 단정치 못한 집안에서 태어나 백해무익한 친구들을 사귀고 돈을 보고 따르니 돈이 떨어지면 무슨 좋은 일이 있겠는가? 이 무리들이 가까이 하는 데에는 다 까닭이 있었다. 서문경은 태어나기를 성격이 강하고 일을 꾸미는 데 속이 깊고 꽤 교활했으며, 관리들에게 돈을 잘 빌려주어 당시 조정의 간신배인 고구[高俅]·양전[楊戩]·동관[童貫]·채경[蔡京] 등과도 적당한 선을 대고 있었다. 이 때문에 현의 사소한 송사나 사람들을 꽉 잡고 있어 마을 사람들 모두가 서문경을 두려워했다. 서문경은 이 무리 중에서 첫 번째였기에 사람들은 서문경을 '서문대인[西門大人]'이라 불렀다.

서문대인에게는 일찍 맞이한 부인 진씨가 먼저 세상을 떠나고 '서문 큰아씨'라고 하는 딸만 하나 있었다. 이 딸은 애초에 동경 팔십만 금군[禁軍](왕을 호위하는 친위병) 양제독[楊提督]의 친척인 진홍[陳洪]의 아들 진경제[陳敬濟]의 부인이 되기로 약속했으나 아직 혼례를 치르진 않았다. 서문경은 첫 번째 부인이 죽은 후에 집안을 돌볼 사람이 없어 얼마 전 청하현 좌위로 있는 오천호의 딸을 새 부인으로 맞이했다. 이 오씨 부인은 나이가 스물대여섯에 팔월 십오일 생으로

어려서는 '월저[月姐]'라고 했으나 서문경에게 시집온 후에는 '월랑
[月娘]'이라고 불렀다. 월랑은 성격이 온후하고 현명해 남편 말이라
면 죄다 순종했다. 서문경은 또한 기녀인 이교아[李嬌兒]와도 정분
이 있어 둘째 부인으로 들이고, 또 다른 화류계 여인인 탁이저[卓二
姐]도 맞이해 셋째 부인으로 삼았다.

　하루는 서문경이 한가로이 집에 앉아 월랑에게 말했다.

　"오늘이 구월 스무닷새지. 다음 달 초사흘에 내 친구들 모임이 있
다오. 그때 술자리도 두어 자리 잘 차리고, 우리 집에서 형제들과 보
낼 수 있도록 잘 준비해두오."

　"그런 사람들과 어울려 지내지 않으면 좋겠어요. 어디 하나 양심
있는 사람이 있어야지요! 하는 일도 없이 몰려다니면서 놀기만 하
니, 그런 사람들과 어울리다 보면 언제 집안일을 돌볼 수나 있겠습니
까!"

　"당신은 평소에는 말을 잘 하는데 오늘 한 말은 듣기 별로 좋지 않
네. 우리 친구들 중에 좋은 사람은 하나도 없다고 하는데 다른 사람
은 다 그만두고라도 둘째 응백작은 본래 마음도 좋고 아는 것도 많을
뿐더러 사람들이 보기에도 쓸 만하고 일도 매우 잘하며, 사희대 이
사람도 매우 영리하고 일도 잘하오. 여러모로 생각해보니 그냥 왔다
갔다 쓸데없는 짓만 할 게 아니라, 아예 모이는 날에 의형제를 맺으
면 훗날에도 도움이 될 것 같구려!"

　"의형제를 맺는 것도 좋지만, 후일 그 사람들이 당신에게 더 많이
의지할까 걱정입니다. 당신에게 의지할 생각은 절대로 하지 말라고
이르세요!"

　서문경이 웃으며 말했다.

"우리가 남을 도와줄 수 있다면 얼마나 좋은 일이오. 이따가 응형이 오면 다시 의논해보리다."

이렇게 말할 때 하인이 들어오니, 생김이 빼어나고 영리해서 본래 서문경 주위에서 잔심부름을 하는 놈으로서 이름은 대안[大安]이었다. 대안이 안으로 들어와서 말했다.

"응씨 어르신과 사씨 어르신께서 밖에서 주인어른을 뵈었으면 합니다."

"두 사람 얘기를 하고 있었는데 마침 왔구나."

서문경이 말하면서 대청으로 나갔다. 나가보니 응백작이 두건은 새것을 썼으나, 몸에 걸친 푸른 빛깔의 두루마기는 평소 입던 그대로이고, 발을 감싼 버선도 신던 것이었다. 응백작이 윗자리에 앉고 사희대가 아랫자리에 앉아 있었다. 서문경이 나오는 것을 보고서는 일제히 일어나 인사를 하면서 말했다.

"형님, 그동안 자주 찾아뵙지 못했습니다."

서문경은 자리에 앉으라고 권하고 차를 내오도록 시켰다.

"이 사람들아! 내 요사이 마음이 편치 않아서 밖에 나가지도 못했는데 자네들은 어째 그림자도 보이지 않았나!"

응백작이 사희대에게,

"거 봐, 내 뭐라고 했나!"

하며 서문경에게 말했다.

"형님, 형님이 저희를 탓하시는 걸 모르는 바는 아니지만, 실은 눈코 뜰 새 없이 바빴습니다. 일이 하도 많아 입이 모자랄 지경입니다!"

서문경이 궁금해서 물었다.

"요 이틀 동안 어디를 다녔나?"

응백작이 말했다.

"어제는 이씨 기녀 집에 가서 아가씨 몇을 봤습니다. 형님 두 번째 부인의 여조카인 계경[桂卿]의 동생으로 계저[桂姐]라 하는 아이가 있는데 안 본 사이에 상당히 예뻐졌습니다!"

"그런 일이 있었나? 틈나는 대로 가봐야겠군."

사희대가 이어 말했다.

"형님께서 믿지 못하실지도 모르는데 생긴 게 정말 괜찮습니다."

"그래. 어제는 그곳에 갔다 하고, 요 며칠은?"

응백작이 대답했다.

"얼마 전에 복지도가 죽어서 저희가 그 집에 가 장례 일을 봐줬습니다. 부인이 몇 번이나 저에게 형님을 장례에 오시도록 해 잔이라도 올려야 한다고 했지만, 집도 변변찮고 준비한 것도 별로 없어 형님을 청하기가 뭣해서 그만뒀습니다!"

"좋지 않다는 소식은 들었는데 이렇게 죽어버리다니! 일전에 복지도가 나에게 금테를 두른 사천산[泗川産] 부채를 보내줬기에 무엇으로 답례를 하나 생각 중이었는데 뜻하지 않게 고인이 돼버렸구먼!"

사희대가 크게 한숨을 내쉬었다.

"우리 형제들 열 명 중에서 다시 하나가 줄었습니다!"

그러면서 응백작에게 말했다.

"다음 달 초사흘에 모임이 있잖아요. 한 사람도 빠지지 말고 이곳에 모여서 조금씩 돈을 걷어 하루 잘 놀아봅시다."

"그래, 내 방금 집사람한테 말했네. 우리 친구들이 이렇게 오며 가며 할 일 없이 놀 게 아니라 적당한 절이라도 찾아가 정식으로 의형제를 맺으면 이후에 서로 의지하며 살아갈 것이라고 말일세. 제물은 저마다 약간씩 돈을 내 준비하면 될 걸세. 돈은 형편에 따라 각기 내면 되고. 그러니까 자네들한테 많이 내라는 것이 아니라 의형제를 맺는 일에 각자 조금씩 정분을 보이자는 걸세!"

응백작이 황급히 맞받아쳤다.

"형님 말씀이 맞습니다. 노파가 향을 피워 염불을 하는 것이 모두 각자 지성으로 하는 거죠. 그런데 우리들은 찢어지게 가난해서 얼마 내지도 못할 텐데."

"능구렁이 같기는! 누가 모를 줄 알고?"

사희대가 말했다.

"의형제를 맺는 건 좋아요. 그런데 복지도가 죽었으니 누가 그 자리를 채우죠?"

서문경이 잠시 생각했다.

"우리 옆집에 화[花]씨가 살고 있는데, 화태감의 조카로 돈도 좀 있고 쓸 줄도 아는 모양인데 거의 집 안에만 있더군. 그 집 후원과 우리 집이 담 하나를 사이에 두고 있어 나와는 몇 마디 얘기도 나눠봤지. 일하는 애들을 보내 한번 불러봐야겠군."

응백작이 맞장구를 쳤다.

"기원에 있는 오은아[吳銀兒]를 독차지하려는 화자허[花子虛] 말인가요?"

"그래! 바로 그 사람이야."

응백작이 웃으며 말했다.

"형님께서 그 사람을 오게 한다면, 그때 가서 술자리를 또 한 번 마련해야겠군요!"

"이런 거지 같으니라고. 응형님 뱃속에는 뭐가 들어 있기에 말끝마다 먹는 타령입니까!"

이 말을 듣고 모두들 한바탕 크게 웃었다. 서문경이 대안을 불러일렀다.

"이웃 화씨 댁에 가서 그 댁 어른께, '우리집 어른께서 내달 초사흘에 열 형제가 의형제를 맺는데 그날 좀 와주십사' 하고 전하거라. 그러고는 뭐라 하시는지 바로 나한테 전하고, 주인어른이 안 계시면 안방마님께 전해드려라."

대안이 대답을 하고 나갔다.

응백작이 물었다.

"그때는 이곳 형님 댁이 좋을까요, 아니면 사원이 좋을까요?"

"이곳에 사원이라고는 둘뿐이잖아요. 절로는 영복사[永福寺]가 있고, 도가 사원으로는 옥황묘[玉皇廟]가 있는데 둘 중에서 좋은 데로 가시죠."

"이런 의형제를 맺는 일은 절에서 하는 일도 아닐 뿐더러, 그곳 중들도 내가 잘 모르네. 옥황묘는 그곳 오도관[吳道官]과 내가 잘 아는 사이고 자리도 넓고 깨끗하니 거기가 괜찮을 것 같군."

응백작이 말했다.

"형님 말이 맞습니다. 아마 이 친구가 자기 마누라와 영복사 중과 사이가 좋으니까 영복사를 추천한 모양입니다."

사희대가 욕을 해댔다.

"늙은 비렁뱅이 같으니라구! 심각한 얘길 하는데 헛소리나 하다니!"

웃고 떠드는 사이에, 대안이 돌아와 서문경에게 아뢰었다.

"화씨 어른께서는 댁에 계시지 않아서 마님께 전해드렸습니다. 마님께서는 들으시고 '서문 어른께서 의형제를 맺어주신다는데 어찌 가지 않겠느냐? 어른께서 돌아오시면 전해드리마. 그때 가서 어른께 인사 올리도록 하마' 하고 말씀하셨습니다요. 그러고는 저한테 다과도 약간 내주셨습니다."

서문경이 응백작과 사희대에게 말한다.

"듣자 하니 화자허 부인이 아주 예쁘다던데."

얘기를 마치고 차를 거의 마셨을 때 두 사람은 일어났다.

"형님, 그만 가봐야겠습니다. 우리가 가서 다른 사람들한테 알리고 돈이나 준비하라고 할 테니 형님께서는 먼저 오도관에게 얘기나 하십시오."

"알았네. 내 잡지 않겠네."

그러고는 둘을 배웅하려 했다. 응백작이 몇 발짝 가다 다시 돌아서면서 말했다.

"그날 노래하는 아이들도 불러야죠?"

"그건 그만두지, 형제들끼리 모여서 얘기나 하는 것이 좋지 않겠나?"

사나흘이 지나 어느덧 시월 초하루가 됐다. 서문경이 월랑의 방에서 아침 일찍 일어나 앉아 있는데, 머리를 약간 기른 하인이 금박을 입힌 상자를 하나 가지고 들어오면서 서문경을 향해 땅바닥에 엎드려 공손히 인사를 하고 일어나며 말했다.

"저희 집 화씨 어른께서 일찍이 서문 어른께서 초대해주셨을 때 마침 일이 있어서 밖에 나가셨기에 직접 소식을 받지 못했습니다. 이

번 초사흘에 모임이 있다는 말씀을 들으시고 저희 어르신께서 소인에게 경비를 주어 보내셨습니다. 얼마 안 되지만 우선 이것을 쓰시고 다음에 얼마를 썼는지 말씀하시면 더 보태시겠답니다.”

서문경이 일어나 봉투를 받아보니 은자 한 냥(1냥은 40만 원 정도로 추정된다)이라고 쓰여 있었다.

“됐다. 더 이상 필요 없다. 그날 다른 데 가지 마시고 일찌감치 친구들과 옥황묘에 가시자고 해라.”

“잘 알겠습니다.”

하인이 대답하고 일어나 나가려고 하니 월랑이 불러 잠시 기다리게 하고는 하인 옥소를 불러 과자 바구니를 가져오게 해 과자를 조금 건네주면서 말했다.

“옜다, 받거라. 집에 돌아가 주인아씨 마님께 서문가 아씨 마님이 며칠 후에 한번 초대해서 노는 자리를 마련하겠다고 전해라.”

하인은 머리를 조아려 인사를 하고 돌아갔다. 화씨 집 하인이 나간 지 얼마 되지 않아 바로 응백작의 하인인 응보가 상자를 들고 들어와 서문경에게 머리를 조아려 인사를 했다.

“우리집 어르신을 비롯한 다른 분들이 모은 분담금이라면서 소인에게 갖다드리라고 했으니 거두어주시기 바랍니다.”

서문경이 받아보니 봉투가 여덟 개 들어 있었으나 펴보지도 않고 월랑에게 주었다.

“당신이 받아두었다가 후에 옥황묘 갈 때 물건을 준비하는 데 쓰구려.”

말을 마치고는 응보를 돌려보냈다.

자리에서 일어나 탁이저를 보러 나가려고 할 때 옥소가 들어왔다.

"아씨 마님께서 주인어른께 드릴 말씀이 있답니다."

"어째 일어나기 전에 말하지 않고!"

다시 윗방에 들어가 보니 월랑이 봉투들을 펼쳐놓고는 웃으면서 말했다.

"이것 좀 보세요. 응백작만 한 전 두 푼 여덟 리 은자고, 나머지는 서 푼, 다섯 푼으로 모두 누런 구리덩이뿐으로 우리집에서는 구경도 할 수 없는 것들이에요. 이런 것은 받아도 이름만 더럽힐 뿐이니 차라리 돌려주는 게 낫겠어요!"

"당신이 귀찮더라도 그 사람들 성의니 내버려두시오."

초이튿날에 서문경은 하인인 내흥에게 은자 넉 냥을 주면서 돼지 한 마리, 양 한 마리, 금화주 대여섯 병, 향초, 지전, 오리, 닭, 과일 등 제사에 필요한 물건을 사게 했다. 그리고 다시 은자 닷 전을 준비해 내보, 대안 그리고 내왕에게 옥황묘에 가서 오도관에게 돈을 주라 명했다.

"내일 내가 의형제를 맺고 그곳에서 기원을 올리려고 하니 수고스럽더라도 준비 좀 해달라고 이르거라. 그리고 나는 내일 간다고 전해라."

말을 들은 대안은 갔다가 얼마 후에 돌아왔다.

"갖다드렸습니다. 오도관께서 잘 알겠답니다."

다음 날 아침 서문경은 아침 일찍 일어나 머리를 빗고 나서 대안을 불렀다.

"화자허 댁에 가서 이곳에 오셔서 아침을 하고 나랑 같이 옥황묘에 가시자고 해라. 그리고 응백작 댁에 가서 다른 사람들과 같이 가자고 일러라."

대안이 분부를 받고 나가자마자 바로 응백작이 들어오고 뒤이어 한 무리가 들어오니 앞서 말한 인물들 즉 사회대·손천화·축일넘·오전은·운리수·상시절·백뢰광이 줄지어 들어왔다. 여기에 서문경과 화자허를 보태니 꼭 열 명이 됐다. 들어와 둥글게 서서는 일제히 인사를 했다. 응백작이 말했다.

"갈 시간입니다."

"아침이나 먹고 가지."

서문경은 한편으로 차를 준비시키고 한편으로는 아침 준비를 하게 했다. 식사를 마친 뒤에 서문경은 새 옷으로 갈아입고 모자도 좋은 것을 쓴 다음 일동을 거느리고 옥황묘를 향해 떠났다. 얼마 가지 않아서 묘가 보이는데 우람함이 매우 빼어나다.

건물이 웅장하고 담장도 우뚝 솟아 보이네.
앞에는 하나의 장문이 있는데
팔자 모양으로 모두가 붉은 색깔을 띠고 있네.
안에 들어서니 세 갈래 길이 있는데
내천자 모양으로 사방으로 뻗어 있으며
모두 흰 돌로 깔려 있네.
가장 큰 건물은 금박으로 휘황찬란하게 색칠했으며
두 갈래 행랑 처마 끝은 높고도 빼어났네.
장엄한 삼청성조[三淸聖祖]가 중앙에 모셔 있고,
푸른 소에 기댄 태상로군[太上老君]은 뒤편에 앉아 있네.
殿宇嵯峨 宮牆高聳
正面前起着一座牆門 八字一帶 都粉赭色紅泥

進裏邊列着三條甬道 川紋四方 都砌水痕白石

正殿上金碧輝煌 雨廊下簾阿峻峭

三淸聖祖莊嚴寶相列中央 太上老君背倚靑牛居後殿

두 번째 전각을 지나 옆문을 돌아가니 바로 오도관이 기거하는 도관이 있었다. 들어가 보니 양옆에는 기화요초가 만발해 있고 푸른 소나무와 대나무가 무성했다. 서문경이 머리를 들어보니 문 옆 양 기둥에 다음과 같은 대구가 있었다.

신선이 사는 곳에는 무궁한 세월만이 있고
별천지에는 또 다른 세상이 있다네.
洞府無窮歲月 壺天別有乾坤

위 칸에 있는 넓은 방은 바로 오도관이 아침저녁으로 수양하는 곳으로 매우 깔끔하게 정돈돼 있었다. 정면 위쪽에는 호천금궐옥황상제[昊天金闕玉皇上帝] 그림이 걸려 있고, 양편에는 자부[紫府]의 선관들이, 그 옆에는 마[馬]·조[趙]·온[溫]·황[黃] 사대원수[四大元帥]가 걸려 있었다. 이날 오도관은 경당 밖까지 나와서 몸을 굽혀 영접을 했다.

서문경 일행은 집 안으로 들어가 차를 마신 뒤에 모두 일어나서 사방을 둘러보며 구경했다. 백뢰광이 상시절의 손을 끌고서 왼쪽으로 가 마원수 앞에 이르러 보니 마원수의 모습이 당당한데 눈이 세 개였다.

"형님! 이것은 어떻게 말해야 하죠? 한쪽 눈을 뜨고 다른 눈을 감

으면 몰라도 어떻게 눈이 하나 더 있어서 사람을 째려본단 말이에
요!"

응백작이 듣고서는 다가왔다.

"멍청한 사람 같으니라구. 그 많은 눈으로 자네를 본다고 나쁠 게
뭐 있나?"

이 말을 듣고는 모두들 웃었다.

상시절이 그다음에 있는 온원수를 가리키며 말했다.

"둘째형님, 이건 온몸이 다 푸른색이니 정말로 괴이하군요. 아마
도 노기[盧杞]의 조상인 모양이지요?"

응백작이 웃으며 큰소리로 말했다.

"오선생, 이쪽으로 와보세요. 내 당신에게 재미난 얘기를 하나 들
려주리다."

오도관이 정말로 건너와서 듣기 시작했다.

"옛날에 한 도사가 있었는데 죽어서 염라대왕을 만났더랍니다. 염
라대왕이 '너는 누구냐' 하고 물으니 '도사입니다' 하고 대답을 했더
랍니다. 이에 염라대왕이 판관을 시켜 조사해보니 틀림없는 도사에
다 죄도 없기에 도로 인간 세상으로 살려 보냈답니다. 도중에 염색
가게 주인을 만났는데 아는 사이였더랍니다. 가게 주인이 묻기를,
'도사께서는 어떻게 살아왔소?' 하니 도사가 '나는 도사이기에 살아
서 돌아왔소'라고 했답니다. 가게 주인이 이것을 기억하고 있다가 염
라대왕을 만났을 때 자기도 도사라고 말을 했대요. 염라대왕이 가게
주인의 몸을 조사해보니 손이 푸른색이기에 그 까닭을 물으니 틀에
박힌 듯한 소리로 '일찍이 온원수의 가려운 데를 긁어주었기 때문이
오'라고 대답했답니다."

얘기를 들은 사람들이 크게 웃었다. 몸을 돌려보니 오른편에는 위풍늠름한 황장군이 있고, 그다음으로 얼굴이 시커먼 조원단[趙元壇] 원수가 있는데 옆에는 큰 호랑이 한 마리가 그려져 있었다. 백뢰광이 가리키면서 묻는다.

"형님 보슈, 이 호랑이는 채소만 먹기 때문에 사람을 따라다녀도 괜찮은 모양이지요?"

응백작이 웃으며 말했다.

"자네, 이 호랑이를 모르나보군. 이놈들은 충실한 호위병이라네."

사희대가 듣고는 건너와서 혀를 날름 내밀면서 대꾸했다.

"어이쿠, 저는 호랑이가 호위병으로 따라다닌다면 한시도 편치 않을 겁니다. 언제 잡아먹힐지 모르잖습니까?"

응백작이 웃으면서 서문경에게 말한다.

"우리들이 폐나 끼치면 어쩌지요?"

"그게 무슨 말인가?"

"자순[子純]은 자기를 잡아먹으려는 게 하나만 따라다녀도 안 된다는데, 이제 우리 일고여덟 명이 형님을 따라다니며 얻어먹을 텐데 놀라 죽지나 않을는지요?"

말을 하면서 웃고 있을 때 오도관이 들어왔다.

"관원들이 호랑이에 대해서 얘기를 하는데, 요 며칠 청하현에서 호랑이 한 마리 때문에 적지 않은 곤혹을 치렀답니다. 오가는 사람들도 많이 죽고 사냥꾼들도 십여 명이나 잡아먹혔다는군요."

서문경이 놀라 물었다.

"그런 일이 있었습니까?"

"관원들도 잘 몰랐는데, 얼마 전에 한 어린 도사가 창주[滄周] 횡

해군[橫海郡] 시대관[柴大官](시진[柴進]) 댁에 돈과 양식을 얻으러 가서 며칠 동안 머물다가 돌아온 일이 있었습니다. 창주에서 이곳 청하현으로 오는 도중에 경양강이라고 있는데, 최근에 눈이 크고 턱 부근에 흰 털이 난 호랑이가 자주 나타나 사람들을 잡아먹는 바람에 지나가는 객이나 상인들이 살아서 다니기 힘들어 반드시 무리를 지어야만 지나갈 수 있었다 합니다. 그래서 현에서는 상금 쉰 냥을 걸고서 그놈을 잡으려 했으나 못 잡고 가엾은 사냥꾼들만 목숨을 잃었답니다."

백뢰광이 벌떡 일어나며 말했다.

"오늘 우리가 의형제를 맺고 내일 가서 그 호랑이를 잡아 상금을 타 쓰면 되겠군."

서문경이 웃었다.

"자넨 목숨이 아깝지도 않나보군."

백뢰광이 웃으면서,

"아, 돈만 있으면 되지 생명은 뭐에 쓰게요?"

하자 모두들 일제히 웃는데, 응백작이 말했다.

"내 다른 우스운 이야기를 할 테니 들어봐요. 어떤 사람이 호랑이한테 물려갔는데, 자기 아들이 자기를 구하려고 칼을 들고 호랑이를 죽이려고 하니까 호랑이 입 안에 있던 그 사람이 소리를 지르며 얘기하더랍니다. '애야, 호랑이를 찌를 때 호랑이 가죽이 상하지 않도록 조심해라.'"

말을 마치니 모두 일제히 박장대소를 했다.

오도관이 제례에 필요한 모든 준비를 해놓고 들어와,

"여러분들, 고사 종이를 태우시지요."

하고는 소지[燒紙](신령에게 빌기 위해 태우는 흰 종이)를 꺼내 누구부터 할지 순서를 불러주면 쓰겠노라고 했다.

사람들이 일제히 외쳤다.

"당연히 서문대관인이 맨 처음이지요."

"그래도 나이가 있는데, 응형이 나보다 많으니 당연히 맏형이 돼야죠."

응백작이 혀를 내밀었다.

"그런 말씀 마세요. 요샌 돈 있고 세력 있으면 되지 어디 나이가 중요합니까? 만약 나이만 따져서 제가 맏형이 되면 두 가지가 옳지 않습니다. 첫째로 서문대인만큼 위엄도 덕도 없으니 다른 동생들이 모두 서문대인을 따를 것이고, 둘째로 저는 '응이가[應二哥]'로 불려왔는데 제가 맏형이 되면 다시 '응대가[應大哥]'라고 불려야 합니다. 만약에 두 사람이 와서 한 사람은 '응이가'라고 부르고, 다른 사람은 '응대가'라고 부른다면 저는 응이가입니까, 아니면 응대가입니까?"

서문경이 웃으면서 말했다.

"고집쟁이처럼 쓸데없는 말만 하시는구려."

사희대가 응수한다.

"사양하지 마세요."

서문경이 두세 차례 사양했으나 화자허·응백작 등이 재차 권해 맏형이 되고, 둘째는 응백작, 셋째는 사희대, 넷째는 돈이 좀 있는 화자허가 되고 나머지는 나이에 따라 했다. 오도관이 소지를 다 쓴 뒤에 촛불을 붙이고 사람들을 순서에 따라 서게 했다. 그런 연후에 소지를 길게 펴 낭랑한 목소리로 읊었다.

송나라 산동 동평부 청하현에 믿음이 있는 선비 서문경과 응백작·
사희대·화자허·손천화·축일념·운리수·오전은·상시절·백뢰광은 목욕
재계하고 향을 피우면서 고하나이다. 엎드려 생각건대 도원결의가
중하여 사람들이 추앙하여 따르고 감히 그것을 본받으려고 합니다.
관중[管仲]과 포숙아[鮑叔牙]의 정이 깊어 많은 사람들이 따르고 그
뜻과 같고자 하옵니다. 온 천하 사람들이 모두 형제라 할 수 있는데
어찌 성이 다르다고 골육만 같지 않겠습니까. 오늘 정화년 모월 모
일에 돼지와 양 등을 제물로 준비해 정성스럽게 제단을 차려 간절
히 기원하는 바입니다.

또한 하늘의 옥황상제에게 이렇게 고했다.

사방을 돌보시는 신명이시여! 이 향을 빌려 기원하니 통찰하여주
시기 바랍니다.
엎드려 빌건대 서문경 등이 태어난 것은 비록 다르다고 하지만 죽
는 것은 같은 날에 죽기를 바랍니다. 결맹할 때의 다짐이 영원히 견
고하고 평안과 행복을 같이하며, 어려울 때 서로 도와주기를 기원
하나이다. 결의를 맺은 후에 날로 새로워지고, 부귀해져서는 가난
했을 때를 생각해 시종 의지할 수 있기를. 이 우정이 끊임없다면 우
의는 하늘처럼 높고 땅만큼 두텁습니다. 엎드려 바라옵건대 이 결
의 이후에 서로 좋게 지내며 원한이 없기를 소망합니다. 모두 장수
하며 집마다 행복이 가득하기를 바라옵니다. 모든 것이 이루어지도
록 도와주소서! 삼가 아룁니다.
                                                    정화년 모월 모일

오도관이 읽고 나자, 모두들 제단에 절을 여덟 번 하고 또 순서에 따라서 제단 앞에서 서로 절을 여덟 번 했다. 그 후 다시 신전에 절을 하고 지전을 불사르고는 예식을 마쳤다. 오도관은 곧 사람을 불러 돼지고기, 양고기 등을 썰게 하고 닭고기, 생선, 과일 등을 크고 작은 그릇에 나누어서 상 두 개에 펼쳐놓았다. 서문경이 맨 윗자리에 앉고 나머지는 각자 순서에 따라 앉았으며 오도관도 옆자리에 앉았다. 잠시 후 술이 몇 잔 돌고 나니 웃고 떠드는 소리가 집 안에 가득했다.

방금 부상[扶桑]*에서 해가 뜨는 것을 보았는데
벌써 햇빛이 함산[啣山]까지 뻗어 있네.
술에 취해 정인을 부축해가니
나뭇가지 끝에 초승달이 둥그러니 걸려 있네.
才見扶桑日出 又看曦馭啣山
醉後倩人扶去 樹梢新月才彎

술이 거나하게 돌았을 때 대안이 들어와 서문경에게 다가가서 귓가에 대고 속삭였다.

"아씨 마님께서 주인어른을 모셔오랍니다. 셋째 마님께서 기절하셨으니 조금 일찍 돌아오시랍니다."

서문경이 즉시 자리를 털고 일어났다.

"내가 좌중의 분위기를 깨고 싶지 않으나, 셋째 부인의 병이 중해 먼저 가봐야겠네."

이에 화자허가 따라 나갈 채비를 했다.

---

* 중국 전설에서 해가 뜨는 동쪽 바다 속에 있다는 상상의 나무, 또는 그 나무가 있다는 곳

"제가 형님과 같은 방향이니 같이 갑시다."

그러자 응백작이 말한다.

"돈 있는 물주들이 모두 가버리면, 남아 있는 우리들은 어떡하라고! 화형은 좀 더 앉아 있구려."

서문경이 대꾸했다.

"화형네 집에도 사람이 없으니, 우리 둘이 같이 가서 화씨 아주머니 걱정도 덜어줘야 하지 않겠나."

대안이 말한다.

"소인이 올 때 그 댁 마님께서도 천복에게 말을 준비시켜 보냈습니다."

이때 다른 하인이 화자허에게 다가왔다.

"말 여기 있습니다. 마님께서 주인어른을 모셔오랍니다."

이에 두 사람은 일어나면서 오도관에게 수고했다고 말을 하고 응백작 등에게 손을 들어 인사를 했다.

"자네들은 여기서 잘들 놀고 있게나, 우리들은 먼저 가네."

그러고는 말을 타고 떠났다. 남은 자들은 전혀 아랑곳없이 실컷 먹고 마신 것은 두말할 필요도 없다.

집에 도착한 서문경은 화자허와 헤어지고 바로 오월랑에게 가서 탁이저가 어떻게 된 것인지 물어보았다.

"집에 아픈 사람이 있는데, 당신은 사람들과 어울려 놀러나 다니기에 제가 일부러 대안을 시켜 그렇게 말하도록 한 거예요. 갈수록 병세가 심해지는 것 같으니 당분간 집에 계세요."

이 말을 들은 서문경은 탁이저에게 건너가 보고서는 며칠은 집을 지켰다.

시간은 흘러 어느덧 시월 중순이 됐다. 하루는 서문경이 하인을 시켜 의사를 불러와 탁이저의 병증을 보게 하고 대청으로 막 들어서려는데, 응백작이 큰소리로 웃으면서 들어와 서문경에게 인사를 했다. 서문경이 응백작을 들어와 앉게 했다.

"형님, 셋째 형수님 병은 좀 어떻습니까?"

"아직도 일어나지 못하니, 어쩌면 좋을지 모르겠네. 그래, 자네들은 그때 언제쯤 헤어졌나?"

"오도관이 하도 붙잡고 해서 아마도 자정에야 헤어졌나 봅니다. 다들 술에 취해서 제대로 놀지도 못했지요. 저도 형님처럼 그냥 일찍 올 걸 그랬습니다."

"참, 식사는 했나?"

응백작은 먹지 않았다는 말은 못하고 둘러댔다.

"알아맞혀 보세요."

"먹은 거 같은데?"

"틀렸습니다."

서문경이 웃으며 말한다.

"능구렁이 같으니라구! 안 먹었으면 안 먹었다고 말하면 되지, 그게 뭐 큰일이라고!"

그러고는 하인을 불렀다.

"응이숙과 식사하게 상 좀 차리거라!"

분부를 하고 나자, 응백작이 웃으며 말한다.

"사실, 먹기는 먹었습니다. 그보다 제가 재미있는 얘기를 들었기에 형님께 말씀드리고 함께 가서 보려고 왔습니다."

"무슨 재미있는 일?"

"일전에 오도관이 말한 경양강 호랑이를 어제 웬 사람이 한주먹에 때려죽였답니다."

"자네 또 허풍을 떨고 있군, 난 안 믿네!"

"믿지 않아도 좋으니 한번 들어나 보세요."

응백작은 손짓 발짓을 해가며 신나게 떠들어댔다. 그자가 성은 '무[武]'이며 이름은 '송[松]'으로, 어찌 된 연고인지 시진[柴進] 대관 집에 피신해 있었는데, 후에 병이 들어 고생을 하다 좋아져 형을 찾아 나섰다고 했다. 그러다 이 경양강을 지나는 길에 호랑이를 만나 어찌어찌하다가 한주먹에 때려죽였다는데, 응백작은 마치 자기가 직접 본 듯 또는 자기가 때려죽인 것 모양 얘기를 늘어놓았다. 서문경이 머리를 끄떡이며 말했다.

"그렇다면 밥이나 먹고 함께 가서 보세."

"그러면 여기서 잡숫지 마시고, 잘못하면 늦을지 모르니 큰거리에 있는 음식점에 가서 먹읍시다."

내홍이 들어와 음식을 차리는 것을 보고 서문경이 말했다.

"아씨 마님께 상 차릴 필요 없다고 전하고, 옷이나 갖고 오너라."

잠시 후에 옷을 갈아입고 응백작과 손을 잡고서는 밖으로 나왔다. 길에서 사희대를 만났는데 사희대가 웃으면서 말을 붙인다.

"형님들도 호랑이를 잡으러 왔습니까?"

"그렇다네."

"큰거리에는 사람들이 너무 많아서 걷기도 쉽지 않습니다."

이에 큰거리에 있는 음식점에 들어가 자리를 잡고 앉았다. 오래지 않아 북과 징 소리 등이 울리며 함성이 들려왔다. 바라보니 사냥꾼 한 무리가 줄지어 걸어오고 그 뒤에는 맞아 죽은 호랑이를 네 사람이 겨우 메고 오고 있었다. 맨 뒤에 커다란 백마를 탄 한 장사가 있었는데 바로 호랑이를 잡은 사람이었다. 서문경이 보고는 손가락을 깨물며 감탄했다.

"필시 황소 같은 기력을 지닌 사람일 게야. 그렇지 않다면 어떻게 호랑이를 때려죽이겠는가."

세 사람은 술을 마시면서 이야기를 계속했다.

이처럼 환영을 받는 사람은 어떤 모습일까?

우람한 체구가 늠름하니 신장은 칠 척이 넘고
훤한 얼굴에 나이는 스물네댓 정도.
눈을 치켜뜬 모습이 멀리서 보니 한 쌍의 별과도 같고
부르쥔 손은 가까이서 보니 마치 한 쌍의 철퇴와도 같네.
다리를 날카롭게 해 치솟을 때에는
깊은 산 속의 호랑이나 표범도 혼을 빼앗기고
주먹을 모아 내리칠 때에는
깊은 골짜기의 곰들도 모두 얼이 빠지네.
머리에는 만자 두건을 쓰고 은빛 꽃을 꽂고
몸에는 피에 젖은 옷을 걸쳤네.
雄軀糾糾 七尺以上身材 闊面稜稜 二十四五年紀
雙眸直竪 遠望處猶如兩點明星 兩手握來 近觀時好似一雙鐵碓
脚尖飛起 深山虎豹失精魂 拳頭落時 窮谷熊羆皆喪魄
頭戴着一頂萬字頭巾 上簪兩朶銀花
身穿着一領血腥衲襖 披着一方紅錦

이 사람이 바로 응백작이 말한 양곡현의 무송으로, 형을 찾으러 가다가 뜻하지 않게 사나운 호랑이를 때려잡아 고을 지현[知縣](고을[縣]을 다스리는 관리)이 오게 하자 마을 사람들이 구경하러 나와서 환영을 해주는 것이었다. 이럴 즈음에 지현이 당 위에 자리를 잡고 앉으니, 무송이 말에서 내려 호랑이를 짊어지고는 대청 앞에다 갖다놓았다. 지현은 무송의 이러한 늠름한 모습을 보고는 속으로 생각했다.

　　'과연! 이러하니 호랑이를 때려잡지!'

　　아전들이 무송을 불러 지현에게 인사를 드리게 했다. 무송이 호랑이 잡던 일을 처음부터 끝까지 다시 한 번 늘어놓으니 양옆에 서 있던 관리들이 모두 놀랐다. 지현이 당 위에서 술 석 잔을 내리고, 창고에서 쉰 냥을 가져오게 해 무송에게 상금으로 주었다.

　　무송이 아뢰었다.

　　"소인은 단지 상공[相公]의 음덕을 입어 우연히 호랑이를 때려잡은 것으로, 이는 결코 소인의 능력이 아니거늘 어찌 감히 이 상금을 받을 수 있겠습니까? 여러 사냥꾼들이 이 호랑이로 인해 상공께 적지 않은 꾸중을 들었다는데, 이 상금을 차라리 그들한테 나눠주시옵소서. 그렇게 하신다면 상공의 은전이 더욱 빛날 것입니다."

　　"그렇다면 자네 뜻대로 하게나."

　　무송은 곧장 대청 위에서 상금 쉰 냥을 사냥꾼들에게 나눠주었다.

　　지현이 보니 무송의 사람됨이 인덕이 있고 후덕한 사내대장부인지라 무송을 천거해 쓰고 싶었다.

　　"자네가 비록 양곡현 사람이나 이 청하현과는 지척인지라, 내 오늘 자네를 우리 현 포도대장으로 삼아 도적들을 잡게 하고자 하는데, 자네 뜻은 어떠한가?"

무송이 무릎을 구부리며 말했다.

"상공께서 그렇게 써주신다면 소인은 목숨을 바쳐 은혜에 보답하겠습니다."

지현은 즉시 관원을 불러 서류를 작성케 하고 그날로 무송을 포도대장으로 삼으니, 마을 이장이나 돈푼깨나 있는 사람들이 모두 와서 축하를 해주는 바람에 며칠 동안 연이어 술을 마셨다. 양곡현으로 가서 형을 찾으려다 뜻하지 않게 청하현에서 포도대장이 되었으니 그 기쁨이야 어찌하랴! 그때 동평부 두 현에 이런 일이 전해지니, 모든 사람들이 무송의 이름을 알게 되었다.

장사 영웅은 기예와 책략으로 이름을 날리니
몸을 뻗어 경양강에 올라가
취중에 산중 호랑이를 때려죽이니
그로부터 이름이 사방에 퍼지는구나.
壯士英雄藝略芳 挺身直上景陽岡
醉來打死山中虎 自此聲名播四方

그윽한 사랑을 원했으나

경양강에서 무송이 호랑이를 때려잡고, 반금련은 남편을 싫어해 바람을 피우다

사내대장부는 손에 명검 오구[吳鉤]*를 들고
만인의 목을 자르고자 하네.
어찌하여 철석같은 마음이
꽃처럼 부드럽게 되었는가.
보라, 항적[項籍]**과 유계[劉季]***
하나만이라도 사람들을 떨게 했거늘
우희[虞姬]****와 척씨[戚氏]*****를 만나
영웅호걸도 모든 것이 끝났구나.
丈夫隻手把吳鉤 欲斬萬人頭
如何鐵石打成心性 卻爲花柔
請看項籍幷劉季 一似使人愁
只因撞着虞姬戚氏 豪傑都休

---

* 춘추시대에 오왕[吳王] 합려[闔閭]가 만들었다는 명검
** 항우를 가리킴
*** 유방을 가리킴
**** 항우의 애첩
***** 유방의 부인

이 사[詞]에서는 정[情]과 색[色]을 나눠 얘기하나, 사실 둘은 하나다. 색은 눈에 아름다워 보이고 정은 마음에 느껴지는 것으로서, 정과 색은 서로 생기게 하며 마음과 눈은 서로 보는 것이다. 그리하여 예부터 지금까지 성인군자라 하더라도 이 둘을 잊고 살 수는 없었다. 진[晉]나라 사람 중 한 사람(죽림칠현[竹林七賢] 가운데 한 명인 왕융[王融])이 이르기를, '정이 있는 곳에 우리들이 있다[情之所鐘正在我輩]'라고 했다. 마치 자석이 쇠붙이를 끌어당기듯이, 장애물을 지나서 통하게 한다. 무정한 사물도 이러할진대 하물며 인간이 하루 종일 정과 색 속에서 살아가면서 오죽하겠는가?

'사내대장부는 손에 명검 오구를 들고'라는 구절에서 오구는 옛 검이다. 옛날에 명검으로는 간장[干將]·막야[鏌鋣]·태아[太阿]·오구[吳鉤]·어장[魚腸]·촉루[鐲鏤] 등이 있었다. 이 사의 내용은 대장부의 마음이 철석같이 굳고 기개가 무지개라도 뚫을 듯 강하더라도, 여인 앞에서는 뜻이 꺾이고 만다는 것이다. 옛날에 서초패왕[西楚霸王]이 있었는데 성은 '항[項]'이요 이름은 '적[籍]', 자는 '우[羽]'였다. 진시황[秦始皇]이 무도하여 남으로는 오령[五嶺](대령[臺嶺]·기전[騎田]·도방[都龐]·붕제[崩諸]·월령[越嶺])을 복구하도록 하고, 북으로는 만리장성을 쌓게 했으며, 동으로는 대해[大海]를 뒤엎고(신인[神人] 편석[鞭石]이 바다로 들어가 진시황을 위해 다리를 만든 일), 서로는 아방궁[阿房宮]을 건축하면서 아울러 육국[六國](초[楚]·연[燕]·제[齊]·한[韓]·위[魏]·조[趙])을 집어삼키고, 책자를 불사르고 학자들을 생매장시켰다. 이에 항우는 한왕[漢王] 유방[劉邦]과 함께 군사를 일으켜 삼진[三秦]을 석권하고, 진나라를 멸하면서 홍구[鴻溝]를 경계로 삼아 천하를 양분했다. 그런 연후에 범증[范增](항우의 책사)의 계략을 써서 연달아 한왕의 칠십이진[七十二陣]을 격파했다.

　그러나 항우는 우희[虞姬]라는 경국지색의 여인을 총애하여 군중에 머물게 하며 온종일 같이 있었다. 어느 날 한신[韓信]에게 패해 음릉[陰陵](지금의 안휘정원현[安徽定遠縣] 서북)으로 야반도주를 한다. 추적병들이 바짝 다가옴에 패왕은 강동[江東]을 향해 구원을 청하면서도 우희를 차마 떨쳐버릴 수가 없었으니 사방에서는 초나라 노랫소리가 들려올 뿐이었다(사면초가[四面楚歌]).

　사태가 이쯤 되자 항우가 탄식하며 노래했다.

　힘은 산을 뽑을 만하고, 기개는 세상을 덮을 수 있으나
　때가 불리하고 말도 가지 않는구나.
　말도 가지 않으니 어쩌란 말이냐.
　우[虞]야! 우[虞]야! 너를 어찌하란 말이냐!
　力拔山兮 氣蓋世 時不時兮 騅不逝
　騅不逝兮 可奈何 虞兮虞兮 奈若何

　노래를 마치고 눈물을 흘리니 우희가 말한다.

　"대왕께서는 천첩 때문에 군중의 대사를 소홀히 하신 것이 아닙니까?"

　"그렇지 않다. 내 너를 차마 버릴 수가 없구나! 또한 네가 이렇듯 아름다우니, 유방도 주색을 밝히는 위인인데 너를 보면 반드시 자기 여인으로 만들려 할 것이다."

　"소첩은 차라리 의롭게 죽을지언정 구차하게 목숨을 유지하고 싶지는 않습니다."

우희가 울면서 이렇게 말하고는 패왕의 보검을 빼 스스로 자결한다. 이에 패왕도 크게 통곡하며 스스로 목을 찔렀다.

사관이 시로써 이를 탄식한 것이 있다.

산을 뽑을 듯한 힘도 다하고 천하 패자의 뜻도 무너졌네.
검에 의지해 헛되이 노래하나 말은 가지를 않네.
밝은 달은 군영에 가득하고, 하늘은 물과 같이 푸른데
어찌 참을 수 있으랴! 머리 돌려 우희와 헤어짐을.
拔山力盡霸圖隳 倚劍空歌不逝驅
明月滿營天似水 那堪回首別虞姬

한고조 유방은 사상[泗上]의 일개 정장[亭長](사수[泗水]지역의 소송과 치안을 담당하는 소사[小吏])이었으나 삼척검을 들고 망탕산[砀蕩山]에서 흰 뱀을 베면서 이름을 떨쳤다. 이 년 후에 진을 정복하고, 오 년 후에 초를 멸해 천하를 제패했다. 유방 또한 척씨라고 하는 부인이 있었는데, 척씨 부인이 낳은 아들이 유방의 넷째아들인 조왕[趙王] 여의[如意]였으나 황후 여후[呂后]에게 질투와 시샘을 받았기에 마음이 심히 불안했다.

하루는 고조가 병이 있어 척씨 부인의 다리를 베고 누워 있을 때 부인이 울며 말했다.

"폐하께서 돌아가신다면 저와 제 자식은 누구를 의지해 살아간단 말입니까?"

"걱정하지 마라. 내가 내일 조정에 나가 태자를 폐위하고, 여의를 태자로 삼으면 되지 않겠느냐."

이에 척씨 부인이 눈물을 거두고 감사의 말을 했다. 여후가 이 말을 듣고 몰래 장량을 불러 계책을 세웠다. 장량은 상산[商山](지금의 섬서 상현[商縣] 동남[東南])의 사호[四皓]를 천거해 그들이 내려와 태자를 보좌하도록 했다. 하루는 태자와 함께 조정에 들어가 고조에게 인사를 올리니, 고조는 이들 네 사람의 수염이 하얗고 풍채가 빼어나며 의관이 매우 뛰어난 것을 보고는 이름을 물었다. 네 사람은 동원공[東圓公], 기리계[綺里季], 하황공[夏黃公], 각리선생[角里先生]이었다. 이름을 들은 고조는 크게 놀라며 물었다.

"짐이 오래전부터 그대들을 부르려 했는데 오지 않다가, 어찌 내 아이를 따라 나왔소?"

"태자께서야말로 수성의 군주이시기 때문입니다."

네 사람이 하는 말에 고조는 불쾌해졌다. 네 사람이 나가자 바로 척씨 부인을 불러 네 사람을 가리키며 말했다.

"짐은 태자를 폐위하고 싶으나, 지금 주위에서 네 호걸이 보좌하고 있어 이미 날개가 만들어진 것 같으니 쉽지 않겠구려!"

이 말을 듣고 척씨 부인은 하염없이 눈물을 흘렸다. 이에 황제는 시를 지어 설명했다.

큰기러기와 고니는 높이 나니 날개와 깃도 있네.
용을 안고 사해를 종횡하는구나.
사해를 종횡하는 것을
어찌할거나?
비록 활과 화살이 있다 한들
어찌 쏠 수 있겠는가!

鴻鵠高飛兮羽翼 抱龍兮羽横蹤四海
横蹤四海兮 又可奈何
雖有繒增今 尚安所施

후에 결국 조왕을 태자로 삼지 못했다. 고조가 세상을 뜬 후에 여후는 술 속에 독을 넣어 조왕 여의를 죽이고 척씨 부인을 병신(이때 생긴 고사가 인체[人彘])으로 만들어 근심을 제거했다. 후세 시인들이 항우와 유방을 평할 때 이들은 당대 영웅임에 틀림없지만 각자 여인으로 인해서 뜻과 기개가 꺾이지 않을 수 없었다고 말한다. 비록 정부인과 첩을 보는 것이 명분이 다르다 하더라도 척씨 부인이 당한 재난은 우희보다 더욱 처참했다. 그런즉 첩이 자기 도리를 지켜 지아비를 잘 섬기더라도 목숨을 안전하게 보존하기는 어렵다!

이 두 사람을 보면 '우희와 척씨를 만남으로 인해 영웅호걸도 모든 것이 끝났구나'라는 말이 틀린 말이 아님을 알 수 있다.

유방과 항우의 여인이여 정말로 가련하구나.
영웅들이 곱고 아름다운 자태를 보호해줄 방법이 없으니
척희가 묻힌 곳을 그대는 아는지.
우희의 묘지가 있음에는 미치지 못하네.
劉項佳人絶可憐 英雄無策庇嬋嬋娟
戚姬葬處君知否 不及虞姬有墓基田

이야기꾼들이 이 정과 색을 말하기 좋아하는 것은 무엇 때문인가? 예부터 선비가 재주를 뽐내면 덕이 부족하고, 여인이 색을 드러내면 정이 제멋대로 흐른다. 만약 차고 넘치는 것을 잘할 수만 있다면 단아한 선비나 정숙한 여인이 될 수 있으니, 어찌 목숨을 잃는 화가 있겠는가? 고금이 모두 그러하며 부귀나 귀천도 마찬가지다.

지금 이 책에서 하고자 하는 이야기는 호랑이 이야기로 시작해서 점차 미인의 사랑 이야기로 발전한다. 한 음탕한 부인이 무뢰한과 눈이 맞아서 밤낮으로 사랑을 나눈다. 그러다 후에 날카로운 칼 아래 목숨을 잃고 황천을 헤매면서 영원히 아름다운 옷도 입지 못하고 다시는 화장도 하지 못하는 신세가 된다.

이 연유를 가만히 생각해본다. 도대체 이 여인은 무엇 때문에 죽는 것일까? 여인을 탐내던 육 척의 당당한 남자는 목숨을 잃고, 여인을 사랑하던 남자는 많은 재산을 날려버린다. 동평부를 놀라게 하고 청하현을 시끄럽게 만든 이 여자는 도대체 누구 부인이며, 누구 첩이 되며, 후일에는 또다시 누구 소유가 됐다가 누구 손에 죽는가? 말을 하자면 화악[華岳]의 산봉우리도 기울고, 듣노라면 황하의 물도 거꾸로 흐르네.

송[宋]나라 휘종 정화 연간(1111~1118년 11월에 중화[重和]로 고침)에 조정에서는 황제가 고구[高毬]·양전[楊戩]·동관[童貫]·채경[蔡京] 등의 간신을 총애하니, 천하에 대란이 일어나고 백성은 일자리를 잃고 도탄에 빠졌다. 이에 사방에서는 도적이 일어나고 하늘의 별신들이 지상으로 내려와 아름다운 송나라를 어지럽혔다. 네 곳에서 큰 도적이 일어났으니, 산동[山東]의 송강[宋江], 회서[淮西]의 왕경[王慶], 하북[河北]의 전호[田虎], 강남[江南]의 방납[方臘]이 그들로서, 이들은 모두 고을을 어지럽히고 마을 사람들을 겁탈하고 살인과 방화를 일삼으면서 스스로 왕이라 칭하기도 했다. 오직 송강만이 '하늘을 대신해 도를 행한다(체천행도[替天行道])'라는 구호로 원수를 갚아주고 백성을 대신해 천하의 탐관오리와 교활한 무리들을 죽였다.

이때 산동성의 양곡현에 성은 '무[武]'이며 이름은 '식[植]'으로 집안에서 항렬이 첫 번째인 사람이 있었다. 같은 어머니 소생으로 무송[武松]이라는 동생이 있었는데 키가 칠 척에다 어깨가 떡 벌어져 어려서부터 힘이 장사였으며 창과 봉술에도 뛰어났다. 무송의 형인 무대[武大]는 키가 삼 척도 안 되었으며 사람이 나약하고 머리도 우둔해 평소에 제 분수나 지키고 시비를 일으키지 않았다.

당시 극심한 가뭄을 만나서 집을 팔고 형제가 떨어져 청하현으로 옮겨와서 살고 있었다. 무송은 술에 취해 동추밀[東樞密](추밀원 장관)을 때려준 일 때문에 홀로 창주[滄州] 횡해군[橫海郡]에 있는 소선풍[小旋風] 시진[柴進]네 집에 피신해 있었다. 시진은 자기 집에 천하의 영웅호걸들을 불러 모으고 의를 중히 여기며 재물을 우습게 보니 사람들은 시진을 '소맹상군[小孟嘗君]'이라고 불렀다. 시대관인[柴大官人]은 후주[後周] 시세종[柴世宗](후주 2대 황제)의 정통 적파 자손인데 무송이 그곳에 몸을 숨긴 것이다. 시진은 무송이 사내대장부인 것을 알아보고 자기 집에 머물도록 했다. 그러다 무송이 뜻하지 않게 학질에 걸려 일 년여를 머물다가 형님인 무대가 생각나서 작별을 고하고 집으로 돌아갔다.

무송은 며칠을 걸어서 양곡현 부근에 도착했다. 그때 산동성 경계에는 경양강이라는 산이 있었는데 산속에는 큰 눈에 이마에 흰 털이 있는 호랑이가 있어 길을 막고 사람들을 잡아먹으니 길이 끊기고 인적도 드물었다. 이에 관아에서는 사냥꾼을 풀어 이 호랑이를 잡게 했다. 산기슭에는 이곳을 지나가는 사람이나 상인들은 반드시 무리를 지어 사시[巳時]·오시[午時]·미시[未時] 등 세 시각(오전 아홉 시부터 오후 세 시) 사이에만 통과하고 나머지는 허락하지 않는다는 방문[榜文]이 붙어 있었다. 무송은 이런 사연을 듣고 큰소리로 웃고는 길가 주막으로 들어가 술 몇 잔을 들이켜 배포를 크게 한 다음 호신용 몽둥이를 비스듬히 끌고 큰 걸음으로 산등성이를 오르기 시작했다. 얼마 가지 않아 산신묘 문 앞에 붉은 도장이 찍힌 방문이 붙어 있었다. 무송이 무어라 쓰여 있나 하고 보니 다음과 같았다.

경양강 위에 호랑이 한 마리가 있어 최근에 사람들이 많이 다쳤음. 기간을 정해 사냥꾼들에게 잡도록 하고 잡을 때에는 상금 서른 냥을 줌. 지나는 사람들은 반드시 사·오·미 세 시각 내에 무리를 지어서 통과할 것. 기타 시각과 홀로 지나는 것은 대낮이라 할지라도 허락하지 않음. 생명을 잃을 수도 있으니 명심할 것.

"무엇이 두렵단 말인가!"
무송이 큰소리를 치고는 산으로 올라가 도대체 어떤 호랑이인지 보려 했다. 무송은 호신용 몽둥이를 허리춤에 끼고는 천천히 산 고개를 향해 올라갔다. 뒤돌아 하늘을 보니 해는 점차 서산으로 기울고 때는 바야흐로 시월이라 낮은 짧고 밤은 길어 바로 저녁이 되었다. 무송이 조금 가니 술기운이 서서히 오르며 멀리 나무들이 어지럽게 보이는데, 나무들을 지나치니 윤기가 반들반들 나는 푸른 소 모양을 한 바위가 있었다. 몽둥이를 바위에 기대놓고 드러누워 잠을 자려 하는데 푸른 하늘에서 갑자기 광풍이 불어왔다.

형체도 없고 그림자도 없이 사람의 가슴에 비치네.
사계절 동안 능히 불어 만물이 열리도록 하고
땅에서는 누런 나뭇잎을 가져가고
산에 들어와서는 흰 구름을 밀어내네.
無形無影透人懷 四季能吹萬物開
就地撮將黃葉去 人山推出白雲來

구름이 일면 용이 나타나고, 바람이 불면 호랑이가 나타나는 법이다. 일진광풍이 지나간 곳에는 어지러이 낙엽 떨어지는 소리가 우수수 들리더니 풀썩 하는 소리와 함께 부리부리한 큰 눈에 이마에 흰 점이 있는 호랑이가 튀어나오는데 마치 소가 나온 듯 몸집이 컸다. 무송이 보고서는 '어이구' 하면서 푸른 바위에서 몸을 돌려 뛰어내리면서 바로 손에 몽둥이를 들고 잽싸게 바위 뒤로 몸을 숨겼다.

호랑이는 배도 고프고 목도 마른 참이라 앞발로 땅을 차면서 세차게 뛰어올랐다. 또한 꼬리를 가위질하는데 마치 빈 하늘에 천둥 번개가 치는 것 같았고 산과 골짜기가 온통 포효로 가득했다. 무송은 깜짝 놀란 나머지 뱃속의 술이 모두 땀이 되어 나왔다. 눈 깜짝할 새 이루어진 일이었다. 무송은 호랑이가 달려드는 것을 보고서는 재빨리 호랑이 뒤로 갔다. 호랑이는 목이 짧아서 목만 돌려서는 뒤에 있는 사람을 보기가 매우 힘들다. 그래서 앞 발톱으로 땅바닥을 밟고 허리를 쭉 펴서 발로 걷어차려고 하니, 무송이 몸을 돌려 옆으로 피했다. 호랑이가 걷어차지 못하자 어흥 소리를 내니 또다시 온 산이 진동을 했다. 무송은 다시 옆으로 살짝 피했다. 호랑이가 사람을 공격할 때에는 한 번 앞 발톱으로 공격하고, 한 번 뒷발로 차고, 한 번 꼬리를 휘두르는데, 이 세 가지 공격 방법을 다 써서 잡지 못하면 기력이 반쯤 없어진다.

무송은 호랑이가 기력이 떨어진 것을 보고 몸을 돌려 몽둥이를 돌려가면서 젖 먹던 힘을 다해 한 방 내리쳤는데 부근의 나뭇가지만 내리쳤을 뿐이었다. 정작 호랑이는 때리지도 못하고 나뭇가지를 내리쳐서 몽둥이만 두 동강이 나고 손에는 반 토막만이 있을 뿐이다. 무송이 속으로 얼마나 당황했겠는가! 호랑이는 더욱 큰 소리를 내면서 꼬리를 치켜세우고는 바람을 가르듯이 무송을 향해 다시 한 번 덮쳐왔다. 무송은 펄쩍 뛰면서 뒤로 열댓 걸음을 물러났다. 호랑이는 재차 공격해도 뜻대로 되지 않자 앞 발톱을 무송의 얼굴 가까이 들이대며 다시 덤벼들었다. 이에 무송은 손에 들고 있던 몽둥이 반 토막을 버리고 앞을 향해 달리면서 그 기세를 타고 양손으로 호랑이 정수리 털을 꽉 움켜잡고 온 힘을 다해 죄니 호랑이는 벗어나려고 발버둥을 쳤지만 이미 힘이 빠져서 소용이 없었다.

무송은 기세를 조금도 늦추지 않고 다시 온 힘을 다해 호랑이를 짓눌렀다. 아울러 한편으로는 발을 들어 호랑이의 눈을 마구 걷어찼다. 호랑이는 크게 울부짖으면서 몸을 낮추며 이리저리 발버둥을 치다가 진흙덩이를 파헤치며 구덩이를 만들었다. 무송은 그 구덩이에 호랑이를 내리누르면서 오른손을 빼내 호랑이 머리를 죽을힘을 다해 쉴 새 없이 두들겨 팼다. 마침내 호랑이는 숨이 끊어졌다! 죽어 비스듬히 드러누운 모습이 마치 커다란 비단 자루 같았으며, 덩치가 커서 움직일 수도 없었다.

경양강에서 무송이 호랑이를 때려잡은 모습을 그린 고풍의 시가
있어 전한다.

경양강 산머리에 바람이 거세니
만 리에 어두운 구름이 햇빛을 가리네.
붉은 단풍은 시냇물에 가득하고 타는 듯한 태양도 붉기만 하고
땅에 흩어져 있는 풀들도 모두 누렇네.
눈에 보이는 노을은 나무숲에 걸려 있고
서늘함을 느끼게 하던 찬 서리는 온 하늘에 가득하네.
홀연히 천둥 번개 소리 들리면서
산허리로부터 짐승 중의 왕인 호랑이가 튀어나오네.
고개를 흔들며 이빨과 발톱을 드러내니
계곡에 있는 작은 사슴들은 모두 달아나고
산속의 여우와 토끼는 모습을 감추고
개울가에 있던 원숭이도 놀라 허둥지둥하네.
변장[卞莊]*도 보면 혼백이 달아날 것이고
존효[存孝]**도 이런 경우에는 심장이 떨릴 것일세.
청하현의 술이 덜 깬 장사가
우연히 산머리에서 호랑이를 만났네.
이리저리 헤매면서 잡아먹을 사람을 찾던 굶주린 호랑이는
이를 보자 흉악한 모습으로 사람을 덮치네.
호랑이가 사람을 덮치는 것은 마치 산이 무너지는 듯하고

* 춘추시대 노[魯]나라의 대부로 한 번에 호랑이 두 마리를 잡아 용맹을 떨침
** 오대[五代] 때 후당의 안경사[安敬思]로 후에 후당 태조 이극용[李克用]이 아들로 삼았기에 이존효라 함

사람이 호랑이를 맞는 것은 마치 바위가 기우는 것 같구나.

어깨를 내려뜨리고 잽싸게 날아올라

발톱으로 몇 군데 구덩이를 만들고

주먹으로 머리를 패는 것과 날카로운 발길질은 마치 비 오듯 하니

마침내 양손에는 뚝뚝 떨어지는 피로 흥건하네.

더러움과 비린내가 소나무 숲에 가득하고

어지러이 흩어진 털들로 온 산이 가득하네.

가까이 가서 보면 묵직한 기세는 다하지 않았지만

멀리서 보니 위풍도 다 사라졌네.

몸은 들풀 위에 던져지고

꼭 감은 두 눈에서 빛은 나지 않는구나.

景陽岡頭風正狂　萬里陰雲埋目光

餤餤滿川紅日赤　紛紛遍地草皆黃

觸目曉霞掛林藪　侵入冷霧滿彎蒼

忽聞一聲霹靂響　山腰飛出獸中王

昂頭踴躍逞牙爪　谷里獐鹿皆奔降

山中狐免潛蹤迹　澗內獐猿驚且慌

卞莊見後魂魄散　存孝遇時心膽亡

清河壯士酒未醒　忽在崗頭偶相迎

上下尋人虎飢渴　撞着猙獰來撲人

虎來撲人似山倒　人去迎虎如岩傾

臂腕落時墜飛砲　爪牙攎處幾泥坑

拳頭脚尖如雨點　淋漓兩手鮮血染

穢汚腥風滿松林　散亂毛鬚墜山崦

近看千鈞勢未休 遠觀八面威風減

身橫野草錦斑消 緊閉雙睛光不閃

　호랑이는 무송에게 밥 한 그릇 먹을 시간도 안 돼 손발로 얻어맞고는 숨을 거두었다. 무송도 쉴 새 없이 거친 숨을 몰아쉬었다. 그러면서 소나무 부근으로 가서 아까 버린 부러진 몽둥이 반 토막을 찾아 들었다. 혹시라도 호랑이가 아직 죽지 않았을까봐 두려워서 다시 곁으로 다가가 십여 차례 더 두들겨 패니 마침내 호랑이는 숨이 완전히 끊어져버렸다.

　'잡은 김에 곧바로 산 아래로 끌고 내려갈까?'

　무송이 구덩이에서 피에 흥건히 젖은 죽은 호랑이를 꺼내려고 했으나 꼼짝도 하지 않았다. 사력을 다해 힘을 썼으나 손발만 저려올 뿐이었다. 무송이 바위에 앉아서 잠시 쉬려고 하는데 수풀 속에서 바스락 소리가 들려왔다. 무송은 말은 못하고 속으로 크게 놀랐다.

　'날도 어두워졌는데 또 호랑이가 뛰쳐나온다면 어떻게 그놈과 싸워서 살아날 수 있겠는가?'

　아니나 다를까 언덕 아래에서 호랑이 두 마리가 나타났다.

　"어이구! 이번에는 죽었구나!"

　무송이 크게 놀라고 있는데 호랑이 두 마리가 앞으로 다가오더니 똑바로 섰다. 눈을 크게 뜨고 자세히 보니 호랑이 가죽으로 만든 옷을 입고 머리에는 호랑이 머리 모양을 본떠 만든 모자를 쓴 사람들이었다. 이들 두 사람은 손에 다섯 갈래로 벌어진 갈퀴 같은 강차[剛叉]라는 무기를 들고 있었다. 무송을 보고는 머리를 숙여 인사를 한다.

　"여보시오! 당신은 사람이오, 귀신이오? 당신은 악어 심장, 표범간, 사자 다리를 먹었음에 틀림없고, 겁 없는 담으로 온몸을 둘러싸고 있음에 틀림없소! 그렇지 않다면 하늘도 이처럼 어두운데 어찌 당신 혼자서 무기도 없이 사람 잡아먹는 호랑이를 때려잡을 수 있단 말입니까? 우리들이 이곳에서 한참을 지켜보았는데, 장사의 존함이 어찌 됩니까?"

"못 가르쳐줄 것도 없습죠. 나는 양곡현 사람으로 이름은 무송이라 하며 집안에서 둘째라오. 근데 당신들은 누구요?"

"실은 이 마을 사냥꾼들이라오. 이놈의 호랑이가 밤에 나타나 사람들을 많이 해치는 바람에 우리 사냥꾼들이 잡으려 했으나 오히려 일고여덟이나 죽었고, 길 가던 사람들도 이루 헤아릴 수 없이 잡혀 먹혔다오. 그래서 이 고을 지현께서 우리 사냥꾼들을 불러모아 기한을 정해 잡게 하고는 이놈을 잡아오면 은자 서른 냥을 상금으로 내리신다고 하셨소. 하지만 기한 내에 잡지 못할 때에는 곤장을 때린다는 거요. 그렇지만 이놈이 얼마나 우람하고 거친지 가까이 가기도 어려운데 누가 감히 맞서서 잡을 수 있겠습니까? 단지 우리들과 마을 사람들 수십 명이 이곳에서 활과 화살을 준비해 기다리고 있을 따름이었죠. 그런데 이렇듯 매복을 하고 있다가, 장사께서 대수롭지 않게 산머리로 올라와서 주먹질과 발길질로 맞붙어서 이 호랑이를 때려 죽이는 것을 보았소. 지금 장사께서는 기력이 좀 남아 있습니까? 우리들이 이 호랑이를 묶을 테니 장사께서도 산을 내려가 마을에 가서 지현을 뵙고 상금을 타도록 하시지요."

이렇게 말하는 사이에 나머지 사냥꾼과 마을 사람들 칠팔십 명이 몰려와서 먼저 죽은 호랑이를 앞에서 들쳐 떠메고, 나무로 가마를 만들어 무송을 태우고 뒤를 따랐다. 곧바로 마을 이장 집으로 가니 크게 반가워하며 맞이하고는 호랑이를 뜰까지 메고 가도록 했다. 마을 사람들이 모두 몰려들어 무송의 이름을 묻고 호랑이를 잡은 이야기를 듣고자 하니 다시 한 차례 이야기를 했다. 이에 모든 사람들이 감탄했다.

"정말로 사내대장부로구나!"

사냥꾼들은 우선 산에서 잡은 것으로 음식을 준비해 대접하고 같이 어울려 만취하도록 마셨다. 그리고 손님방을 깨끗이 정리하고는 무송을 쉬게 했다.

다음 날 이장은 먼저 현청에 이 사실을 알리고 한편으로는 호랑이 가죽을 깐 붉은색 가마를 준비해 무송을 태우고는 현청으로 갔고, 청하현 지현이 사람을 시켜 무송을 맞이해 현 내의 대청으로 들어오게 했다. 마을 사람들은 한 장사가 경양강에서 호랑이를 때려잡았다는 소식을 듣고서 모두 나와 구경을 하려 하니 온 마을이 시끌벅적했다. 무송은 현청에 도착해 가마에서 내려 호랑이를 메고 현청 앞으로 들어갔다. 인사를 마친 뒤에 호랑이를 잡을 때의 정황을 다시 한 번 들려주니 양옆에 선 관리들이 모두 놀라 입을 다물지 못했다. 지현이 술 몇 잔을 권하고 고을 사람들이 호랑이를 잡는 데 써달라고 모은 은자 서른 냥을 창고에서 가져오게 하여 무송에게 주려고 했다. 이에 무송이 아뢰었다.

"소인은 어르신의 음덕을 입어 요행히 이 호랑이를 때려잡은 것이지 결코 소인의 힘이 아닙니다. 그러한데 제가 어찌 감히 이 서른 냥을 상금으로 받을 수가 있겠습니까? 이것은 사냥꾼들에게 나누어주도록 하십시오. 이 호랑이로 인해 그들이 어르신께 꾸중을 여러 차례 들었다고 합니다. 이 상금을 그들에게 주지 않으시렵니까? 그렇게 해주신다면 상공의 은혜로움이 다할 것이고 소인도 의로움을 보여주는 것이 될 것입니다."

"그렇다면 자네 뜻대로 하게나."

무송은 은자 서른 냥을 여러 사냥꾼들에게 나누어주었다. 지현은 무송의 충후한 인덕과 올바른 됨됨이를 보고는 천거해 곁에 두고 싶었다.

"자네가 비록 양곡현 사람이라고 하나 우리 청하현과는 지척지간인지라, 내 오늘 그대를 우리 현 포도대장으로 쓰고 싶네. 그래서 이 부근의 도적 잡는 일에 심혈을 기울여줬으면 하는데 자네 뜻은 어떠한가?"

무송은 무릎을 꿇으며 머리를 조아려 말했다.

"어르신께서 저를 그렇게 써주신다면 소인은 목숨을 다 바쳐 은혜에 보답하겠습니다."

이에 지현은 곧바로 아전을 불러 서류를 작성케 하고는 당일로 포도대장 일을 보게 했다. 마을 유지들과 관리들이 모두 찾아와 축하해주니 며칠 술자리가 계속됐다. 양곡현에 가서 형을 찾으려 하다가 뜻하지 않게 청하현에서 포도대장이 된 것이다. 어느 날 거리를 걷다보니 그 기쁨을 이루 참지 못할 지경이었다. 무송에 대한 소문은 곧 동평부 두 고을에 퍼져 모든 사람들이 그 이름을 알게 되었다.

한편 홀로 된 무대는 무송과 헤어진 이후에 심한 흉년을 만나 청하현의 자석가 부근으로 이사해 세를 얻어 살고 있었다. 사람됨이 나약해 보이고 생김도 꾀죄죄하기에 사람들은 무대를 '삼촌정 곡수피[三寸丁谷樹皮](키가 작고 얼굴이 못생겼다는 뜻)'라고 불렀다. 사람들은 무대의 어수룩한 모습을 보고는 놀려대거나 우습게 여겼지만, 무대는 결코 화내지 않고 적당히 피해버렸다.

세상 사람들아! 내 말 좀 들어보소. 세상에서 사람 마음이 가장 몹쓸 것이라는 것을. 약하면 업신여기고, 무서우면 두려워하네. 너무 강하면 부러뜨리고, 너무 부드러우면 없애버리네. 옛 격언에도 있다네.

부드럽고 연한 것은 출세의 근본
굳세고 강한 것은 재난의 시초
싸우지도 다투지도 않는 것이 현명한 사람
약간의 손해를 본들 어쩌하겠는가?
역사에 일장춘몽은 몇 번이나 있었고
세상에는 기인기재가 몇 명이나 있었던가.
교묘한 안배를 생각하지 말고
분수를 지켜 오늘을 살아가게나.
柔軟立身之本 剛强惹禍之胎
無爭無競是賢才 虧我些兒何碍
靑史幾場春夢 紅塵多少奇才
不須計較巧安排 守分而今見在

무대는 온종일 호떡을 담은 판을 메고 거리에 나가 팔아서 생활했는데, 불행히도 부인은 죽고 열두 살 난 딸아이 영아[迎兒]만 데리고 있었다. 부녀가 함께 살아가다가 반년이 채 못 되어 밑천을 거의 다 까먹고 다시 대가방으로 옮겼는데, 장대호[張大戶]네 집으로 이사해 길가에 접한 방을 얻어 여전히 호떡을 만들어 팔면서 살았다. 장씨 집 하인들은 무대의 사람됨이 성실하고 근면하기에 평소에 잘 보살펴주었고 호떡도 팔아주곤 했다. 한가로울 때에는 무대 가게에 모여 놀기도 했는데, 무대는 하인들을 잘 대접하려고 했다. 이처럼 장씨 집안 하인들이 모두 무대를 좋아해서 다들 장씨 앞에서 무대에 관해 좋게 말해주니 장대호는 무대에게 방세도 내라고 하지 않았다.

이 집안의 주인인 장대호는 수만 관이 넘는 재산과 백 칸이나 되는 넓은 집을 가지고 있었으나, 나이 예순이 넘도록 슬하에 자식이 없었다. 부인 여씨는 집안일을 엄격하게 다스려서 집 안에 얼굴 예쁜 하녀는 하나도 없었다. 하루는 장대인이 가슴을 치면서 크게 한숨을 내쉬었고, 이를 본 부인이 물었다.

"당신은 논밭도 많고 재산도 풍족한데, 갑자기 웬 한숨을 쉬고 계십니까?"

"내 이 나이가 되도록 아이가 없으니 비록 재산이 많다고 한들 어디 쓸 데가 있겠소?"

"당신이 그렇게 말씀하시니 내가 매파를 시켜 일하는 계집아이 둘을 사서 악기와 노래를 가르쳐 당신을 시중들도록 하지요."

대호는 마음속으로 대단히 기뻐하면서 고맙다고 했다. 얼마 지나자 부인은 과연 매파를 불러 대호에게 붙여줄 계집아이 두 명을 사왔다. 하나는 반금련[潘金蓮]이라 했고, 다른 하나는 백옥련[白玉蓮]이라고 불렀다. 이 중 반금련은 남문 밖에서 바느질을 하는 반씨의 딸로서 집안에서 여섯째였다. 얼굴이 예쁘고 작은 발을 전족했기에 어려서 이름이 '금련'이었다(중국에서는 옛날 전족을 '금련'이라고도 불렀다). 아버지가 죽자 어머니가 하는 일로는 살아가기 힘들어서 아홉 살 때 왕초선네 집에 팔려가 악기 다루고 노래 부르는 것, 눈썹과 눈을 그리는 화장법이나 머리를 빗어 틀어 올리는 법, 옷을 제대로 입는 법, 허장성세를 부리는 법, 애교를 부리는 법 등을 배웠다. 게다가 금련은 본성이 영리해 열다섯 살이 안 되어 그림과 자수를 배우고, 피리와 퉁소뿐만 아니라 비파도 다룰 줄 알게 됐다.

　나중에 왕초선이 죽자 금련의 어머니가 은자 서른 냥을 받고 장대호 집에 팔아넘기니 옥련과 함께 들어오게 된 것이다. 장대호 집에서 금련은 비파를, 옥련은 쟁을 배웠다. 옥련도 나이 열여섯에 본래 악기를 다루는 집안 딸이며 얼굴도 하얗고 예뻐서 어릴 때 이름이 옥련이었다. 이 둘은 한 방에서 함께 지냈다. 주인마님인 여씨는 처음부터 이 둘을 아껴서 음식 준비나 술시중은 하지 못하게 하고 금은 장식을 주어 몸치장이나 잘하게 했다. 그런데 후에 뜻하지 않게 옥련이 죽자 금련만 홀로 남았다.

　나이가 열여덟이 되니 얼굴은 피어나는 복숭아꽃 같고, 둥그런 눈썹은 마치 초승달처럼 가늘게 구부러져 있었다. 장대호는 금련을 갖고 싶었으나 부인 여씨의 성격이 불과 같아서 감히 손을 대지 못하고 있었다. 그러던 어느 날 여씨가 이웃집에 놀러 가서 집을 비우니 장대호는 몰래 금련을 방으로 불러들여 마침내 자기 여자로 만들었다. 이로써 흠이 없는 아름다운 옥이 하루아침에 깨어지네. 진주가 언제 다시 완전한 모습이 될 수 있겠는가?

　장대호는 금련을 자기 여자로 만든 후 자신도 모르는 사이에 몸에 몇 가지 병세가 나타났다. 첫째 허리가 아프고, 둘째 눈에 눈물이 나고, 셋째 귀가 멍하고, 넷째 코에서 콧물이 흐르고, 다섯째 오줌이 뚝뚝 떨어졌다. 다른 한 가지는 말을 할 수가 없었다. 대낮에는 꾸벅꾸벅 졸기만 하고 밤에는 쉴 새 없이 재채기를 했다. 이런 병세가 생긴 이후로 여씨가 이 사실을 알아채고는 며칠을 두고 장대호를 들볶고 욕을 했으며 금련을 심하게 때렸다. 장대호는 금련을 첩으로 맞이할 수 없음을 알고는 도리어 오기가 생겨서 살림살이를 준비해 적당히 시집보낼 곳을 찾아보았다. 이에 장대호네 집 사람들이 모두 무대를 추천했다.

"무대는 사람이 착실하고 부인도 없는 데다가 집에 세 들어 살고 있으니 무대한테 시집보내는 것이 가장 좋을 것 같습니다."

장대호 생각에도 그렇게 하면 아침저녁으로 금련을 볼 수 있기에 무대에게 한 푼도 받지 않고 공짜로 시집을 보내 부인으로 삼도록 했다. 무대가 금련을 부인으로 맞이한 이후로 장대호는 예전보다 무대를 더욱 잘 보살펴주었다. 만약 밑천이 없어 호떡을 만들지 못하고 있으면 몰래 은자 닷 냥을 주어 장사 밑천으로 삼게 했다. 무대가 호떡을 팔려고 판을 메고 나가면 장대호는 사람이 없는지 살펴보고 나서 방 안으로 들어가 금련과 사랑을 나누었다. 무대도 그 광경을 보았으나 평소 장대호에게 뇌물을 받은 터라 감히 말을 하지 못했다. 아침저녁으로 이 같은 일이 수차례 반복되었다.

시간이 흘러 어느 날 장대호는 음한 병에 걸려 애석하게도 세상을 뜨고 말았다. 여씨가 이러한 사실을 알고는 심히 노하여 하인을 시켜 금련과 무대를 집에서 당장 쫓아내버렸다. 무대는 할 수 없이 자석가 서쪽에 있는 왕홍친에게 방 두 칸을 빌려 머물면서 여전히 호떡 장수로 먹고살아갔다.

그런데 금련이 무대에게 시집을 와서 보니 사람이 착실하기만 하지 인물은 못나고 체격은 왜소해 심히 못마땅하게 여겨 늘 다투었다.

금련은 자기를 이 남자에게 준 장대호를 원망하기 시작했다.

"세상천지에 많고 많은 게 남자인데, 하필이면 이런 인간에게 나를 시집보냈단 말인가? 매일 끌어도 끌려오지 않고 때려도 뒷걸음이나 치고 쓸데없이 고집이나 부리며 밥이나 축내는 인간 같으니라고. 필요한 때에는 송곳으로 찔러도 움직이지 않으니 내 무슨 죄를 졌기에 이 사람한테 시집왔단 말인가? 가련한 내 팔자여!"

그러기에 늘 사람이 없는 곳에서 「언덕 위의 양[山坡羊]」이라는 노래를 부르곤 했다.

처음을 생각해보니
혼인의 인연이 잘못 맺어졌네.
내가 이 사람을 남자로 본 것이 웃음거리라네.
내가 내 자랑을 하는 것이 아니라
까마귀가 어찌 봉황의 짝이 될 수 있겠는가.
내가 흙 속에 묻혀 있는 금이라면
이 사람은 누런 구리라오.
근데 어찌 금색과 구리색을 비교할 수 있겠소.
이 사람은 본래 돌덩이였는데
무슨 복이 있어 나의 이 보드라운 몸을 안았는지.
마치 오줌똥인 땅에서 영지가 자라난 듯하네.
이 사람이 어떻게 하든
도대체 나의 마음은 즐겁지 않네!
들어보소
나는 황금 벽돌인데

어찌 진흙과 비교한단 말이오.

想當初 姻緣錯配 奴把他當男兒漢看覻

不是奴自已誇獎 他馬鴉怎配鸞鳳對

奴眞金子埋在土里 他是塊高號銅 怎與俺金色比

他本是塊頑石 有甚福抱着我羊脂玉體

好似糞土上長出靈芝 奈何隨他怎樣 到底奴心不美

聽知 奴是塊金磚 怎比泥土基

사람들아! 내 말 좀 들어보소. 무릇 세상 여인들이 얼굴이 조금 빼어나고 영리할 것 같으면 좋은 남자와 짝이 되면 그만! 만약 무대와 같은 사람이라면 증오하고 싫어하는 것을 면할 수 없으리. 예부터 재자가인[才子佳人]이 서로 맺어지는 경우는 극히 드무니, 마치 금을 사려는 사람이 금을 팔려는 사람을 만나기가 쉽지 않음과 같은 것이네.

무대는 매일 호떡 판을 메고 팔러 다니다가 저녁이 돼서야 돌아왔다. 부인은 집에서 별로 하는 일도 없이 하루 세 끼 밥이나 먹고 예쁘게 치장하고서는 문 앞 발[簾] 아래에 서서 지나는 남자들을 보고 눈웃음을 치거나 추파를 던지곤 했다. 부근의 몇몇 건달들이 무대 부인이 기름이 흐르듯 화장을 하고 사람들 시선을 끄는 것을 보았다. 이들은 거리를 오가며 무대와 금련의 관계를 다음과 같이 비유하며 놀려댔다.

"이런 좋은 양고기가 어찌하여 개 입에 떨어졌단 말인가?"

많은 사람들이 무대가 나약하고 볼품없는 사람이라는 것은 알았지만, 금련이 무대의 아내라는 사실은 잘 몰랐다. 금련은 멋도 부릴

줄 알고 영리하여 모든 일을 잘했으나 그 중에서도 남자를 유혹해 꾀는 일에 가장 뛰어났다.

금련의 용모는 아름답고 빼어나
웃으며 찡그리니 팔자로 그려지는 눈썹.
만약에 멋진 풍류남아를 만난다면
사랑이 무르익기를 기다려 은밀히 만날 약속을 하네.
金蓮容貌更堪題 笑蹙春山八字眉
若遇風流淸子弟 等閒雲雨便偸期

이 여인은 날마다 무대가 장사를 나가면 발 아래에서 수박씨를 까먹으며 작은 발 한 쌍을 살짝 드러내 보여 사람들을 유혹하곤 했다. 이렇게 꼬임을 당한 사내들은 날마다 문 앞에 와서 비파를 타고 노래도 부르면서 떠들어댔다. 그러면서 듣기 좋은 말로 안 하는 말들이 없었다. 그래서 무대는 자석가에서 살 수 없어 다른 곳으로 이사하려고 금련과 상의를 했다.

"얼간이 같으니라구, 세상 물정도 모르면서! 당신이 이 게딱지같이 작은 집에서 세 들어 살고 있으니 얼마나 많은 사람들이 지껄여대는지 알기나 해요! 빨리 돈을 모아서 여봐란듯이 큰 집에 살면 이런 놀림과 업신여김도 안 당하잖아요. 사내대장부인 주제에 제대로 일도 못하면서 오히려 마누라만 망신당하게 하니!"

"내 어디 큰 집 얻을 돈이 있나?"

"아이고! 멍텅구리하고는! 돈이 없으면 내 머리 장식이라도 팔아서 하면 되지, 뭐 어려울 게 있다고? 나중에 돈이 생기면 다시 장만해

新安別唐柜錢

도 늦지 않아요."

무대는 부인의 말대로 해서 은자 열 냥쯤을 구해 현청 앞에 위아래로 방이 네 칸 딸린 집을 마련했다. 뒤채가 이층이었고 작은 뜰도 두 개 있어 매우 깨끗했다. 무대는 현 서쪽으로 이사를 와서도 여전히 호떡 장사를 했다.

하루는 거리를 지나가다가 사람들이 술이 드리워진 창이 있는 붉은색 가마에 탄 한 남자를 북소리도 요란하게 에워싸고 오는 것을 보니 다름 아닌 친동생 무송이었다. 경양강에서 호랑이를 때려잡았기에 지현이 무송을 천거해 새 포도대장으로 삼은 것이었다. 온 마을 사람들이 나와서 축하해주고 있었다. 무대는 이를 보고 손을 휘두르며 외쳤다.

"이보게 아우! 포도대장이 되었으면서 어찌 나를 찾지 않았는가?"

무송이 고개를 돌려보니 찾으려던 형님이었다. 형제가 다시 만나니 크게 기뻐하면서 함께 집으로 갔다. 무대가 방 안에서 금련을 불러내어 무송과 서로 인사를 하게 했다.

"얼마 전에 경양강에서 호랑이를 때려잡은 사람이 바로 당신 시동생인데 오늘 포도대장이 되었지. 나와는 한 어머니 배에서 태어난 친형제요."

금련이 두 손을 공손히 모으면서 인사했다.

"도련님, 안녕하세요!"

무송도 급히 일어나 몸을 굽혀 인사하려고 하니, 금련이 무송을 막아 세운다.

"도련님, 일어나지 마세요. 그러면 제가 난처합니다!"

"아닙니다, 형수님. 제 인사를 받으세요."

둘은 서로 사양하다가 똑같이 머리를 숙여 인사를 하고 일어났다. 잠시 뒤에 조카인 영아가 두 사람에게 차를 내와서 마셨다. 무송이 보니 형수인 금련이 몹시 요염한지라 머리를 숙여 바닥만 바라보고 있었다. 얼마 후 무대가 술과 음식을 준비해 무송을 접대했다. 얘기를 하는 도중에 무대가 술안주를 사러 바깥으로 나가자 금련이 홀로 무송을 상대로 대화를 나누었다. 말을 하면서 무송을 보니 신체도 늠름하고 용모도 당당한 게 몸에는 마치 힘이 천근만근 있어 보였다. 그렇지 않다면 어찌 호랑이를 때려잡을 수 있단 말인가. 금련은 속으로 가만히 생각했다.

'같은 어머니한테 태어났는데 형제가 이토록 다르다니. 이토록 크고 잘생기고 건장한 동생한테 시집왔다면 조금도 허튼 생각을 안 할 텐데! 우리집 양반은 키도 작고 못생기기는 괴신 같으니, 내가 무슨 재수 옴 붙은 병을 만났는지! 무송을 보니 힘도 좋을 것 같은데 어떻게 우리 집으로 옮겨와 같이 살자고 할 수 없을까? 부부의 인연이 여기 있을지 그 누가 알겠는가.'

금련은 얼굴에 미소를 띠며 물었다.

"도련님, 지금 어디에 머물고 계세요? 매일 식사 수발은 누가 해주지요?"

"저는 이제 갓 포도대장이 되었기에 날마다 윗사람의 명을 받고 있어 멀리 다른 곳에 머물기가 불편해 현청 앞에 머물 곳을 정했습니다. 밥은 사병 두 명이 와서 해줍니다."

"도련님이 여기로 이사 오시면 어떻겠어요? 그럼 현청 사병들이 음식을 만들어주는 번거로움도 없을 테고, 한 집에 같이 있으면서 아침저녁으로 먹고 마시면 그 아니 좋겠어요? 제가 도련님과 함께 먹을 것이라 생각해서 정성껏 깔끔하게 준비하겠어요."

"그렇다면 저야 고맙지요."

"혹시 동서는 어디 다른 곳에 있나요? 그렇다면 불러서 인사를 시켜주세요."

"저는 아직 혼인하지 않았습니다."

"도련님 나이가 어떻게 되지요?"

"스물여덟입니다."

"저보다 세 살이 많으시군요. 그동안 어디 계셨나요?"

"창주에서 일 년 정도 있다가 형님이 옛 고향에 계신 줄 알고 찾아뵈려고 했는데 뜻밖에 이곳에 사시더군요."

"한마디로 설명하기는 힘들어요. 제가 형님한테 시집온 이후에 사람이 지나치게 착하기만 해서 사람들한테 멸시와 기만을 당하니 하는 수 없이 이곳으로 이사 왔어요. 도련님 같은 사내대장부라면 누가 감히 그럴 수 있겠어요."

"형님께서는 착하시고 저처럼 말썽꾸러기가 아닙니다."

금련이 웃으며 말한다.

"어째서 말씀을 거꾸로 하세요! 옛말에도 '사람이 굳건하지 못하면 몸을 안전하게 보전할 수 없다'고 하잖아요. 저는 성격이 급하고 솔직한 편이라 세 번 때려도 돌아보지 않고 네 번을 때려야 겨우 돌아보는 이런 사람은 별로 좋아하지 않아요."

시동생과 형수가 부평초처럼 다니다가 우연히 만나니
요염한 교태를 우아한 용모로 나타내려 하네.
사사로운 마음은 환희를 그리며

몰래 간사스러운 말로 무송을 낚으려 하네.
叔嫂萍蹤得偶逢 嬌嬈偏逞秀儀容
私心便欲成歡會 暗把邪言釣武松

금련은 말을 청산유수와 같이 잘했다.

"형님이 말썽은 부리지 않으니 형수님께 근심 걱정은 끼치지 않을 것입니다."

두 사람이 이층에서 얘기하고 있을 무렵 무대가 고기 조금과 채소, 과일 등을 사와서 부엌에 내려놓고는 이층으로 올라오며 말한다.

"여보, 당신이 잠시 내려와서 이것들 좀 준비하구려."

"당신이 하면 되잖아요! 도련님이 이곳에 얘기할 상대도 없이 혼자 앉아 있는데 나보고 내려가서 일을 하라고 하다니."

옆에서 무송이 거들었다.

"형수님 편한 대로 하세요."

"옆집 왕씨 할머니를 불러 준비 좀 부탁하지 않구요. 그렇게 융통성이 없어서야!"

무대는 곧 옆집 왕노파를 불러 음식을 준비해서는 이층으로 들고 와 탁자 위에 놓았다. 생선, 고기, 과일, 야채 그리고 따뜻하게 데운 술도 있었다. 무대는 금련을 주인 자리에 앉히고 무송을 맞은편에, 자기는 옆자리에 앉았다. 세 사람이 자리에 앉자 무대가 술을 따라 각자 앞에 놓았다. 금련이 술잔을 들며 권한다.

"도련님, 대접이 소홀하다고 허물치 마시고 변변찮은 술이나마 한잔 드세요."

"형수님 고맙습니다. 그런 말씀 하지 마세요."

무대는 아래위 층을 오가면서 술을 데워오느라 한가로울 틈이 없었다. 금련은 얼굴 가득 미소를 띠면서 애교 있는 목소리로 말했다.

"도련님, 어째서 고기는 한 점도 들지 않으세요?"

그리고는 좋은 것을 골라서 무송에게 권했다. 무송은 성격이 순박한 사내라 단지 친형수로 대할 뿐, 금련이 하녀 출신으로서 남의 비위 맞추는 데는 아주 뛰어난 사람임은 전혀 알 수 없었다. 금련이 자기를 유혹하리라고는 생각지도 않고, 무송 역시 착하고 선량한 사람인지라 어디에서건 사람들에게 잘 대해줄 뿐이었다. 금련이 무송과 함께 술 몇 잔을 마시고는 불그스레한 눈으로 무송의 몸을 쳐다보니, 무송은 바라보기 민망해 고개를 숙여 대꾸하지 않았다. 적당히 먹다가 술이 떨어질 즈음에 자리에서 일어나니 무대가 붙잡았다.

"아우, 일이 없으면 몇 잔 더 마시고 가게."

"됐어요. 다음에 다시 오겠습니다."

모두 아래층으로 내려왔다. 문을 나서려는데 금련이 말한다.

"도련님, 잊지 마시고 이곳으로 이사 오세요. 그렇게 하지 않으시면 저희 두 사람이 다른 사람들한테 비웃음을 사요. 친형제는 다른 사람과 달라서 싸워도 형제니 좋은 게 아니겠어요?"

"형수님 뜻이 이렇게 간곡하시니 오늘 밤에 바로 짐을 가지고 오겠습니다."

"도련님, 약속 지키세요. 제가 이곳에서 기다리고 있을 테니까요."

가득한 들녘의 뜻을 아는 사람 없지만, 몇 송이 복숭아꽃이 피면 봄은 절로 오누나.

이를 시가 알리고 있나니,

괴이하구나 금련이 어찌 그리 마음을 쓰는가
가슴에 감춘 것은 음탕한 마음과 방탕한 춘심.
무송은 공명정대해 범하기 어려우니
충직스러운 이름은 만금보다 무겁네.
可怪金蓮用意深 包藏淫行蕩春心
武松正大原難犯 耿耿清名抵萬金

이날 금련은 마음에 다른 뜻을 품고 있었기에 매우 은근했다. 무송은 현청 앞 객점에 돌아와 짐과 이부자리를 정리해서 사병에게 짊어지게 하고는 다시 형네 집으로 왔다. 금련이 이를 보고 금은보화라도 주운 듯이 기뻐하며 방 하나를 깨끗이 정리하여 무송을 거처하게 했다. 무송은 사병을 돌려보내고 그날 밤부터 형네 집에서 기거했다.

다음 날 아침 일찍 일어나니 금련도 황급히 일어나 물을 데워다주며 세수를 하게 했다. 무송이 머리를 빗고 두건을 쓰고는 현청에 있는 화묘[畫卯](아침 여섯 시에 있는 점호)에 참석하기 위해 문을 나서려고 하자, 금련이 붙잡는다.

"도련님, 아침 조례를 마치고 일찍 집으로 돌아와 식사를 하세요. 다른 곳에 가서 식사하지 마시고요."

무송은 그렇게 하겠다고 대답하고 현청에 도착해서 조례를 마친 후 간단히 아침 일을 본 뒤에 집으로 돌아왔다. 금련이 일찌감치 치장을 하고 음식을 준비해놓아 세 사람은 같이 식사를 하게 되었다. 금련이 두 손으로 찻잔을 가져다 무송에게 주었다.

"형수님께서 이렇게 고생을 하시니, 오히려 제가 침식이 불편합니다. 내일부터 현청에서 사병을 하나 데려와 시키겠습니다."

금련이 말렸다.

"도련님, 무얼 그렇게 신경을 쓰세요. 다른 사람도 아니고 같은 식구인데! 꼬마 영아가 있긴 하지만 제가 보기에는 아직 어려서 무슨 일 하나도 제대로 시킬 수 없어요. 또 사병들이 와서 지은 음식은 지저분할 게 뻔한데, 그러면 제 마음이 편치 않아요."

"그렇다면 어쩔 수 없이 형수님께 폐를 끼쳐야 하겠군요."

무송의 생김이 하도 늠름하니
형수의 음탕한 마음을 거둘 수가 없구나.
잘 구슬려 돌아와 집에 머물게 하여
함께 운우의 정과 풍류를 즐기려 하네.
武松儀表甚搊搜 阿嫂淫心不可收
籠絡歸來家里住 要同雲雨會風流

무송이 형네 집으로 옮겨온 뒤 얼마 지나지 않아, 은자 몇 냥을 무대에게 주면서 떡과 차, 과일 등의 음식을 장만해 이웃 사람들을 초청하도록 했다. 이웃들도 돈을 모아 선물을 사가지고 와서 인사를 했다. 무대가 다시 답례 자리를 마련했음은 말할 필요가 없다. 며칠 후 무송이 화려한 비단 한 필을 가지고 와서 형수인 금련에게 주면서 옷을 지어 입도록 했다. 금련은 함박웃음을 띠며 말했다.

"도련님이 무슨 돈이 있다고! 기왕에 주시는 것이니 사양하진 않겠어요."

이로부터 무송은 형네 집에서 머물렀다. 무대는 여전히 거리에 나가 호떡을 팔았고, 무송은 날마다 현청에 나가서 일을 보았다. 금련은 무송이 일찍 들어오든 늦게 들어오든 밥과 국을 준비해 즐거운 마음으로 무송의 시중을 들어주었다. 그럴수록 무송은 거북하게 느꼈으나 금련은 늘 말로써 무송을 유혹하곤 했다. 무송은 마음이 강직한 사내대장부였기에 무뚝뚝하기만 할 뿐이었다.

눈 깜짝할 사이에 한 달이 지나고 동짓달이 되자 연일 매서운 바람이 몰아쳤다. 사방에 검은 구름이 깔리고 바람도 불더니 하루는 눈이 내리기 시작했다.

사방으로 검은 구름이 가득하고
하늘에는 상서로운 발[簾]이 바람에 날리고
아름다운 꽃은 조각조각 처마 끝에서 춤추네.
섬계[剡溪]*에서는 이때
자유[子猷]**의 배도 머물 걸세.
잠시 뒤에 누대에도 모두 압도할 듯 쌓이고
강과 산이 은색으로 연결되었네.
날아 흩어져서 하늘까지 이어졌지만
당시의 여몽정[呂蒙正]***은 집 안에 있으나 돈 한 푼 없더라.
萬里彤雲密布 空中祥瑞飄簾 瓊花片片舞前簷糖
剡溪當此際 濡伋子猷船 頃刻樓臺都壓倒 江山銀色相連
飛淺撒粉漫連天 當時呂蒙正 窯內嗟無錢

---

* 절강성 승현[嵊縣]에 있는 하천
** 왕자유가 눈 오는 밤에 배를 타고 친구인 대안도[戴安道]를 찾아갔다가 그냥 돌아온 이야기
*** 송대 하남 낙양인(946~1011). 원대 왕실보의 『여몽정풍설파 요기[呂蒙正風雪破 窯記]』 잡극이 있음

이날 눈이 저녁까지 내려 온 세상이 마치 은빛 나라와도 같고 하늘과 땅에는 온통 옥구슬을 빻아놓은 듯했다. 다음 날 무송은 현청 조례에 나갔으나 정오가 되어도 돌아오지 않았다. 무대는 금련의 등쌀에 못 이겨 일찌감치 호떡을 팔러 나갔다. 이에 금련은 옆집 왕노파에게 술과 고기를 사다 달라 하고는 무송의 방으로 가서 화롯불을 지펴놓았다.

'내 오늘은 반드시 유혹해보리라. 도련님 마음이 동하는지 알아봐야지!'

그러면서 홀로 쓸쓸히 발 아래 서 있는데 멀리 눈 속으로 무송이 어지러운 눈을 헤치면서 걸어오는 것이 보였다. 금련이 발을 걷어 올리면서 웃으며 맞이했다.

"도련님, 춥죠?"

"신경써주셔서 고맙습니다."

이렇게 말하고 문으로 들어서며 털로 짠 모자를 벗으니 금련이 받아주려고 했다.

"괜찮습니다. 폐를 끼쳐드려 죄송합니다."

무송은 사양하면서 스스로 모자에 있는 눈을 털고는 벽에 걸었다. 그런 다음 허리띠를 풀고 녹색 외투를 벗고서 방으로 들어갔다.

"제가 아침 내내 기다렸는데 어째서 일찍 돌아와 아침밥을 잡숫지 않으셨어요?"

"아침에 아는 사람이 식사에 초대했어요. 또 다른 술자리가 있는데 귀찮아서 바로 집으로 돌아오는 길입니다."

"그렇다면 불이나 쬐세요."

"그게 좋겠군요."

무송은 기름 먹인 신발을 벗고 버선으로 바꿔 신은 다음 얇은 덧신을 신고서 팔걸이가 있는 의자를 화롯불 근처로 끌고 와 앉았다. 금련은 일찌감치 영아를 시켜 앞문도 잠그고 뒷문도 닫아걸게 했다. 그러고는 술과 안주를 준비해 방으로 들어와 탁자 위에 차려놓았다.

무송이 묻는다.

"형님은 어디 가셨어요?"

"형님은 장사하러 나가서 아직 돌아오지 않았으니 저와 둘이서 한잔해요."

"형님이 돌아오기를 기다렸다가 같이 마시지요."

"기다리지 않아도 돼요."

말이 끝나기도 전에 영아가 술을 따뜻하게 데워서는 가지고 들어왔다.

"형수님은 신경쓰지 마세요. 제가 따라 마실게요."

금련도 의자를 끌고 와서 불 가까이에 앉았다. 탁자 위에 있는 잔에 술을 따라 술잔을 들어 무송을 바라보았다.

"도련님, 이 잔을 드세요!"

무송이 술잔을 받아서 단번에 마셔버렸다. 금련은 또 한 잔을 따른다.

"날씨도 추운데 도련님 한 잔 더 드세요."

"그러죠."

받아서는 또 단번에 마셔버렸다. 무송이 술을 따라서 금련에게 주니 받아 마시고는 술병을 들어 다시 한 잔을 따라서 무송 앞에 놓았다. 그러면서 가슴을 약간 드러내고 쪽진 머리도 반쯤 흘러내리게 하고는 얼굴 가득 웃음을 띠면서 말한다.

"제가 들으니 도련님께서 현청 부근 거리에 노래하는 기녀를 데려다 놓고 있다던데 그 말이 사실인가요?"

"형수님께서는 다른 사람 말을 듣지 마세요. 저 무송은 결코 그런 사람이 아닙니다."

"믿지 못하겠네요! 도련님께서 말과 속마음이 다를지 누가 알겠어요?"

"형수님께서 정히 믿지 못하겠다면 형님께 물어보면 바로 아실 겁니다."

"아이고, 그만두세요. 그 양반이 어디 그런 걸 알기나 하겠어요? 아무런 쓸모도 없는 양반 같으니라구! 이런 일을 알 정도라면 호떡 장사는 하지 않을 거예요. 도련님, 술이나 한 잔 더 하세요!"

연달아 서너 잔은 더 따라 마셨다. 금련도 서너 잔을 따라 마시니 음란한 마음이 동하기 시작하여 어디 주체할 수가 있겠는가? 음란한 마음은 타오르는 불과 같았지만 실없는 말만 내뱉고 있었다. 무송 또한 속마음을 알아차렸기에 고개만 숙인 채 함부로 응하지 못했다. 금련이 일어나 술을 데우러 가자, 무송은 홀로 방 안에서 부젓가락으로 화롯불을 쑤시고 있었다. 잠시 후 금련은 술 한 병을 데워서 방 안으로 가지고 들어와, 한 손으로는 술병을 잡고 한 손으로는 무송의 어깨를 건드렸다.

"도련님, 이런 옷만 입고서 춥지 않으세요?"

무송은 어찌할 바를 몰라 대꾸하지 않았다. 금련은 무송이 아무 대꾸가 없자 손을 뻗어 부젓가락을 뺏으면서 말한다.

"도련님은 불을 추스를 줄 모르는군요. 제가 도련님을 따뜻하게 해드릴게요. 이 화로처럼 따뜻하게 해드리면 될 것 아니겠어요."

무송은 마음이 조마조마해서 아무 말도 못했다. 금련은 이러한 무송의 모습은 쳐다보지도 않은 채 부젓가락을 버리고 술을 한 잔 따라 한 모금 마시고 반쯤 남겨놓았다.

"생각이 있으시다면 이 남아 있는 반잔을 마시도록 하세요."

놀란 무송이 술잔을 뺏어 바닥에 쏟아버렸다.

"형수님, 수치스러운 일은 하지 마세요!"

손으로 밀어젖히니 하마터면 금련이 뒤로 넘어질 뻔했다. 무송이 다시 눈을 부릅뜨며 말한다.

"이 무송은 하늘을 우러러 한 점 부끄러움도 없는 정정당당한 사내대장부지, 결코 인륜과 도덕 풍속을 해치는 행위나 하는 개돼지 같은 사람이 아닙니다! 그러니 형수님께서는 이런 수치스런 일은 하지 마세요. 만약 이렇게 계속한다면, 나 무송의 눈은 형수님을 알아볼지라도 주먹은 형수님을 알아보지 못할 것입니다! 그러니 제발 다시는 이러지 마세요."

금련은 무송에게 몇 마디 듣고는 얼굴이 온통 시뻘게져서는 바로 영아를 불러 음식과 술을 치우게 했다.

"제가 장난으로 해본 것이니 정말로 받아들이지 마세요. 공연히 사람을 무안하게 만드시니!"

그릇들을 다 치우고 금련은 자기도 부엌으로 내려갔다.

끓어오르는 유혹의 마음은 너무나 불량해
음탐함과 수치심도 없는 것이 삼강의 기강을 버려놓네.
자리에 앉아서 그윽한 사랑을 구했으나
도리어 무송에게 야단만 맞는구나.

潑賤操心太不良 貪淫無恥壞綱常
席間尙且求雲雨 反被部都罵一場

금련은 무송을 유혹하려다 오히려 한바탕 혼만 났다. 무송은 혼자 방 안에서 분을 삭이지 못하고 깊은 생각에 잠겼다. 이른 서너 시경에 무대가 호떡 판을 메고 눈을 흠뻑 맞으면서 돌아왔다. 문을 밀고 들어와 호떡 판을 내려놓고 방 안으로 들어가 보니 부인이 두 눈이 빨갛고 퉁퉁 부은 채로 울고 있어 묻는다.

"당신 누구와 싸웠소?"

"당신이 별 볼일 없으니 바깥사람들이 나를 우습게 보잖아요!"

"누가 감히 당신을 우습게 본단 말이오?"

"누군 누구겠어요! 나는 시동생 무송이 큰눈을 맞고 돌아오기에 호의를 베풀어 술과 음식을 준비해 먹게 했어요. 그런데 집 안에 사람이 없는 것을 알고는 말로 나를 희롱하지 않겠어요? 영아도 다 봤어요. 나는 시동생한테 책잡힐 일은 하지 않았어요!"

"내 동생은 그런 사람이 아니오. 예부터 착실했소! 큰소리 내지 마세요. 이웃 사람들이 알면 웃음거리니!"

무대는 금련을 달래놓고는 무송의 방으로 가서 말했다.

"아우야, 아직 식사 전이면 나와 같이 하자꾸나."

무송은 아무 말도 없이 얼마를 생각하다가 덧신을 벗고 다시 기름 먹인 신발로 갈아 신고서 외투를 걸치고는 털모자를 덮어썼다. 그러면서 허리띠를 졸라매고는 대문 밖으로 나갔다. 무대가 큰소리로 불렀다.

"아우야, 어디 가는 게야?"

무송은 대답하지 않고 앞으로만 걸어갔다. 무대가 방으로 돌아와 금련에게 말한다.

"내가 불러도 대답도 하지 않고 현청이 있는 길 쪽으로 가버리는 군. 도대체 왜 그런지 모르겠소!"

금련이 욕을 해대며 대꾸했다.

"이런 멍청이하구는! 왜 몰라요? 그놈이 창피해 당신 볼 면목이 없 으니까 가버린 걸. 틀림없이 사람을 시켜 이삿짐을 옮기고 여기서 머 물려고 하지 않을 게요. 그러니 당신도 이곳에 머물라고 하지 말아요!"

"동생이 이사를 간다면 사람들이 비웃을 텐데!"

이에 금련은 또다시 욕을 퍼부었다.

"이런 멍청이 같으니라구! 동생이 나를 희롱했는데 도리어 다른 사람한테 웃음거리가 된다고? 설사 당신이 동생과 같이 지내려고 한 다 해도 나는 그렇게는 못해요. 당신이 나한테 우리 관계를 끝낸다는 서류를 써준다면 모를까!"

무대가 몇 마디 더 해봤으나 오히려 금련에게 욕만 먹었다. 이렇 게 두 사람이 입씨름을 하고 있을 때, 무송이 사병을 데리고 이삿짐 을 담을 바구니를 메고서 방으로 들어와 짐을 챙겨서는 바로 대문을 나섰다. 무대가 따라 나섰다.

"아우야! 무엇 때문에 이사를 하려는 게냐?"

"형님, 묻지 마세요. 말씀드리면 형님도 곤란하실 테니 제가 떠나 면 그만이에요!"

무대는 자세히 묻지 못하고, 무송은 바로 이사를 했다. 금련은 집 안에서 혼자 중얼거렸다.

"오히려 잘됐어! 사람들은 동생이 포도대장이 되었으니 형과 형수를 잘 돌봐줄 거라고 알 거예요. 오히려 달려들어 사람을 물은 것은 모르고! 화목과[花木瓜](빛 좋은 개살구)처럼 쓸데없이 보기만 좋지! 이사를 갔으니 천지신명께 감사를 드려야지, 원수가 눈앞에서 멀리 사라지도록 해줬으니.”

무대는 부인이 이렇게 말하는 것을 보면서, 어찌 된 영문인지 자세히 모르니 마음속이 불안하고 답답할 뿐이었다.

무송이 현청 앞에 있는 객점으로 잠자리를 옮긴 후에도 무대는 여전히 거리에서 호떡 장사를 했다. 본래는 현청 앞으로 동생을 찾아가 얘기라도 좀 해보려 했으나 금련이 천번 만번 당부하기를 절대로 동생을 만나러 가면 안 된다고 하기에 무대는 감히 무송을 찾지 못하고 있었다.

운우의 정을 이루지 못하니
마음속에서는 미움만 생기네.
바야흐로 무송이 이사를 가니
형제 사이가 원수가 됐네.
雨意雲情不遂謀 心中誰信起戈矛
生將武二搬離去 骨肉番令作寇仇

제2화

어찌할 수 없는 춘심이여

서문경이 발(簾) 아래에서 반금련을 만나고,
왕노파가 돈을 탐해 뚜쟁이 노릇을 하다

월하노인[月下老人]*의 중매에 짝이 맞지를 않고
금련은 맵시를 부려 자태를 드러내네.
하늘의 뜻**으로 인해서
문 곁의 발에 기대어 마음을 달래네.
왕노파가 재물에 유혹되어 교묘한 계략을 꾸미고
운가는 과일을 팔다가 되레 의심만 사네.
누가 알았겠는가? 후일 집안에 화가 있음을
피가 병풍을 적시고 땅에 가득 붉은 핏자국.

月老姻緣配未眞 金蓮賣俏逞花容
只因月下星前意 惹起門旁簾外心
王媽誘財施巧計 鄆哥賣果被嫌嗔
那知後日蕭牆禍 血濺屛幃滿地紅

　무송이 형네 집을 떠난 뒤에 눈도 그쳐 하늘이 맑아졌고, 어느새

---

* 남녀 혼인을 주관하는 신, 또는 중매인을 총칭
** 남녀의 정을 가리킴

십여 일이 지났다. 청하현 지현은 이곳으로 부임해온 지 이 년 남짓 됐는데, 그동안 많은 금은보화를 모았기에 믿을 만한 사람을 시켜 동경[東京](당시 북송의 수도, 지금의 개봉[開封])에 있는 친척집에 옮겨 놓으려고 했다. 삼 년 임기가 끝나 조정에 들어갈 때 윗사람들에게 뇌물로 쓸 작정이었다. 그렇지만 가는 도중에 도둑들을 만날까 두려워 반드시 힘센 사람을 보내야 한다고 생각했다. 그러던 중에 포도대장인 무송이 떠오르니 이자는 영웅호걸인 데다 담력도 있어 이 일에 적임자라는 생각이 들었다. 그날로 무송을 관아로 불러 상의하며 일렀다.

"내게 친척이 있는데, 동경성 내에서 벼슬을 하고 있네. 이름이 주면[朱勔]이라고 지금 전전태위[殿前太尉] 자리에 있다네. 내가 예물도 좀 보내고 그편에 편지도 써서 문안을 드리고 싶은데 가는 길이 험해서 꼭 자네가 가줘야겠어. 그러니 힘이 들더라도 사양치 말고 한번 다녀오게나. 갔다 오면 내 자네에게 중한 상을 줌세."

"소인은 어르신께 두터운 은혜를 입어 천거되었는데, 어찌 감히 사양하겠습니까? 보내만 주신다면 바로 다녀오겠습니다. 소인은 아직 동경에 가보지 못했는데 동경을 구경할 수 있다면 이 또한 어르신의 은혜입니다."

이에 지현은 크게 기뻐하며 술 석 잔과 여비 열 냥을 내려주었다. 무송은 지현의 명을 받들고 현문을 나서 숙소로 돌아와 사병을 불러서 거리에 나가 술 한 병과 음식을 조금 사오게 하고는 곧바로 무대네 집으로 갔다. 다행히 무대도 거리에서 돌아와 무송을 보고는 문안으로 들어와 앉게 하니, 무송은 사병을 시켜 부엌에 가서 음식을 준비하게 했다. 금련도 아직 마음이 남아 있었는지 무송이 술과 음식을 가져오는 것을 보고는 속으로 생각했다.

'이이가 나를 생각하고 있구나. 그렇지 않으면 왜 돌아왔겠어? 절대 날 이기진 못할 테니, 내 천천히 물어봐야지.'

금련은 곧장 이층으로 올라가 화장을 고치고 머리도 다시 매만진 다음 화려한 옷으로 갈아입고서 문 앞까지 가서 무송을 맞이했다. 금련이 인사를 한다.

"도련님, 무슨 오해가 있었기에 며칠간이나 오시지 않으셨어요? 제가 잘못한 점이 있다면 말씀하세요. 매일 형님께 현청에 가서 도련님 만나서 얘기 좀 하고 오라고 해도 돌아와서는 만나지 못했다고 하더군요. 오늘 도련님이 이렇게 오신 것만 해도 기쁜데, 쓸데없는 일에 웬 돈을 이렇게 쓰세요?"

"형님께 드릴 말씀이 있어 특별히 찾아왔습니다."

"그렇다면 이층으로 올라가세요."

세 사람이 이층으로 올라가자 무송은 형과 형수를 윗자리에 앉히고 자기는 옆 의자에 앉았다. 사병이 술을 가져오고 음식도 따뜻하게 만들어 왔다. 음식이 준비되자 무송이 형과 형수에게 권하는데, 금련은 눈으로 몰래 무송을 훔쳐보지만 무송은 못 본 체하고는 술만 마셨다. 술이 몇 잔 돌자, 무송은 영아를 시켜 큰 잔에 술을 한 잔 따라서 사병에게 권한 후에 자기도 술을 따라 무대를 바라보았다.

"큰형님이 계신데 이 동생 무송은 지현의 명을 받들어 동경으로 가서 일을 보게 되어 내일 출발합니다. 길면 두세 달, 짧으면 한 달 이내에 돌아옵니다. 오늘 제가 온 것은 특별히 형님께 드리고 싶은 말씀이 있어서입니다. 형님은 예전부터 몸이 허약하시니 다른 사람들이 업신여길까 걱정됩니다. 그러니 만약 형님께서 하루에 호떡을 열

판 팔았다면 내일부터는 다섯 판만 팔고 돌아오세요. 매일 늦게 나갔다가 일찌감치 돌아오시고, 다른 사람과 술도 마시지 마세요. 집에 돌아오면 바로 발을 내려버리고 대문도 일찍 잠그면 다른 사람과 다툴 일도 없을 거예요. 만약 형님을 업신여기는 사람이 있다면 싸우지 마시고 제가 돌아오기를 기다렸다가 제게 알려주면 제가 알아서 처리해드릴게요. 형님이 제 말을 들어주시겠다면 이 술을 드세요."

무대가 술잔을 받으며 말한다.

"아우 말이 맞네. 아우 말대로 하겠네."

첫 잔을 무대가 마시니, 무송은 두 번째 술을 따르면서 금련에게 말한다.

"형수님은 똑똑하고 영리한 분이니 제가 여러 말 드릴 필요 없을 겁니다. 형님은 사람됨이 소박한 분이라 모든 것을 형수님이 주관하셔야 합니다. 속담에도 있듯 '겉이 튼튼한 것이 속이 튼튼함만 못하다'고 형수님이 집안일을 바르게 해주시면 형님이 무슨 걱정을 하겠습니까? '울타리가 있으면 개가 들어올 수 없다'는 옛말을 들어보지 못하셨는지요?"

금련은 이 말을 듣자 귓불까지 붉어졌지만, 잠시 후 되레 화를 내면서 무대에게 욕을 해댔다.

"이 얼간이 같으니라구! 도대체 다른 사람들한테 무슨 말을 어떻게 했기에 동생이 이렇게 와서 날 업신여기는 거예요? 내 비록 머리에 두건을 두른 사내대장부는 아니라 할지라도 정정당당한 아녀자로서 주먹 위에는 사람을 세우고, 팔 위로는 말을 달리게 하고, 얼굴 위로는 사람을 다니게 할 수 있는 사람으로 그렇게 담도 없는 호락호락한 인물이 아니란 말이에요. 제가 남편인 무대에게 시집온 이래 정말로 개미 한 마리 집 안에 들어오지 않았어요. 무슨 울타리가 튼튼하지 못해서 개가 기어들어 온다구? 허튼소리 하지 말아요. 한 마디 한 마디 모두 뼈가 있군요. 던져진 기와는 하나하나 땅에 떨어진다는 것을 알아둬요!"

무송이 웃었다.

"만약 형수님께서 이렇게만 모든 것을 알아서 해주신다면 정말 좋지요. 단지 말과 마음이 서로 같아야지 다르면 안 됩니다. 이제 저 무송은 형수님이 하신 말씀을 잘 기억해두겠습니다! 이 잔을 드세요."

금련은 손으로 술잔을 뿌리치고는 아래층으로 뛰어 내려가다가 계단 중간쯤에 멈춰 서서 말했다.

"도련님은 총명하고 영리하니까, 큰형수는 어머니와 같다는 것을 말 안 해도 알 거예요. 시집올 적에 시동생이 있다는 말은 들어보지도 못했는데 어디서 굴러 들어와서는. 정말 친동생인지 아닌지도 모르는데, 주인 행세를 하다니! 내가 복이 없어 이런 더러운 꼴을 당하는 거야!"

그러고는 울면서 아래로 내려갔다.

좋고 좋은 말로 몇 번이나 권했던가
금련은 한을 품고 풍파를 일으키네.
집에서는 부끄럽고 창피해 앉아 있기 힘드나
기는 영웅 무송을 잡아 죽일 듯!
苦口良言謙勸多 金蓮懷恨起風波
自家惶愧難存坐 氣殺英雄小二哥

금련은 온갖 허장성세를 다 부렸다. 무대와 무송은 술을 몇 잔 더 하다가 더는 앉아 있지 못하고 아래로 내려왔다. 형제는 서로 눈물을 흘리면서 이별을 했다.

"아우야, 빨리 갔다 와서 다시 만나자꾸나."

"형님, 장사하지 마시고 집 안에 눌러앉아 계세요. 생활비는 제가 사람을 시켜 보내드리겠습니다."

떠나기에 앞서 무송은 재삼 당부했다.

"형님, 제 말을 절대로 잊지 마시고 집에서 문단속이나 잘 하세요!"

"걱정하지 말게."

무송은 무대와 헤어진 후 곧바로 현청 앞의 숙소로 돌아와 행장을 꾸리고 호신용 무기도 챙겼다. 다음 날 지현에게서 예물과 금은, 동물의 가죽 그리고 여비를 받아 동경으로 길을 떠났다.

무송이 그런 말을 하고 떠난 후로 무대는 금련에게 사나흘 동안은 욕을 먹었다. 그래도 무대는 분을 참고 말도 삼키면서 무슨 소리를 하든 내버려두고 오직 동생 말대로 매일 호떡을 반만 만들어 내다 팔았다. 해가 지기 전에 곧장 집으로 돌아와 호떡 판을 내려놓고 바로 발을 내리고 대문을 잠그고 난 후에 집 안에 들어와 활동했다. 금련이 이러한 꼴을 보고는 마음속이 초조해져서 욕을 해댔다.

"시간도 제대로 모르는 멍청이 같으니라구! 아직도 해가 중천에 걸려 있는 게 안 보여요? 그런데 문을 걸어 잠그고 야단이니 이웃사람들이 웃겠어요. 우리 집은 귀신조차 다닐 수 없는 곳이라고 말들 할 겁니다! 자기 동생 말만 믿고, 엉터리를 진짜로 알고서는 다른 사람들이 비웃는 것은 생각지도 않다니!"

"웃으려면 웃으라지. 내 아우 말이 맞아, 시비를 줄일 수 있으니."

금련은 무대의 얼굴에 왝 하고 헛구역질을 하고 말았다.

"아이고, 더러운 것 같으니라구! 사내대장부가 되어서 자기 앞가림도 제대로 하지 못하고 남의 말이나 듣다니!"

무대가 손을 흔들면서 대꾸했다.

"괜찮아, 내 아우 말은 절대로 틀림없어!"

무송이 간 후에 무대는 날마다 늦게 나갔다가 일찍 들어오고, 돌아와서는 바로 대문을 걸어 잠갔다. 금련은 화가 나 죽을 지경이어서 몇 차례나 다투었으나 나중에는 아예 습관이 되었다. 이로부터 금련은 무대가 돌아올 즈음이면 자기가 먼저 발을 내리고 대문을 닫았다. 무대는 이를 보고 속으로 '이게 좋은 게 아니겠어!' 하고 생각했다.

일을 삼가고 문을 걸고 또한 일찍 돌아오지만
눈앞의 사랑은 갈수록 편해지지 않네.
한 점의 춘심은 실처럼 어지러운데
닫혀 있는 빈 새장같이 모든 것이 헛것일세.
愼事關門幷早歸 眼前恩愛隔崔嵬
春心一點如絲亂 空鎖牢籠總是虛

세월은 유수와 같이 빨리 흘러 매화 핀 것을 섣달 말쯤에 보았는데 바야흐로 봄이 찾아오고 있었다. 춘삼월 봄볕이 따사로이 내리쬘 무렵, 금련은 화장을 곱게 하고는 무대가 나가기를 기다렸다가 문 앞의 발을 걷어 올리고 밖을 내다보면서 무대가 돌아올 때쯤에는 얼른 발을 내리고 안으로 들어와 앉아 있곤 했다.

그러던 어느 날 공교롭게도 한 남자가 발 아래로 지나가고 있었다. 자고로 우연한 것이 아니면 말이 될 수 없다고, 혼인의 연분이야말로 정말 우연히 이루어지는 모양이다. 금련이 손을 뻗어 대나무 장대를 발에 올려놓으려고 하는데 때마침 바람이 불어와 장대를 넘어뜨리니, 금련이 제대로 잡질 못하고 뒤뚱거리다가 그만 지나가던 사람의 두건을 때리고 말았다. 금련은 황망해하면서 웃음을 띠었다. 눈을 들어 그 사람을 바라보니 스물대여섯쯤 되어 보이는 아주 빼어난 미남이었다. 머리에는 술이 달린 모자를 쓰고 금빛이 영롱한 비녀와 금과 옥으로 만든 장신구로 치장하고 있었다. 큰 키에 녹색 비단 겉옷을 입고 섬세하게 엮은 유명한 진교의 신을 신고 있었으며, 버선은 청수포로 만든 것이었다. 정강이에는 검은빛 보호대 두 쪽을 댔고 손으로는 사천에서 만든 부채를 부치고 있었다.

　그 훤칠한 모습이 마치 희곡 『서상기[西廂記]』의 주인공 장생[張生]과도 같고, 진[晉]나라 때 미남으로 유명한 반악[潘岳]과도 같으니, 마음이 있는 사람은 풍류가 동하여 발 아래로 물건을 떨어뜨려놓고는 오히려 눈짓을 한다. 이 사람도 지나가다 장대에 머리를 맞고 걸음을 멈췄다. 막 화를 내려고 얼굴을 돌려보니 생각지도 않게 아름다운 여인이 있는 것이다.

　여인을 보니 칠흑 같은 머리에는 윤기가 흐르고, 초승달처럼 굽은 짙은 눈썹, 파랗고도 차가운 듯한 살구 같은 눈, 향기를 내뿜을 듯한 앵두 같은 입, 오뚝 솟아 아름다운 옥과 같은 코, 붉게 물든 요염한 볼, 애교가 넘치는 은쟁반 같은 얼굴, 연약한 꽃처럼 호리호리한 몸매, 섬섬옥수 가는 파와 같은 손, 약간 굽은 버들가지 같은 허리, 약간 부풀어 오른 듯한 배, 작고 가느다란 앙증맞은 발, 적당히 살이 붙은 젖가슴, 하얀 장딴지, 또 한 가지 단단히 조이고 붉고 희면서도 까무잡잡한 그것이 있다.

　이 여인의 용모는 아무리 봐도 다 볼 수 없는데, 몸치장은 어떠한가 볼 것 같으면 다음과 같았다.

　칠흑 같은 머리를 쪽을 둘러쓰고
　주위에는 금빛과 향기 나는 작은 비녀를 꽂았네.
　비스듬히 귓가에 꽃을 꽂고
　팔자로 굽은 버들잎 모양의 눈썹
　불그스레한 복숭아꽃과 같은 볼
　영롱하게 빛나는 작은 귀걸이
　향기를 머금은 듯한 젖가슴은 더할 나위 없이 보배롭네.
　순면의 겉 상의와 속바지는 짧고
　상[湘]의 얇은 비단으로 만든 치마를 걸쳤네.
　꽃을 수놓은 수건은 소매 끝에,
　향주머니는 허리춤에,
　가슴은 겹겹으로 동여매고,
　전족한 발을 가리기 위한 가리개도 드리웠네.
　아래를 보니 뾰족하면서도 작은 발이,
　까마귀를 수놓은 하얀 비단신은
　걸을 때 아름다운 소리가 나고
　붉은 빛의 무릎가리개에는 꾀꼬리와 꽃이,
　가벼운 몸놀림에 치맛자락이 나풀대고
　입 안에서는 늘 난꽃과 사향 향기를 풍기네.

붉은 입술로 미소를 띠니 얼굴에 꽃이 피고
이를 보는 사람들은 정신을 못 차리네.
이런 모습으로 사람들을 유혹한다네!
頭上戴着黑油油頭髮鬢髻 口面上緝着皮金
一徑裡誓出香雲一結 周圍小鬘兒齊揷
六鬢斜揷一朶幵頭花 排草梳兒後押
難揷八字灣灣柳葉 襯在腮兩朶桃花
玲瓏墜兒最堪誇 露荥玉酥胸無價
毛靑布大袖衫兒 褶兒又短襯 湘裙碾絹續紗
通花汗巾兒 袖中兒邊搭剌 香袋兒身邊低掛
抹胸兒重重紐扣 褲脚兒臟頭垂下
往下看 尖睡透金蓮小脚 雲頭巧緝山牙老鴉
鞋兒白綾高低步香塵 偏襯登踏 紅紗膝褲扣鶯花
行坐處風吹裙袴胯 口兒裡常噴出異香蘭麝
櫻桃初笑臉生花 人見了魂飛魄散 賣弄殺偏俏的冤家

사내는 여인의 모습을 보고서 반쯤 얼이 빠진 나머지 노여움도 이미 멀리 사라졌을 뿐만 아니라 얼굴에는 미소를 머금고 있었다. 금련은 자기 잘못을 알고는 깊이 고개 숙여 사죄했다.

"제가 잠시 바람 때문에 실수로 어르신께 잘못을 범했으니 용서해 주시기 바랍니다."

사내는 손으로 두건을 고쳐 쓰면서 한편으로는 허리를 굽히며 말한다.

"아니요! 괜찮습니다."

이 모습을 이웃에서 차를 파는 왕노파가 보았다. 왕노파가 웃으며 말을 건넸다.

"어느 어르신네가 이 집 발 아래로 지나다가 맞으셨나? 잘 맞았어요!"

"내가 잘못해서 잠깐 부딪힌 것이니 부인께서는 공연히 신경쓰지 마세요."

금련이 웃었다.

"어르신 잘못이 아니에요."

사내 또한 크게 웃었다.

"죄송할 뿐입니다."

그러면서도 여자를 유혹하는 데 이골이 난 두 눈은 오랫동안 여인의 몸에서 떠나지 않는다. 떠나가면서도 일고여덟 번이나 돌아보고서야 비로소 부채를 천천히 휘두르며 갔다.

화창한 날씨에 되는대로 거닐다가
우연히 발 아래서 아름다운 여인을 만나네.
떠나려 할 때에 추파를 보내니
끓어오르는 춘심을 참을 수가 없구나.
風日淸和漫出遊 偶從簾下識嬌羞
只因臨去秋波轉 惹起春心不肯休

금련은 사내의 생김이 뛰어나고 멋있는 데다 말도 잘하기에 마음 속에 미련이 남았다. '도대체 누군지 모르겠네? 어디에 살고 있을까? 나에게 마음이 없다면 떠나갈 때 몇 번씩이나 뒤돌아보진 않았을 텐

데. 이런 사람을 만날 줄이야 생각도 못했는데.'

금련은 발 아래 서서 사내가 눈에서 보이지 않을 때까지 있다가 비로소 발을 걷고 대문을 걸고서 방으로 돌아왔다.

사람들아, 얘기 좀 들어보소, 이 사내가 누구인가를!

그는 청하현의 몰락한 가문의 자제로 현청 앞에서 생약 가게를 하고 있었다. 어려서부터 놀기를 좋아해서 주먹질과 봉술에 능하고 도박이나 쌍륙·바둑·장기 등 잡기란 잡기는 못하는 것이 없었다. 최근에는 돈이 좀 생겨 관청 송사에 관여하면서 다른 사람들에게 돈을 받고 일처리도 하며 관리들과 왕래가 있으니, 고을 사람들은 모두 이 사람을 두려워했다.

이 사람은 성은 복성으로 '서문[西門]'이고 이름은 외자 '경[慶]'이라 했으며, 집안에서 첫째라 사람들은 '서문대랑'이라고 불렀다. 최근에 출세해 돈도 있기에 모두들 이 사람을 '서문대인'이라고 불렀다. 양친이 모두 죽고 형제도 없으며, 첫 번째 부인도 일찍 세상을 떠서 슬하에는 딸만 하나 있었다. 최근에 청하좌위 오천호[吳千戶]의 딸을 후처로 맞이하고, 집안에 여자들 네댓 명이 있었다. 또 기원에 있는 기녀 이교아와도 뜨거운 사이였는데 지금은 혼인을 해서 집에 데려다놓았다. 또한 남쪽 거리에 있는 사창가에서 탁이저를 탐해서 역시 집에 데려다놓았다.

오로지 놀고먹으면서 선량한 부녀자나 꼬여서 자기 여자로 만들었다가 마음에 들지 않으면 사람을 시켜 팔아버렸다. 한 달에도 중매인이 스무 차례 이상이나 오가니 누구도 감히 비위를 거스르지 못했다. 이러한 서문대인이 발 아래로 우연히 여인을 한번 보고는 속으로 '고거 참 귀여운 여자일세! 어떡하면 손에 넣을 수 있을까?' 하고 생각하다가 문득 바로 그 옆집에서 찻집을 하는 왕노파가 떠올랐다. 어떻게 잘 구슬려 은자 몇 냥만 집어주면 일을 성사시킬 것 같았다. 생각이 여기에 미치자 밥도 제대로 먹지 않고 거리로 나와 곧장 왕노파의 찻집으로 가서 안쪽의 발 옆에 앉았다.

"나리, 아까 웬 인사를 그렇게 간지럽게 하세요!"

"할멈, 잠시 이리 좀 와보구려, 뭐 좀 물어볼 게 있으니. 옆집 여인이 누구 부인이오?"

"염라대왕 동생에다 생사를 관장하는 오도장군[五道將軍](전설에 의하면 동악[東岳]에 속하는 신장[神將]으로 키가 일 장[丈]이고, 검은 털로 뒤덮여 있으며 세상 사람들의 생사를 관장한다고 하며, 일설에는 도신[盜神]이라고도 함) 딸이라오. 그건 알아서 뭐 하시게요?"

"내 정말 몰라서 묻는 거니 할멈은 그리 비웃지 마시게."

"나리께서는 어째 모르세요? 현청 앞에서 먹을 걸 파는 사람이 바로 남편인데."

"대추떡을 파는 서삼의 마누라인가?"

왕노파가 손사래를 쳤다.

"아녜요. 서삼이라면 그런대로 괜찮은 부부게요? 다시 알아맞혀 보세요."

"그럼 작은 만두를 파는 이삼의 마누라인가?"

"아니에요. 이삼도 나름대로 괜찮죠."

"그럼 문신을 새겨주는 유소이의 마누라인가?"

왕노파가 큰소리로 웃었다.

"아뇨, 유소이라 해도 그런대로 괜찮지요. 다시 한 번 알아맞혀 보세요."

"할멈, 내 정말 모르겠네."

왕노파가 생글거리며 말한다.

"그렇지 않아요. 나리도 아는 사람이에요. 남편은 바로 거리에서 호떡을 파는 무대랑이에요."

서문경이 듣고서는 크게 웃어젖혔다.

"그 '삼촌정 곡수피[三寸丁谷樹皮](키가 작고 얼굴이 못생겼다는 뜻)'라고 부르는 무대랑이란 말이오?"

"예, 바로 그 사람이에요."

서문경이 억울해하면서 말한다.

"좋은 양고기가 어떻게 개 입에 떨어졌을까!"

"그런 말이 있잖아요. 예부터 '뛰어난 말은 병신을 태워 달리고, 아름다운 여인은 못난이를 짝해서 잠을 이룬다'고요. 하늘이 이렇게 짝을 짓는 것을 어떻게 하겠어요!"

"할멈, 내 찻값이 얼마나 남았소?"

"많지 않아요. 다음에 천천히 주셔도 돼요."

"할멈 아들 왕조[王潮]는 누구와 나갔소?"

"말도 마세요, 회하[淮河]의 장사꾼과 같이 나가서는 여태 돌아오지 않고 있으니 죽었는지 살았는지 모르겠어요."

"내게 보내지 그래요, 보아하니 꽤 영리해 보이던데!"

"어르신께서 그렇게만 해주신다면 더할 나위가 없지요."

"아들이 돌아오면 다시 얘기합시다."

서문경은 말을 마치고 자리에서 일어나 나갔다. 그러고는 두 시간이 채 못 되어 다시 와서는 왕노파네 문 앞에 있는 발 쪽에 앉아서 무대네 대문을 한참이나 바라보고 있었다. 왕노파가 나가 말한다.

"나리, 매탕 좀 드셔보세요."

"마침 잘됐군, 신맛 좀 더 나게 해주구려."

왕노파가 매탕을 만들어 두 손으로 받들어 서문경에게 주니 받아 마시고 잔을 내려놓으면서 은근히 묻는다.

"할멈, 매탕을 잘 만들었는데 집안에 얼마나 있소?"

왕노파가 웃으며 대답했다.

"이 몸은 평생을 중매를 서왔는데, 어찌 집안에서만 하겠어요?"

서문경이 웃으면서 대꾸했다.

"나는 이 매탕을 말하는데 할멈은 중매 얘기를 하고 있으니, 틀려도 크게 틀렸구려!"

"저는 어르신께서 제가 중매도 잘한다고 말씀하시는 줄 알고서 중매 얘기를 한 겁니다."

"할멈, 기왕에 중매 얘기가 나왔으니 나를 위해 중매 좀 서주구려. 이 일만 잘되면 내 할멈에게 후히 사례하리다."

"어르신께서 장난을 다 하시고! 만약 댁의 마님께서 아신다면 이 노파의 얼굴은 손자국투성이가 될 거예요!"

"우리집 큰마누라는 성격이 아주 좋으니 걱정 말게. 그래서 여자들 몇을 집안에 데려다놓긴 했지만 사실 마음에 드는 사람은 없네! 할멈에게 좋은 사람이 있으면 소개시켜주구려. 과부라도 괜찮으니! 내 마음에 들기만 하면 되네."

"쓸 만한 사람이 있기는 한데, 아마 나리께서 맘에 안 들어 하실 거예요."

"좋은 사람이 있으면 말하게. 내 사례는 톡톡히 할 테니."

"생김은 괜찮은데, 나이가 좀 많아요."

"자고로 미인도 나이를 먹는다고 했소. 한두 살 차이야 중요한 게 아니오. 한데 몇 살이오?"

"정해년 생으로 돼지띠인데, 이제 새해가 되면 바로 아흔셋이 된답니다."

서문경이 웃으면서 화를 냈다.

"이 미친 할망구 같으니라구! 목청을 돋우어 농담이나 하다니!"

말을 마치고 서문경이 웃으면서 몸을 일으켜 나갔다. 날이 어두워지기에 왕노파는 등불을 켰다. 문을 닫으려고 하는데 서문경이 급히 들어와 발 아래로 가서는 의자를 가져다 앉으며 무대네 대문을 바라보면서 다시 사방을 둘러보았다.

"나리, 화합탕을 드릴까요?"

"좋지! 좀 달게 해주구려."

할멈이 곧 한 잔을 가져다주니 서문경이 마셨다. 서문경은 저녁 늦게까지 앉아 있다가 일어서면서 말했다.

"할멈! 장부에 잘 기록해놔요, 내일 와서 갚을 테니."

"편히 쉬셨다가 내일 다시 오셔서 얘기 계속하세요."

서문경이 웃으면서 갔다. 집에 돌아와서도 먹고 자는 것이 제대로 되지 않고 마음은 온통 그 여인 생각에만 쏠렸다. 이튿날 아침 일찍 왕노파가 문을 열며 밖을 내다보니 서문경이 멀리 거리에서 다급히 걸어오고 있었다.

'저 놈팡이가 몸이 달긴 달았구나! 저놈의 코에 사탕을 걸어놓아 꼼짝 못하게 만들어야지! 저놈은 마을 사람들한테 이익을 챙기고 있으니, 돈을 좀 쓰게 만들어야겠군.'

찻집을 하는 이 왕노파는 본분을 지키는 여자가 아니었다. 오랫동

안 중매도 하고 매파[賣婆](사람을 사고파는 일)에 산파 노릇까지도
했다. 이밖에도 재주가 많아 다 말할 수 없을 지경이었다.

입을 열면 육가[陸賈]를 속이고, 말을 하면 수하[隨何]*를 이기네.
육국[六國] 설득했던 제자백가들보다 언변이 뛰어나고
삼제[三齊]**보다 말재주 뛰어났네.
외로운 봉황들을 삽시간에 짝 맺어주고
과부와 홀아비 따로 앉아 있다 자리 옮겨 함께하네.
깊은 집안에 있는 여인도
혹은 구름 타고 노니는 신선도 다 맺어주네.
옥황전에서 향로를 들고 있는 금동은 팔을 끌어서 데려오고
서왕모가 있는 궁중에서 말을 전하는 옥녀는 가는 허리를 안고서
간교한 계략을 쓰면 나한도 비구니를 끌어안고
기지를 발휘하면 신화 속 탁탑천왕 이천왕[李天王]***도
불교의 신[神]인 귀자모[鬼子母]를 가슴에 품네.
감언이설로 꾀면
숱한 여인의 유혹도 물리친 봉섭[封涉]****이라도 마음이 생기고
부드러운 말로 하면
마고[麻姑]*****라도 마음이 어지러워지네.
머리는 감추고 꼬리는 드러내

---

* 육가와 수하는 유방을 따라다녔던 인물로, 각기 논변과 언변이 뛰어났음
** 춘추전국 시대 제[齊] 나라의 환공[桓公]·위공[威公]·선공[宣公]
*** 신화 중의 탁탑천왕으로 이름은 이정[李靖]
**** 당나라 경종[敬宗] 때 사람으로 소실산[少室山]에서 독서를 하다가 하늘에서 선녀가 내려와 결혼하길 원했으나 끝까지 버텼다고 함
***** 전설 속의 선녀

요조숙녀를 들쑤셔서 상사병을 앓게 하네.
적당히 바람을 불어넣어
달의 선녀인 항아가 사내를 유혹하게 하네.
노파는 솜씨가 하도 뛰어나
늘 남의 집에 분란만 만들어놓는다네.
開言欺陸賈 出口勝隨何
只憑說六國唇鎗 全仗話三盒齊舌劍
隻鸞孤鳳 霎時間交仗成雙
寡婦鰥男 一席話搬唆擺對
解使三里門內女 遮麽九飯殿中仙
玉皇殿上 侍香金童 把臂拖來
王母宮中 傳言玉女 攔腰抱住
略施奸計 使阿羅漢抱住比丘尼
纔用機關 交李天王摟定鬼子母
甛言說誘 男如封涉也生心
軟語調和 女似麻姑須亂性
藏頭露尾 攛掇淑女害相思
送暖偸寒 調弄嫦娥偸漢子
這婆子 端的慣調風月巧排 常在公門操閑殿

　　노파가 막 찻집 문을 열고 안에서 차 화로를 정리하고 있는데 보니 서문경이 몇 번인가를 망설이다가 바로 찻집 안으로 들어와 발 아래로 가서는 무대네 집 대문을 바라보면서 뚫어지게 발 안을 쳐다보았다. 왕노파는 못 본 체하고 찻집 안에서 불을 지피면서 밖으로 나와 무슨 차를 마시겠냐고 묻지도 않았다.

"할멈, 차 두 잔만 내오구려!"

"나리 오셨어요! 잠시만 앉아 계세요."

잠시 후 진한 차 두 잔을 내와 탁자 위에 놓았다.

"할멈, 나랑 같이 한잔 마십시다."

왕노파는 하하대며 웃었다.

"저는 나리와 뜨거운 사이도 아닌데 어찌 함께 차를 마시겠어요?"

서문경도 따라 웃으며 말했다.

"할멈, 옆집에서 파는 게 무엇인가?"

"옆집에서 파는 것은 국수와 말린 고기, 야채와 고기를 넣은 만두, 대합을 넣은 국수 그리고 따스한 술과 사람을 유혹하는 여인이지요."

"이 미친 할멈하구는, 헛소리하기는!"

"제가 헛소리를 하는 게 아니라, 그 여편네한테는 이미 남편이 있답니다."

"난 지금 진담으로 하는 얘기요. 그 집이 그렇게 호떡을 잘 만든다면 내가 한 사오십 개쯤 사러 그 집에 가려고 하는데."

"호떡을 사려면 그 집 양반이 거리에서 돌아오기를 잠깐 기다렸다가 사면 되지 무엇 때문에 굳이 지금 가시려고 하세요?"

"할멈 말이 맞군."

서문경은 차를 마시고 잠시 앉아 있다가 몸을 일으켜 밖으로 나갔다. 한참 동안 찻집 안에는 왕노파만 혼자 앉아 있었다. 눈을 들어 밖에 있는 서문경을 내다보니, 문 앞을 서성거리면서 동쪽도 바라보고 다시 서쪽으로 가서는 바라보며 왔다 갔다 하면서 사방을 기웃거리기를 예닐곱 번을 했다. 조금 지나자 다시 찻집 안으로 들어왔다. 왕노파가 웃으면서 대꾸했다.

"근데 나리께서 웬일이세요, 며칠 보이지 않으시더니."

서문경이 웃으며 은자 한 냥을 꺼내 왕노파에게 주었다.

"할멈, 받아두구려, 찻값일세."

"무얼 이렇게 많이 주세요?"

"남는 것은 할멈이 그냥 받아두구려."

'이 건달이 드디어 걸려들었으니 우선 이 은자는 받아서 내일 방세나 내야겠군!'

"제가 보기에 나리께서 열이 좀 있는 것 같은데 열 식히는 차를 드시는 게 어떠세요?"

"어떻게 할멈이 그걸 알았소?"

"알아맞히기가 뭐 어려워요? 자고로 집안에 들어서서는 흥망성쇠의 일을 묻지 말라고, 얼굴을 보면 바로 알 수가 있죠. 저는 신괴망측한 일도 얼마나 잘 알아맞혔는지 몰라요."

"내 걱정거리가 하나 있는데 할멈이 알아맞힌다면 은자 닷 냥을 주지."

왕노파는 웃으면서 말했다.

"이것저것 생각할 필요도 없이 단번에 알아맞힐 수 있지요. 나리 잠시 귀 좀 가져오세요. 나리께서 요 며칠간 발바닥에 땀이 나도록 바삐 왔다 갔다 한 것은 바로 저 옆집 여인한테 마음이 있어서 그런 게 아닙니까? 어때요, 제 추측이?"

"역시 할멈의 지혜는 수하를 이기고, 기지는 육가를 능가하는구려. 솔직히 말하자면 어찌 된 일인지 모르겠네. 일전에 발 아래서 우연히 옆집 여인을 한 번 보고 나서는 마치 혼백이 다 빠져나간 듯한 것이 밤낮으로 잊을 수가 없소. 집에 돌아가서는 밥 먹는 것도 귀찮고 일하기도 귀찮다오. 할멈, 뭐 좋은 수가 없겠소?"

왕노파가 생글거리며 입을 열었다.

"그전에 제가 나리께 드릴 말씀이 있습니다. 사실, 요새 우리 찻집이 제대로 장사가 안 돼요. 삼 년 전 시월 초사흘 큰눈이 내리던 날에 차를 팔아보고는 지금까지 장사가 안 됐어요. 그래서 이것저것 해가며 겨우 먹고산답니다."

"그래, 뭘 그리 잡다하게 한단 말이오?"

"저는 서른여섯에 남편을 잃고 슬하에 아들놈 하나가 있어 그대로는 살 수가 없었어요. 그래서 처음에는 중매쟁이를, 다음에는 집을 찾아다니면서 옷 나부랭이를 팔고, 또 아이 낳을 때 옆에서 거들어주기도 하고요. 일이 없을 때에는 소개꾼 노릇도 하고, 침도 놓고 도둑질도 해요."

서문경이 듣고 웃으면서 말했다.

"내 할멈한테 그런 솜씨가 있는 줄은 정말로 몰랐네! 할멈이 이번 일만 성사시켜 준다면 할멈이 죽을 때까지 쓰도록 은자 열 냥을 주겠네. 그러니 할멈이 잘해서 그 부인 얼굴 좀 한 번만 보게 해주게나."

이 말을 듣고 왕노파는 하하 웃었다.

서문경은 뜻이 방탕하여
죽을힘을 다해 여인을 희롱하려 하고
다행히 찻집 왕노파의 도움으로

무녀가 양왕을 만난 듯하네.*

西門浪子意猖狂 死下工夫戲女娘
虧殺賣茶王老母 生交巫女會襄王

과연 왕노파는 무슨 계략을 말해줄 것인가?

---

* 무녀가 초나라 양왕을 만나 사랑을 나누는 것으로 남녀 간 밀애를 뜻함

제 스스로 오는 봄

왕노파가 여인과 밀통하는 열 가지 법을 알려주고,
서문경은 찻집에서 금련을 희롱하다

색이 사람을 미혹하는 것이 아니라
사람이 스스로 미혹되네.
색에 미혹되면 그로부터 손해만 입지
정신도 산란해지고 용모도 초췌해지며
뼈와 살이 마르고 기력도 미미해
몰래 정을 통하면 집은 쉽게 흩어지고
성병에 걸리면 약으로도 치료하기 어려워라.
예부터 배부르고 따뜻하면 헛된 일이 생기고
화가 오는 것도 알지 못하네.
色不迷人人自迷 迷他端的受他虧
精神耗散容顏淺 骨髓焦枯氣力微
犯着姦情家易散 染成色病藥難醫
古來飽暖生閑事 禍到頭來總不知

서문경은 왕노파를 찾아와 금련의 얼굴을 한 번만이라도 보게 해
달라고 애걸했다.

"할멈, 내가 말한 일만 잘 성사해준다면 할멈에게 은자 열 냥을 주리다."

"나리, 제 말 좀 들어보세요. 무릇 '몰래 밀통[密通]한다'는 두 글자가 어려운 거지요. 그럼 무엇을 밀통이라고 할까요? 지금 세상에서 말하는 투정[偸情](몰래 바람을 피우는 것)이라는 것이 바로 그것이지요. 그런데 투정을 하자면 다음 다섯 가지를 갖춰야만 비로소 이룰 수 있어요. 첫째로 반안[潘安](진[晉]나라의 이름난 미남)처럼 잘생긴 얼굴, 둘째로 물건이 당나귀만큼이나 커야 하며, 셋째로 등통[鄧通](한나라 문제[文帝] 때의 거부)과 같이 돈이 많아야 하고, 넷째로 나이가 어리면서도 외유내강으로 단정하고 인내심이 있어야 하며, 다섯째로는 한가한 시간이 많아야 합니다. 이 다섯 가지 조건을 '반[潘]·여[驢]·등[鄧]·소[小]·한[閑]'이라고 하는데 이것을 모두 갖춰야만 말한 바를 손에 넣을 수 있습니다."

"솔직히 말해서 난 그 다섯 가지를 모두 겸비했소. 첫째로 내 용모는 비록 반안에는 비할 수 없지만 그런대로 봐줄 만은 하오. 둘째로 어려서부터 뒷골목에서 놀면서 물건도 크게 잘 만들어놨소. 셋째로 재산도 그런대로 있어 비록 등통에는 미치지 못해도 잘 먹고 지낼 수는 있소. 넷째로 나는 아주 잘 참아서, 그 여인이 수백 대를 때린다고 하더라도 난 단 한 번도 받아치지 않을 게요. 다섯째로 나는 정말로 여가가 많소. 그렇지 않다면 어떻게 이처럼 열심히 할멈네 찻집에 오겠소? 할멈, 이 일만 잘 이루어준다면 내 후하게 사례하리다!"

서문경은 마음속을 죄다 털어놓았다.

"나리, 나리께서는 이 다섯 가지를 모두 갖추고 계시다고 말씀하십니다만, 제가 알기에는 또 한 가지 곤란한 일이 있는데 이것이 가장 이루기 힘들어요!"

"무엇이 곤란한지 말해보구려."

"나리, 늙은이가 바른말을 한다고 탓하지 마세요. 무릇 밀통을 한다는 것은 십분 어려운 일인데 돈을 아홉 푼 아홉 리까지 쓰고도 이루어지지 않는 경우가 있어요. 제가 알기에 나리께서는 인색한 분이라 함부로 돈을 쓰지 않으실 테니 그게 걱정스럽습니다."

"그것은 간단하네. 내가 할멈 말을 그대로 따르면 되겠지."

"만약 나리께서 그렇게만 돈을 쓰신다면, 저한테 한 가지 묘책이 있으니 반드시 나리와 이 여인네를 한번 만나게 해드릴 수 있어요. 나리께서 제 뜻대로 하실 수 있겠습니까?"

"따질 게 뭐 있소. 내 할멈이 하라는 대로 하리다. 도대체 묘책이 뭐요?"

왕노파가 웃으며 말했다.

"오늘은 너무 늦었으니 돌아가셨다가 반년이나 석 달쯤 뒤에 오셔서 상의하시지요."

서문경이 다시 간청했다.

"할멈, 농담하지 말고. 나를 위해 이 일을 잘 성사해준다면 이 은혜는 후히 보답할 테니!"

"나리께서는 또 서두르시네요! 제 계책은 비록 강태공만은 못한다 할지라도 손자[孫子]가 궁녀들을 가르치는 것(손자가 오왕 합려의 궁녀들을 훈련한 것)만큼이나 강해, 십중팔구는 나리 뜻대로 이룰 수 있습니다. 제가 오늘 나리께 사실대로 말씀드리지요.

이 여자의 내력은 비록 출신은 미천하지만 매사에 똑똑하고 영리해서 악기와 노래에도 아주 능통합니다. 게다가 수도 잘 놓고 갖가지

진기한 음악뿐 아니라 쌍륙이나 장기, 바둑 등 못하는 것이 없습니다. 어려서 이름이 금련이었고 성은 반씨입니다. 원래 남쪽의 교외에서 바느질을 하던 반씨네 딸이었으나, 장대호 집에 팔려가 그 집에서 악기와 노래 등을 배웠지요. 후에 장대호가 나이가 들자 밖으로 내쫓았는데, 무대에게 돈 한 푼 받지 않고 공짜로 주어 마누라로 삼게 했답니다. 요 몇 년간 무대는 사람됨이 나약해서 매일 아침 일찍 나갔다가 저녁 늦게야 돌아오며 오직 장사만 할 줄 알지요. 금련은 하루종일 집에 앉아서 밖에 나오지도 않기에 제가 일이 없으면 건너가서 같이 시간을 보내고, 금련이 일이 있으면 저를 불러 도움을 청하곤 하죠. 그래서 저를 어머니라고 부른답니다.

　무대는 요 며칠간 일찍 밖으로 나가니, 만약 나리께서 해볼 의향이 있다면 남색 명주 한 필, 백색 명주 한 필, 백색 비단 한 필 그리고 좋은 솜 열 냥을 사서 전부 제게 가져오세요. 그러면 제가 가서 달력 좀 빌리자고 하고서는 좋은 날을 택해서 옷 바느질 좀 해달라고 부탁을 하는 겁니다. 금련이 만약 제가 이렇게 말하는 것을 보고는 날짜만 택해주고 바느질은 해주겠다고 하지 않으면 이 일은 끝나는 거예요. 하지만 기뻐하면서 자기가 바느질을 해줄 테니 저더러 바느질을 하지 말라고 한다면 바로 일 할의 희망이 있는 겁니다. 제가 금련을 불러서 저 대신 옷을 짓게 한다면 이 할의 가망성이 있는 거구요. 그러면 우리 집에 와서 일을 할 때 점심때쯤에 제가 술과 음식을 준비해 금련이 먹도록 하는 거죠. 만약 불편하다면서 집에 가지고 가서 일하겠다고 한다면 이 일은 끝나는 거예요. 허나 아무 말 없이 먹는다면 삼 할의 희망이 있는 겁니다.

　이날 나리께서는 오지 마세요. 셋째 날 정오쯤 멋지게 차려입고 오셔서는 기침으로 신호를 하세요. 나리께서는 문 앞에 서서 '어째, 요 며칠 동안 왕노파가 보이지 않지? 차 좀 마시려고 왔는데'라고 말씀하세요. 그러면 제가 즉시 나가서 나리를 방으로 모셔 앉게 하고는 차를 드릴게요. 하지만 금련이 나리를 보고서 몸을 일으켜 돌아가겠다고 한다면 제가 붙잡을 수는 없겠지요. 그렇게 되면 일은 끝난 거예요. 그렇지만 금련이 나리께서 들어오는 것을 보고서는 몸을 움직이지 않으면 사 할의 희망이 있는 겁니다. 앉아 있으면 제가 '바로 이분이 내게 옷감을 주신 어른이라오, 나리한테 큰 은혜를 입고 있어요' 하면서 나리의 좋은 점을 칭찬할 테니, 나리께서는 금련의 바느질 솜씨를 칭찬해주시는데 금련이 아무 대꾸도 하지 않는다면 이 일은 끝나는 거예요.

하지만 금련이 대꾸를 한다면 이 일은 오 할의 희망이 있는 겁니다. 그때 제가 '고맙게도 이 부인께서 저를 도와주셨어요. 두 분께서 한 분은 돈을 대주시고, 또 한 분은 직접 일을 해주시니 정말로 감사할 따름입니다. 구차한 일이 아니면 이 부인께서 이곳에 있기도 힘든데 나리께서 주인이 되어서 부인께 한턱 사세요'라고 하면 나리는 바로 돈을 꺼내 저에게 사오라고 하세요. 혹 금련이 가겠다면 붙잡을 수 없겠지요. 그러면 이 일은 끝입니다. 만약 가지 않는다면 일은 쉬워져서 육 할의 희망이 있는 거예요. 제가 돈을 받아들고 나가면서 금련한테 '수고스럽지만 부인께서 나리와 같이 이야기 좀 하고 계세요'라고 했을 때 금련이 일어나 집으로 가버리면 제가 어떻게 막을 수 있겠습니까. 그러면 일은 끝장이지요. 하지만 일어나지 않고 '좋아요'라고 한다면 칠 할의 가망이 있는 거지요.

잠시 뒤에 제가 물건을 사와서 탁자 위에 놓으면서 금련한테 '부인, 잠시 하던 일을 멈추고 한잔 드세요. 어렵사리 나리께서 한턱내시는 건데요'라고 했을 때 금련이 나리와 같은 자리에 앉아서 먹기를 거부하고 집으로 돌아가면 이 일은 끝입니다. 만약 입으로는 돌아간다고 말하면서 일어서지 않는다면 이 일은 이제 팔 할의 희망이 있는 겁니다. 금련이 술을 적당히 마시고 바야흐로 얘기가 무르익어갈 즈음에 제가 술이 거의 떨어졌다고 하면서 나리께 더 사라고 하면 나리께서는 제게 돈을 주면서 술과 과일을 더 사오도록 시키세요. 그러면 제가 나가면서 문을 잠가 단둘이만 집에 있도록 하는 겁니다. 이때 놀라서 돌아가면 일은 끝장입니다. 그렇지만 문을 잠갔는데도 놀라지 않는다면 거의 구 할의 희망이 있고 이제 일 할만 더 있으면 일은 이루어지는 겁니다.

그렇지만 이 일 할이 매우 어려워요. 나리께서 방 안에서 달콤한 말로 잘 구슬리세요. 조급하게 하지 마시고 함부로 손발을 놀려대 일을 망치면 그때는 저도 어쩔 수 없어요. 나리께서는 우선 소맷자락으로 탁자 위에 있는 젓가락을 떨어뜨리고, 그것을 집는 척하면서 손을 뻗어 금련의 발을 꼬집어보세요. 금련이 화가 나서 발끈대면 제가 와서 적당히 무마는 하겠지만 이 일은 여기에서 거두어야 하고 다시 해보기 힘들어요. 하지만 소리를 내지 않고 가만히 있다면 이 일은 이제 십 할이 된 것으로 금련 역시 나리가 마음에 있다는 뜻입니다.

자, 일이 이렇게 다 이루어진다면 나리께서는 저에게 어떻게 감사하시겠어요?"

서문경이 듣고서는 크게 기뻐했다.

"비록 능연각[凌煙閣](당나라 수도인 장안에 당태종이 개국 공신 스물네 명의 초상화를 걸어놓은 곳)에는 오르지 못해도 할멈의 계략은 정말로 대단해!"

"잊으면 안 돼요, 저에게 주시기로 한 은자 열 냥."

"귤껍질 한 조각을 먹고서도 절대로 동정호를 잊지 말라고 했거늘. 할멈, 이 계략은 언제 시행할 거요?"

"오늘 밤에 알려드리겠어요. 저는 지금 무대가 돌아오지 않은 틈을 타 건너가 책력을 빌리면서 금련과 자세한 얘기 좀 해봐야겠어요. 나리께서는 빨리 사람을 시켜 명주, 비단, 솜 등을 보내주세요. 늦으면 안 돼요!"

"할멈이 이 일만 성사시켜 준다면, 내 어찌 감히 약속을 어기겠소?"

이에 왕노파와 헤어져 찻집을 나서고는 곧바로 거리로 나가 명주와 비단 세 필을 사고, 좋은 솜과 은자 열 냥을 챙겨 대안을 시켜 보자기에 잘 싸서 바로 왕노파 집에 갖다 주도록 했다.

왕노파는 기뻐하며 받고는 대안을 돌려보냈다.

운우가 언제 일어날거나? 헛되이 양왕[襄王]으로 하여금 초대[楚臺]만 쌓게 하누나. 이를 시가 있어 알리나니,

두 마음이 서로 맞으니 꿀처럼 달콤한데
왕노파가 주선을 하니 더욱더 기묘하네.
열 단계로 밀통할 것을 안배하니
보증컨대 사랑을 나눌 일이 헛되지 않겠구나.
兩意相投似蜜甛 王婆撮合更搜奇
安排十件挨光計 管取交歡不負期

왕노파는 명주, 비단, 솜 등을 받아들고는 뒷문을 열고 무대네 집으로 갔다. 금련이 노파를 맞이해 같이 위층으로 올라갔다.

　"부인은 어째서 요새 우리 집에 와서 차를 마시지 않소?"

　"요즘 몸이 좀 불편해서 놀러 다니기도 귀찮았어요."

　"부인 집에 책력이 있으면 잠시 내게 좀 빌려주구려, 옷 만들 날짜 좀 잡으려고 하니까."

　"무슨 옷을 지으려고 하세요?"

　"이제 이 몸도 늙어 온갖 병이 있으니 언제 무슨 일이 일어날 줄 알 겠어요. 게다가 자식놈도 집에 없으니."

　"아드님은 어째 늘 보이지 않지요?"

　"장사꾼을 따라서 밖으로 싸다니는데 한참 동안 소식이 없으니 내 통 마음을 놓지 못해요."

　"아드님이 올해 몇 살이지요?"

　"열일곱이라오."

　"그렇다면 어째서 장가를 보내지 않으세요? 그러면 할머니께서도 손을 덜 수 있을 텐데요."

　"그러게 말이에요. 집안에 사람이 없으니 나 혼자 이리 뛰고 저리 뛰면서 살아왔으나, 애가 돌아오면 조만간에 적당한 사람을 찾아서 일을 치러야겠어요. 나도 이제 늙어서 밤낮으로 기침이 심하고 몸이 부서지는 것처럼 쑤시고 아파 잠도 제대로 이루지 못하니 우선 수의라도 준비해두려는 거예요.

　고맙게도 어느 돈 많은 어른이 계신데 가끔 우리 집에 오셔서 차도 마시곤 했어요. 그 댁에서 병자를 돌보는 일이나, 하녀를 사거나, 혼담이 있을 때에는 내가 크고 작은 일을 가리지 않고 내 일처럼 돌봐드리곤 했죠. 그랬더니 이번에 내가 수의를 해 입을 수 있도록 명주와 비단 등 필요한 옷감 일체를 보내주셨어요. 나한테 좋은 솜도 약간 있었는데 집에 그냥 놔두고 일 년 남짓이나 틈이 없어 짓지 못했지요. 금년에도 잘 안 되리라 생각했는데 뜻하지 않게도 윤달이 끼었기에 이삼 일 짬을 내어 지으려 했어요. 그런데 바느질 해주는 사람이 바쁘다는 핑계로 돈을 더 요구하면서도 좀체 지어주려 하지 않으니, 이 고충을 어찌 다 말로 할 수 있겠어요!"

금련은 이 말을 듣고 웃으면서 말했다.

"제가 지은 것이 마음에 들지 않더라도 싫지 않으시다면 제가 며칠 시간을 내어서 어머니께 지어드리면 어떻겠어요?"

왕노파가 함빡 웃으며 말한다.

"부인이 그렇게만 해준다면 나는 죽어서도 좋은 곳으로 갈 거예요! 부인이 바느질을 잘한다는 얘기는 예전부터 들어왔으나 감히 부탁을 못했을 뿐이라오."

"무슨 말씀을 그렇게 하세요. 제가 해드리기로 했으니 힘닿는 데까지 지어드릴게요. 책력을 가져다 사람을 시켜 좋은 날만 고르시면 바로 시작하겠어요."

"부인, 내가 모른다고 나에게 떠맡기지 말아요. 부인은 시와 사뿐만 아니라 곡 등에도 능통하고 글도 적지 않게 알고 있으면서 왜 다른 사람에게 책력을 봐달라고 해요?"

금련이 미소를 지었다.

"저는 어려서 조금밖에 배우질 못했어요."

"됐어요, 그만 됐어요."

그러면서 책력을 금련에게 주었다. 금련은 책력을 받아들어 한번 본다.

"내일은 파일[破日](상서롭지 못한 날)이고 모레도 좋지 않아요. 글피가 옷을 짓기에 괜찮을 것 같군요."

왕노파는 손을 뻗어 책력을 뺏어 벽에 걸었다.

"부인이 나를 위해 옷을 지어주기만 한다면 그게 바로 운수 대통한 것이지 날짜를 잡는 게 무슨 소용이 있겠어요! 나도 다른 사람에게 알아보니 내일은 불길한 날이라고 하더군요. 나 역시 옷을 짓는데 불길한 날에 할 필요는 없지만, 두려워하지 말자는 거죠!"

"하긴, 수의를 만들 때 파일에 짓는 게 더욱 좋다고 하는 사람도 있어요."

"이왕 부인이 나를 위해 그렇게 해주신다는데 난 아무 상관 없으니 내일부터라도 우리 집에 오셔서 시작하시면 되겠네요."

"그럴 필요 없이 제가 가지고 와서 하면 되지 않겠어요?"

"부인이 만드는 것을 좀 구경했으면 해서요, 게다가 집 볼 사람도 없고."

"그렇게 말씀하시니, 제가 내일 밥을 먹은 후에 건너가겠어요."

왕노파는 몇 번씩이나 고맙다고 인사를 한 후에 아래층으로 내려갔다. 그날 밤에 서문경에게 연락해 그다음 날로 약속을 잡았다. 다음 날 이른 아침에 왕노파는 방을 깨끗하게 치워놓고 바늘과 실, 찻물까지 다 준비를 하고 집에서 기다렸다. 무대가 조반을 먹고 호떡판을 메고서 나가자 금련은 발을 걸고 영아에게 집을 보라고 이른 후에 뒷문을 빠져나와 왕노파네 집으로 왔다. 왕노파는 매우 기뻐하면서 방으로 맞이해 앉히고는 호두와 잣을 넣어 끓인 진한 차를 내와금련에게 권했다. 그런 후에 탁자 위를 깨끗이 치우고 명주와 비단 세 필을 꺼내 왔다. 금련은 길이를 재고 적당히 자른 후에 바느질을 시작했다. 왕노파가 보고서는 침이 마르도록 칭찬한다.

"정말 대단한 솜씨예요! 내가 육칠십 년을 살아왔지만, 정말 이렇게 훌륭한 바느질 솜씨는 본 적이 없다오!"

금련이 점심때까지 바느질을 계속하자 왕노파는 술과 음식을 준비해서 대접하고 국수도 만들어 와 청했다. 다시 바느질을 시작해 저녁 무렵이 되어 하던 일을 대충 마무리하고 자기 집으로 돌아갔다. 마침 무대가 호떡 판을 메고서 대문으로 들어서기에, 금련은 문을 걸고 발을 내렸다. 무대는 집 안으로 들어가면서 금련의 얼굴이 약간 상기된 것을 보고 물어보았다.

"당신 어디 갔었소?"

"옆집 할머니가 자기 수의를 만들어달라고 부탁하기에 옷을 지어주었더니 점심때 술과 음식을 마련해 저를 대접했어요."

"당신, 할머니한테 너무 폐 끼치지 않도록 하구려. 우리가 할머니한테 부탁할 일이 있을 텐데. 그리고 당신한테 옷 짓는 일을 부탁했더라도 식사는 집에 와서 하도록 해요. 쓸데없이 할머니 귀찮게 만들지 말고. 내일 다시 가서 일할 때 돈을 좀 갖고 가 술과 음식을 사서 갚도록 해요. 옛말에도 '먼 친척이 가까이 있는 이웃만 못하다'고 하잖소. 사람이 정을 잃어서는 안 되지! 할머니가 받지 않겠다고 하면 대신 일거리를 집으로 가져와서 하구려."

왕노파의 계략이 교묘하니
무대는 멍청해 내막을 모르고
술을 사서 간교한 사람을 대접하라면서

오히려 부인을 다른 사람에게 갖다 바치네.

阿母牢籠設計深 大郎愚鹵不知音

帶錢買酒酬奸詐 却把婆娘自送人

무대가 하는 말에 금련이 그날 밤에는 아무런 말도 하지 않았다.
이튿날 식사를 마친 뒤에 무대는 호떡 판을 메고 장사하러 나가니,
왕노파가 바로 건너와 부인을 자기 집으로 불렀다. 금련은 건너가서
일거리를 꺼내 바느질을 시작했다. 왕노파가 급히 차를 내와 마시도
록 했다. 바느질을 하다가 점심때가 되자 금련은 옷소매 속에서 돈
삼백 문을 꺼내 왕노파에게 주었다.

"어머니, 제가 술 좀 사드릴게요."

"아이고, 이런 경우가 어디 있어요! 내가 부탁해서 이렇게 수고를
해주고 있는데 어찌 부인이 돈을 낸단 말이에요? 이 늙은이한테 술
과 음식을 얻어먹는다고 탈나지는 않을 테니 걱정 말구려!"

"제 남편이 그리 하라고 시킨 거예요. 어머니께서 그렇게 하지 않
으시면 일거리를 집으로 가져와서 해드리라고 했어요."

"남편께서는 사리 분별이 너무 정확하십니다. 부인이 기왕에 그렇
게 말씀하시니, 그럼 그렇게 하지요."

왕노파는 일이 잘못될 것을 걱정해 자기도 돈을 보태어 좋은 술과
음식, 진기한 과일 등을 사와서 정성스레 대접했다.

사람들아, 들어보소! 무릇 세상 여인들이란 아무리 세심하고 주의
깊더라도 적당히 칭찬해주면 십중팔구는 넘어가게 되어 있느니.

왕노파는 지극 정성으로 술과 음식 등을 마련해 금련에게 권했다.
금련은 바느질을 더 하다가 저녁 무렵에 몇 번이나 고맙다고 인사를

하고는 집으로 돌아갔다.

사흘째 되는 날, 아침 식사를 한 뒤에 왕노파는 무대가 나가는 것을 보고 곧바로 뒷문 쪽으로 와서 외쳤다.

"부인, 늙은이가 이거 염치도 없이!"

금련이 위층에서 대답했다.

"바로 갈게요!"

두 사람은 서로 인사를 나눈 뒤 왕노파네 집 안으로 들어와 일거리를 꺼내 바느질을 시작했다. 왕노파가 차를 준비해와 함께 마시고, 금련은 다시 일을 하기 시작해 어느덧 점심때가 되었다.

이날을 간절히 기다려온 서문경은 좋은 옷과 모자를 골라 잘 차려 입고 은자 대여섯 냥을 챙겨 손에는 사천에서 만든 부채를 들고 천천히 흔들면서 자석가[紫石街]로 향했다. 왕노파네 찻집 앞에 이르러 기침을 하면서 말한다.

"왕씨 할머니! 어째 요즘에 통 볼 수가 없소?"

왕노파는 짐짓 모른 체 쳐다보면서 물었다.

"도대체 누가 나를 부르는 게요?"

"나요."

왕노파는 급히 밖을 내다보면서 반가워했다.

"누군가 했더니 바로 나리셨군요! 마침 잘 오셨어요. 잠시 안으로 들어오셔서 한번 좀 보세요."

노파는 서문경의 옷소매를 잡고 방 안으로 끌고 들어왔다. 그리고 금련에게 소개해주었다.

"이분이 바로 내게 옷감을 주신 어른이에요."

서문경이 눈을 크게 뜨고 여인을 보니, 구름같이 탐스럽고 윤이 흐르는 쪽진 머리에 화장한 얼굴은 봄과 같이 생기가 돌았다. 위에는 백하포로 만든 저고리를 입고, 연분홍빛 치마와 남색 조끼를 걸치고 방 안에서 옷을 짓고 있었다. 서문경이 들어오는 것을 보고는 바로 머리를 숙였다. 서문경이 급히 앞으로 나가 몸을 숙여 인사를 했다. 금련도 곧바로 하던 일을 내려놓고 답례를 했다.

"어렵사리 나리께서 늙은 저한테 이렇게 수의 옷감을 주셨는데 일 년이 넘도록 집에 놓아두고는 옷을 짓지 못했어요. 다행히도 이웃에 사시는 이 부인께서 손을 빌려주어 저에게 옷을 지어주고 있는 거예요. 정말이지 베를 짜는 기계처럼 바느질도 아주 좋고 촘촘해서, 진짜로 보기 힘든 솜씨예요! 나리, 이리 와서 한번 보세요."

서문경은 옷을 들어 보며 감탄하면서 말을 건넨다.

"부인의 옷 만드는 솜씨는 마치 신선의 솜씨 같구려!"

금련이 웃으면서 부끄러워했다.

"나리, 비웃지 마세요."

서문경은 일부러 왕노파에게 묻는다.

"할멈, 실례되는 질문이지만, 이 부인께서는 뉘 댁 부인이신가요?"

"나리, 한번 맞혀보세요."

"소인이 어떻게 알아맞힐 수 있겠소!"

왕노파가 하하 웃으면서 말했다.

"나리 좀 앉으세요, 제가 말씀드릴게요."

서문경이 부인 맞은편에 자리를 잡고 앉자 왕노파가 설명했다.

"아마 나리께서도 알고 계실걸요. 나리, 바로 얼마 전에 처마 밑을 지나시다가 한 대 맞은 적이 있지요?"

"그날 문 앞에서 장대가 넘어져 내 망건을 때렸지. 한데 뉘 댁 부인이 그랬는지 모르겠어요."

"그날 제가 실수로 나리를 맞혔으니, 나리께서는 너무 허물치 말아주세요."

금련이 몸을 일으켜 죄송하다고 하니 서문경도 황급히 일어나 답례했다.

"저는 괜찮습니다."

이때 왕노파가 끼어들었다.

"이분은 바로 옆집에 사는 무대랑의 부인이시랍니다."

"그러셨군요. 저도 무대랑을 아는데 충실하고 착실한 사람이지요. 거리에서 장사를 하는데 모든 사람들이 좋아하고 돈도 잘 버는 데다 성격도 좋으니, 정말로 그런 사람은 드물 겁니다!"

왕노파가 거든다.

"누가 아니래요. 부인은 무대랑한테 시집온 이래로 남편 말에 절대로 순종하시니 정말로 잘 맞는 한 쌍이지요."

"제 남편은 변변치 못한 위인이니 비웃지 마세요."

서문경이 말한다.

"아니요, 그렇지 않습니다. 옛말에도 '부드럽고 연약한 것이 출세의 근본이고, 굳세고 강한 것은 재앙의 시작이다'라고 하잖소. 그러니 부인의 남편같이 모든 일을 선량하게 하면 결코 빈틈이 없을 것입니다. 평생을 성실하고 정직하게 산다면 좋은 게 아니겠습니까?"

이 말을 듣고 있던 왕노파가 끼어들면서 자연스럽게 서문경을 칭찬했다.

"부인, 이 어른을 아세요?"

"잘 알지 못해요."

"이 어른께서는 바로 우리 고을의 부자고, 지현 상공과도 왕래하시는 분으로 '서문대인'이라고 해요. 현청 앞 생약 가게가 바로 이분 것입니다. 집안의 돈은 쌓으면 하늘의 북두칠성에 닿을 만큼 많고, 쌀은 곳간에서 썩어나갈 정도입니다. 누런 것은 금이요 흰 것은 은이며 둥근 것은 진주, 번쩍이는 것은 보석입니다. 또한 물소 뿔도 있고 상아도 있어요. 게다가 관리들에게 돈도 빌려주어서 아는 사람들이 꽤 많답니다. 이 댁 큰마님도 제가 중매를 했는데 오천호 집 아가씨로 예쁘고 아주 영리하시답니다."

그러면서 서문경에게 물어보았다.

"나리, 어째서 요 며칠 저희 집에 차 마시러 오시지 않으셨어요?"

"요즘 집안의 계집아이에게 혼담이 있어서 와볼 틈이 없었지."

"큰아씨는 누구 집과 혼담이 있는데요? 왜 제게 중매를 부탁하지 않으셨어요?"

"동경팔십만금군[東京八十萬禁軍]의 양제독 친척인 진[陳]씨 댁과 혼담이 오가고 있네. 그 댁 아들이 진경제[陳經濟]인데 나이는 열일곱에 아직 과거에 급제하지 못하고 학당에 다니고 있네. 할멈에게 부탁하지 않은 것이 아니라 그쪽에서 문수[文嫂]라는 사람을 통해 뜻을 전해왔고, 우리 쪽에서는 우리 집에 항시 출입하면서 여인들 장신구 등을 파는 설씨[薛氏] 아주머니를 같이 공동 보증인으로 해 혼사를 정했소. 내 다음날 남자 쪽 예물이 오면 사람을 시켜 할멈을 부르리다."

왕노파가 웃으며 말했다.

"제가 나리께 장난을 한 거예요. 우리 중매쟁이들은 모두 미천한 신분의 변변치 못한 인간들이에요. 자기들이 다 이루어놓은 일에 이 할멈을 끼워주려 하겠어요? 속담에도 '장사하는 사람은 똑같은 장사하는 사람을 싫어한다'고 하잖아요. 다음날 혼례를 할 때에는 저 같은 사람은 사오 일 지나서 선물이나 조금 가지고 이쪽저쪽을 오가면서 구경이나 하는 게 좋아요. 뭐하러 굳이 다른 사람과 다투겠어요?"

두 사람은 이렇게 잠시 이야기를 주고받았다. 왕노파는 오로지 서문경을 치켜세우기에 정신없었고, 서문경은 말로만 아니라고 떠들어대고 있을 때 금련은 한옆에서 고개를 숙인 채 바느질만 하고 있었다.

여자의 마음이란 흐르는 물과 같이 변하고
남편을 배반하고 외간남자와 사랑을 나누네.
금련이 마음속으로 서문경을 사랑하니
음탕한 춘심을 어찌할 수가 없네.
水性從來是女流 背夫常與外人偸
金蓮心愛西門慶 淫蕩春心不自由

서문경은 금련도 자기에게 십분 호감을 가진 것을 알아채고 속으로 기뻐하며 바로 한몸이 되지 못함을 한스럽게 여겼다. 왕노파가 차두 잔을 내와 한 잔은 서문경에게, 한 잔은 금련에게 건네주었다.

"부인, 나리와 함께 얘기 나누시면서 차나 한잔 드세요."

차를 마시고 나니 둘 사이에는 벌써 미묘한 감정이 흐르기 시작했다. 왕노파가 서문경을 바라보면서 손을 들어 얼굴을 쓰다듬으니, 서문경이 이를 보고는 오 할의 희망이 있음을 알았다. 자고로 '차는 풍류를 만들고, 술은 색을 중매한다'고 하지 않았던가!

"나리께서 오시지 않았다면 저도 감히 댁에 가서 청할 수가 없지

요. 인연이 있어서 이렇게 만났으니 두 분 오신 것이 정말로 잘됐어요. 속담에도 '한 손님이 두 주인에게 신세지지 않는다'고, 이왕에 일을 맡은 이상 다른 사람을 귀찮게 하지 말고 한 사람이 끝까지 해야 한다잖아요. 나리께서는 돈을 내시고 부인께서는 이렇게 수고를 해주시니 두 분께 크나큰 신세를 졌어요. 제가 두 분을 번거롭게 하려는 것이 아니라, 어렵게 이 부인께서 여기에 계시니 나리께서 저 대신 주인이 되어 돈을 좀 내시어 술과 음식을 준비토록 해 부인의 수고를 덜어주시면 어떻겠습니까?"

"내가 거기까지는 생각 못했군. 자, 돈은 여기 있소!"

서문경은 돈주머니에서 은자 한 냥 정도를 꺼내 왕노파에게 주어 술과 음식을 준비하게 했다.

이 모습을 보고 금련이 말했다.

"제가 어찌 나리께 이런 대접을 받을 수 있겠어요?"

그렇지만 입으로는 그렇게 말하면서도 일어서지는 않는다. 왕노파가 은자를 받아들고 나갔다.

"수고스럽겠지만 부인이 잠시 나리와 얘기 좀 나누고 계세요. 제가 얼른 나갔다 올 테니까요."

"할머니, 신경쓰지 마세요."

금련이 이렇게 말하면서도 전혀 일어날 기미가 없으니, 정말로 혼인의 연분이란 다 뜻이 있는 모양이다. 왕노파가 문밖으로 나가자 집 안에는 서문경과 금련 둘만이 남았다. 서문경은 눈도 한 번 깜박이지 않고 금련을 바라보았으며, 금련 역시 몰래 서문경을 곁눈질해 보고 있노라니 서문경의 사내다운 모습에 마음속으로는 이미 반 이상은 뜻이 있었다. 그러면서도 겉으로는 고개를 숙이고 바느질만 하고 있을 뿐이었다. 오래지 않아 왕노파가 기름에 튀긴 거위와 구운 오리, 삶은 고기, 소금에 절인 생선, 값비싼 과일 등을 사가지고 돌아와 접시 가득 차려서 방 안 탁자 위에 벌여놓았다. 그러고는 금련을 쳐다보며 잔을 권했다.

"부인, 잠시 하던 일을 멈추고 술이나 한잔 하세요."

"어머니나 나리와 함께 드세요. 저는 잘 못해요."

"이건 부인의 수고에 대접하려고 하는 것인데, 무슨 말을 그렇게 해요?"

그러면서 접시에 담은 요리를 앞쪽으로 벌여놓았다. 세 사람은 각기 자리를 잡고 앉아 술을 마시기 시작한다. 서문경이 술잔을 들고 금련에게 주었다.

"괜찮으시다면 한 잔 받으세요."

금련이 고맙다고 인사를 하며 받았다.

"나리 뜻은 고맙지만 제 주량이 세지 않아 잘 마시지 못해요."

그러자 왕노파가 끼어들었다.

"제가 부인의 주량을 잘 알고 있는데 뭘 그러세요? 그러지 마시고 기분 좋게 두세 잔 드세요."

예부터 남녀는 같이 자리를 하지 않는 법
자색으로 사람을 유혹하니 가장 가련하구나.
문군[文君]이 사마[司馬]를 연모해 도망하듯*
서문경이 오늘 금련을 만났네.
從來男女不同筵 賣俏迎奸最可憐

---

* 문군은 탁문군[卓文君], 사마는 사마상여[司馬相如]로, 둘 다 한나라 사람으로 사랑에 빠져 몰래 도망함

不獨文君奔司馬 西門今亦遇金蓮

금련은 손을 뻗어 술잔을 받으면서 두 사람을 향해 고맙다고 인사를 했다. 서문경이 젓가락을 집어들고는 말했다.

"할멈, 나 대신 부인께 음식 좀 권하구려."

왕노파가 좋은 것을 골라서 부인에게 먹도록 권했다. 연달아 술 석 잔을 따르고 나자 왕노파는 다시 술을 데우러 나갔다. 이 틈을 타서 서문경이 묻는다.

"죄송한 질문이지만 부인께서는 금년에 나이가 몇이신지요?"

"저는 금년 스물다섯으로 용띠고, 정월 초아흐레 축시생입니다."

"그렇다면 부인과 제 집사람은 나이도 같고 같은 경진[庚辰]년생에 같은 용띠인데, 부인께서 약 칠 개월 정도 빠르군요. 제 안사람은 팔월 보름 자시생이랍니다."

"저 같은 걸 어찌 주인마님께 비교할 수 있겠습니까?"

이때 왕노파가 방 안으로 들어오면서 말참견을 했다.

"이 부인이 얼마나 대단한 분이신데요! 똑똑하고 영리한 데다 바느질 솜씨도 뛰어나고, 제자백가의 학문에도 능통하고, 쌍륙이나 장기, 바둑 등 못하는 것이 없고, 글씨도 아주 잘 쓴답니다."

서문경이 감탄하며 말했다.

"어디 가서 그런 사람을 찾는단 말이오? 무대랑은 정말로 복이 많구려. 이런 부인을 안사람으로 맞이했으니."

"제가 잘은 모르겠지만, 나리 댁에 많은 여인이 있다 해도 어디 이 부인만한 분이 계시겠어요?"

"그건 그러네. 그 사정이야 이루 말할 수 없지! 내 복이 없어 좋은 사람을 맞아들이지 못했으니."

"나리, 첫 번째 마님은 좋으셨는데…."

"죽은 마누라 얘기는 하지 맙시다. 살아만 있었어도 집안이 지금처럼 엉망이 되지는 않았을 텐데! 집안에 주인이 없으니, 집안 꼴이 말이 아니라오. 쓸모없는 부인네들만 네댓 명 있어 모두 집안일에는 신경도 쓰지 않는다오."

여기까지 말을 듣고 있던 금련이 물었다.

"그렇다면 첫 번째 부인이 돌아가신 지 얼마나 되셨어요?"

"말로 다 표현할 수 없다오. 죽은 제 처 진씨는 비록 출신은 미천했지만 아주 똑똑하고 영리해서 나 대신 모든 집안일을 처리해주었다오. 죽은 지 벌써 삼 년이 흘렀소. 후에 두 번째 부인을 맞이했으나 항상 병에 시달리고 해서 집안일에 신경쓸 틈이 없다오. 그러다 보니 집안 모든 일이 엉망진창이라오. 사실 내가 바깥으로 나다니는 것도 집안에 있으면 화만 치밀기 때문이오."

이 말을 듣고 왕노파가 끼어들었다.

"나리, 제가 솔직히 말씀드린다고 허물치 마세요. 돌아가신 마님이나 지금 마님도 이 무대 부인만큼 바느질 솜씨나 외모가 뛰어나지는 않을걸요."

"맞아요, 죽은 마누라도 이 무대 부인만큼은 아름답지 않소!"

왕노파가 다시 치켜세웠다.

"나리, 나리께서는 동쪽 거리에 첩을 두고 계시지요? 그런데 어째서 이 늙은이를 불러 차라도 한잔 주시지 않는 거죠?"

"노래하는 장석춘[張惜春]을 말하는 것인가? 보아하니 떠돌아다니며 노래나 부르는 저급 기녀인지라 별로 좋아하지 않소."

"그럼 나리께서 기생집의 이교아와 안 지는 얼마나 되셨지요?"

"이교아는 이미 집안에 들여앉혀 놓았소. 집안 살림만 제대로 할 줄 안다면 바로 본부인으로 삼을 텐데."

"탁이저와도 사이가 좋으시잖아요?"

"탁이저 역시 내가 이미 셋째마누라로 삼았는데, 근래에 병기운이 있어 그다지 좋지 않다네."

"만약 이 무대 부인처럼 나리 맘에 꼭 드는 분이 있으면 댁에 찾아가서 말씀드려도 괜찮겠어요?"

"나는 이미 부모님도 돌아가시고 안 계시어 모든 것을 내가 결정하는데 누가 감히 안 된다고 말한단 말이오?"

"제가 우스갯소리로 해본 거예요. 어디 그리 급하게 나리 맘에 맞는 사람이 있겠어요!"

"없기는 왜 없겠소! 단지 내가 마누라 복이 없어서 그런 사람을 만나지 못하고 있을 따름이지!"

서문경과 왕노파가 주거니 받거니 한참을 떠들었다.

"아이고 이런! 한참 마시다 보니 술이 다됐네요. 나리께서 괜찮으시다면 제가 다시 나가 술을 한 병 더 사와서 드시는 것이 어때요?"

이에 서문경은 남은 은자 서너 냥을 왕노파에게 모두 건네주었다.

"할멈, 모두 가져가서 먹을 만큼 사오고 남는 것은 할멈이 가지구려."

왕노파는 서문경에게 고맙다는 인사를 하고 일어나면서 흘끗 금련을 쳐다보았다. 금련은 술이 서너 잔 뱃속으로 들어갔기에 춘심은 이미 동했지만, 잠자코 고개만 숙인 채 두 사람이 하는 말을 주의 깊게 들으면서 일어설 생각을 하지 않았다.

가득한 들녘의 뜻을 아는 사람 없지만, 몇 송이 푸른 복숭아꽃에 봄은 스스로 오네.

시가 이를 알리고 있나니,

눈에 가득한 연정은 그칠 줄 모르고
혼인의 연분으로 서로 만나 사랑을 나누네.
왕노파는 재물을 탐내고 다른 재주는 없지만
부드러운 말과 교묘한 혀가 있네.
眼意眉情卒未休 姻緣相湊遇風流
王婆貪賄無他技 一味花言巧舌頭

제4화 대문 밖을 나서는 추문

음부가 무대를 배반하고 바람을 피우며,
운가가 분이 나 찻집에서 소란을 피우다

주색이 과하면 능히 국가를 망치니

예부터 미색으로 인해 충신과 선량한 사람을 잃으니

주왕은 달기[妲己]*로 인해 종묘를 잃어버리고

오나라는 서시[西施]** 때문에 사직을 망치네.

스스로 청춘을 사랑해 도처에서 즐기니

어찌 알겠는가 여인의 미소 속에 재앙이 있음을.

서문경이 금련의 미색에 빠져드니

안으로 사슴을 잃고 밖으로 노루를 쫓는구나.

酒色多能誤國邦 由來美色喪忠良

紂因妲己宗祀失 吳爲西施社稷亡

自愛靑春行樂處 豈知紅粉笑中殃

西門貪戀金蓮色 內失家麋外趕麞

---

* 상[商] 주왕[紂王]의 애첩. 주[周] 무왕[武王]이 상[商]을 멸할 때 죽임을 당함
** 초[越]나라 미인. 월왕 구천이 오나라 부차에게 패해 와신상담하며 서시를 부차에게 헌상해 미모에 빠지게 함. 결국 월나라가 오나라를 멸망시킴

왕노파는 은자를 받아 밖으로 나가면서 금련을 향해 얼굴 가득 웃음을 띠며 말했다.

"이 할멈이 밖에 나가서 술을 좀 사올 테니, 부인께서는 수고스럽더라도 나리와 말씀 나누면서 잠시 앉아 계세요. 술 주전자에 아직 술이 약간 남아 있어 두세 잔은 나올 테니 나리와 마시고 계시구려. 난 고을 동쪽에 가서 좋은 술을 한 병 사오리다. 아마 시간이 좀 걸릴게요."

"할머니, 가지 마세요. 저는 이제 술을 못하겠어요."

왕노파는 웃으면서 말했다.

"아이고, 부인도. 나리께서는 남도 아닌데 같이 술 한잔 한다고 일이 있는 것도 아닌데 뭘 두려워하세요!"

금련은 입으로는 안 된다고 하면서도 자리에 앉아 일어서지 않았다. 왕노파는 문을 걸어 잠그고 빗줄로 동여매어 두 사람을 집 안에 가두어놓았다. 그러고는 길 맞은편에 앉아서 동정을 살폈다.

서문경이 방 안에 앉아서 부인을 바라보니, 구름 같은 머리칼이 반쯤 흘러내리고 부드럽게 부풀어오른 하얀 가슴도 살짝 드러내 보이면서 화장한 얼굴에는 불그스레한 빛을 띠고 있었다. 서문경은 주전자를 들어 술을 따라 부인에게 권했다. 그러고는 덥다는 핑계로 입고 있던 녹색 윗저고리를 벗었다.

"수고스럽지만, 저 대신 이것 좀 할멈 온돌에 걸어주시오."

금련이 황급히 손을 뻗어 옷을 받아 들고는 잘 걸어놓았다. 이때 서문경은 일부러 옷소매 자락으로 탁자를 쓸어 위에 있던 젓가락을 바닥에 떨어뜨렸다. 정말로 인연이란 교묘한 것인지 젓가락은 바로 금련의 발 아래로 떨어졌다. 이에 서문경이 급히 몸을 숙여 젓가락을 집으려 하니 금련의 뾰족하면서도 앙증맞은 발이 보였다. 젓가락은 그 작디작은 전족 한 쌍 끝에 놓여 있었다. 서문경은 젓가락은 집지 않고 수를 놓은 신발 끝을 살짝 꼬집자 금련이 웃으며 말한다.

"나리, 장난은 그만 하세요! 나리가 마음이 있으시다면 저 역시 마음이 있어요. 나리께서 정말로 저를 유혹하시려는 건가요?"

서문경이 즉시 두 무릎을 꿇고 애원했다.

"부인, 제발 내 소원 좀 들어주시구려!"

금련은 바로 서문경을 안아 일으키며 말한다.

"할멈이 와서 볼까 두려워요."

"괜찮아요, 할멈도 알고 있으니."

마침내 두 남녀는 왕노파의 방 안에서 옷을 벗고 자리에 들어 즐기기 시작했다.

목을 서로 맞댄 원앙은 물 위에서 놀고 있고
머리를 나란히 한 봉황은 꽃 속을 노니네.
끊이지 않는 기쁨은 연리지[連理枝]* 같은 사랑을 만들고
아름답고 달콤함은 마음의 띠를 만드네.
한쪽은 붉은 입술을 꼭 다물고
다른 한쪽은 화장한 얼굴을 비스듬히 기울이네.
비단 버선을 높이 쳐드니
어깨 위로 두 발이 드러나네.
금비녀가 곁에 떨어지고
베개 옆에는 칠흑 같은 머리칼이 쌓이네.

---

* 두 나뭇가지가 같이 붙어 자라는 나무로, 남녀 혹은 부부의 정이 심히 돈독함을 비유

바다에 다짐하고 산에 맹세하니
수없이 잡아 흔들며 분탕질을 하니
구름을 부끄러워하고 비를 겁내나
부드럽게 문지르면 만 가지 요염한 모습
꾀꼬리 우는 소리 귓가를 떠나지 않네.
달콤하게 흐르는 침
달콤한 침이 넘쳐흐르네.
버들가지 같은 허리는
끊임없이 춘정이 무르익고
앵두 같은 입에서는
가냘픈 숨소리만
별 같던 눈은 몽롱해지고
송이송이 흘러내린 땀방울은 향기 품은 옥구슬 같아
우윳빛 젖가슴은 파도가 출렁이듯 흔들리고
졸졸 흐르는 이슬은 모란꽃 몽우리에 떨어지네.
참으로 배필은 연분이 있는 것이라 하지만
정말로 몰래 나누는 사랑은 그 맛이 그지없이 좋구나!
交頸鴛鴦戲水 幷頭鸞鳳穿花
喜孜孜連枝生 美甘甘同心帶結
一個將朱唇緊貼 一粉臉斜偎
羅襪高挑 肩膊上露兩灣新月
金釵墜 枕頭邊堆一朵烏雲
誓海盟山 搏弄得千般睛旖旎
羞雲怯雨 揉搓的萬種妖饒

恰恰鶯聲 不離耳畔 津津甜唾 笑吐舌尖

楊柳腰 脈脈春濃 櫻桃口 微微氣喘

星眼朦朧 細細汗流香玉顆

酥胸蕩漾 渭渭露滴牡丹心

直饒匹配眷姻諧 眞個偸情滋味美

이렇게 두 사람이 사랑의 기쁨을 나눈 뒤에 막 옷을 걸쳐 입으려던 참이었다. 바로 그때 왕노파가 문을 열고 들어오다가 이 광경을 보고는 크게 놀라 손뼉을 치면서 소리쳤다.

"에구머니, 두 분이 재미를 보고 계셨군요!"

서문경과 금련이 깜짝 놀라 당황하는 사이, 왕노파가 금련을 향해 말한다.

"내 부인한테 옷을 좀 만들어달라고 했지, 다른 남자와 놀아나라고는 하지 않았는데! 만약 당신 남편 무대랑이 이 일을 안다면 반드시 나까지 욕을 먹게 되니, 내가 먼저 무대랑에게 가서 솔직하게 다 털어놓는 수밖에 없겠구려."

그러고는 몸을 돌려 나가려고 했다. 이에 금련은 다급히 왕노파의 치맛자락을 붙잡고 무릎을 꿇은 채 애원했다.

"할머니, 제발 용서해주세요!"

"그럼 당신네들은 내가 말하는 한 가지를 반드시 들어줘야 해요."

"한 가지가 아니라 열 가지라도 할머니 말대로 하겠어요!"

"그렇다면 오늘부터 시작해서 무대를 속이고 매일 와서 나리의 뜻을 따르도록 해요. 아침에 부르면 아침에 오고, 저녁에 부르면 저녁에 오고, 내가 그만두랄 때까지 해야 해요. 만약 하루라도 오지 않는다면 내 바로 무대에게 말할 테니."

"할머니가 하라는 대로 하겠어요."

"서문 나리, 나리께서는 제가 말씀드리지 않아도 잘 아시겠지만 이것으로 좋은 일이 모두 이루어졌어요. 그러니 전에 하신 말씀을 절대 잊지 마세요. 나리가 이를 어기고 한 번 가서서 오지 않으시면 저는 바로 무대에게 이런 사실을 말하겠어요."

"할멈, 안심해요. 헛소리는 안 할 테니."

"당신네 두 사람은 말만 하고 증거가 없으니 각자 증거가 될 만한 물건을 꺼내 서로 진심을 보여주세요."

서문경은 곧 머리에서 금은으로 장식한 비녀를 뽑아 금련의 머리에 꽂아주었다. 그러자 금련은 그것을 뽑아 소맷자락에 넣으니, 무대가 보면 의심할 것이 두려웠던 것이다. 그러면서 한편으로는 소매 속에서 손수건을 꺼내 서문경에게 주었다. 이렇게 사랑의 증표를 서로 교환하고 나서 세 사람이 다시 술 몇 잔을 마시다 보니 어느덧 저녁때가 되었다. 금련이 먼저 일어났다.

"무대 이 양반이 돌아올 시간이 되었으니, 저는 이만 집에 돌아가 봐야겠어요!"

금련이 왕노파와 서문경에게 인사를 한 뒤에 뒷문을 가로질러 집으로 돌아와 우선 발을 내리고 있노라니 무대가 문 안으로 들어왔다.

한편 금련이 집으로 돌아가자 왕노파는 서문경을 쳐다보며 너스레를 떨었다.

"제 솜씨가 어때요?"

"정말로 할멈의 지혜는 수하를 이기고, 기지는 육가보다 더 강하오. 여자 병사들이 아무리 뛰어나다고 해도 차마 할멈의 적수는 못 되겠소!"

"재미는 어떻던가요?"

"색사여자[色糸女子](두 글자를 합하면 '절호[絶好]'로 '대단히 좋다'는 뜻)! 말로 표현할 수가 없네!"

"금련이 본래 노래 부르고 악기 타는 예인 출신으로 무슨 일이든 오래지 않아 배우고 잘 알아요! 이 할멈이 두 사람을 부부로 맺어줄 수 있었으니 정말 다행이죠. 그러니 제게 주시기로 한 것을 절대로 잊으면 안 돼요."

"할멈이 이렇게 신경을 써줬는데, 내 집에 가서 바로 은자를 보내 주겠소. 약속한 물건을 어찌 잊을 수 있겠나!"

"목이 빠지게 좋은 소식을 기다리고 있겠어요. 이 할멈이 죽은 다음에 보내주시지는 마세요."

"귤껍질 한 조각을 먹고도 귤이 자란 동정호를 잊지 말라 했거늘, 내 어찌 할멈의 은혜를 잊겠소!"

말을 마치자 서문경은 거리에 사람이 없는 것을 보고서는 얼굴을 가리고 웃으면서 돌아갔다. 다음 날 아침 서문경은 왕노파네 찻집에 와서 차를 주문했다. 왕노파는 들어와 앉게 하고는 얼른 차를 내오니, 서문경이 급히 소매 속에서 은자 열 냥을 꺼내 왕노파에게 건네주었다. 무릇 세상에서 돈만 있다면 능히 모든 사람의 마음을 움직일 수 있다 하지 않았던가! 할멈의 검은 눈동자가 눈송이 같은 은자를 보자 한없이 기뻐하며 받아들고는 몇 차례나 고맙다고 인사를 했다.

"고맙습니다, 나리. 이렇게 큰 은혜를 베풀어주시니! 오늘은 무대가 아직 나가지 않은 것 같아요. 제가 바가지를 빌리는 척하면서 한번 보지요."

그러고는 뒷문을 가로질러 금련네 집으로 갔다. 이때 금련은 방 안에서 무대에게 아침 시중을 들다가 문 두드리는 소리를 듣고는 영아에게 물었다.

"누구냐?"

"왕할머니께서 바가지를 빌리러 오셨어요."

금련이 급히 나가 맞이했다.

"할머니, 바가지는 얼마든지 가지고 가세요. 자, 잠시 안으로 들어오세요."

"저희 집에 사람이 없어서…."

그러면서 금련을 향해 신호를 보내니, 금련은 곧 서문경이 와 있음을 알아차렸다. 왕노파가 바가지를 빌려 나가자 금련은 무대에게 빨리 밥을 먹도록 재촉해서 호떡 판을 메고 장사를 나가도록 했다. 그러고는 위층으로 올라가 새롭게 화장을 하고 화려한 옷으로 갈아입고서 영아에게 일렀다.

"집 잘 보고 있거라! 나는 왕할머니 집에 잠시 갔다 올 테니까. 만약 아버지가 오면 바로 나한테 알려라. 말을 안 들었다간 볼기짝을 때려줄 테니!"

영아가 네 하고 대답했음은 물론이다.

금련은 바로 왕노파네 집으로 건너가 서문경과 자리를 같이했다.

앵두와 복숭아가 합한 기쁨에 봄도 미소를 겨우 참고
애틋한 마음이야 원래 다른 사람에게 있네.
合歡杏桃春堪笑 衷訴原來別有人

여기에 사[詞]가 있어 두 가지 의미를 말하고 있다.

이 바가지는 바가지인데, 입은 작고 몸뚱이는 크네.
어려서는 봄바람이 부는 높은 시렁 위에 있으니
오는 사람들이 따기 힘들어하네.
안회[顏回]*처럼 되기를 고집하며
빈곤함을 감내하고 도를 즐기네.
동풍을 타고 물 위에 표류하네.
질병이 있으면 배척당하고
무정하면 꺼리면서, 철저하게 들러붙는구나.
마구간에서 말을 먹이거나, 찻집에서 부름을 받는다.
이제는 놀던 허유[許由]**도 필요 없다 하네!
누가 알겠는가!
검은 동굴 같은 표주박으로 무슨 약을 파는지.

這瓢是瓢 口兒小 身子兒大

你幼在春風棚上恁兒高 到大來人難要

他怎肯守定顏回 甘貧樂道 專一趁東風 水上漂

有疾被他撞倒 無情被他掛着 到底被他纏住拿着

也曾在馬房裡喂料 也曾在茶房裡來叫 如今弄的許由也不要

赤道黑洞洞 葫蘆中賣的甚麼藥

---

* 공자의 제자, 춘추시대 말 노나라 사람. 안빈낙도[安貧樂道]로 유명
** 전설 속의 인물로 요임금이 허유에게 왕위를 물려주려 하자 기산[箕山]으로 들어가 농사를 지으며 살았다 함

서문경은 금련이 오는 것을 보니 마치 선녀가 내려오는 듯 느꼈다. 둘이 어깨를 나란히 하고 다리를 포개어 앉으니 왕노파가 차를 내왔다. 차를 마시면서 왕노파가 금련에게 말했다.

"어제 집으로 돌아갔을 때 무대가 뭐라고 하지 않았소?"

"할머니 옷을 다 만들었냐고 묻더군요. 그래서 옷은 다 만들고, 신발과 버선을 지어드리려 한다고 했어요."

말을 마치자 왕노파가 서둘러 술과 안주를 마련해 탁자 위에 차려놓으니, 두 사람은 서로 주거니 받거니 하면서 즐겁게 마셨다. 그러면서 서문경이 자세히 금련을 살펴보니 처음 봤을 때보다 더욱 아름다워 보였으며, 게다가 술도 마셔서 얼굴이 발그레했다. 두 갈래로 땋은 머리는 그린 듯 길게 출렁이니, 정말로 선녀인 듯싶고 아름다운 모습이 달 속에 산다는 선녀 항아보다도 뛰어나 보였다.

「술 취한 채 동풍을 맞네[沈醉東風]」라는 시가 여인의 아름다움을 노래하고 있으니,

사람의 마음을 움직이는 붉고도 하얀 피부색
정말로 사람의 사랑을 받을 만한 여인이구나!
치마는 끌릴 듯 비취빛에
얇은 적삼의 소매에는 금색 실로 장식하고
가지런한 머리칼은 비스듬히 흘러내리네.
마치 달 속 선녀인 항아가 내려온 듯
천금을 주고 어렵게 산다 해도 억울하지 않으리!
動人心紅白肉色 堪人愛可意裙釵
裙拖着翡翠 紗衫袖挽泥金攢 喜孜孜寶髻斜歪

恰便以月裡姮娥下世來 不枉了千金也難賣

서문경은 금련의 아름다움을 입으로 칭찬하는 것만으로 부족해 품안에 끌어안으면서 치마를 걷어 들치고는 작은 발을 보았다. 검은색 비단 신에 앙증맞게 들어앉아 더욱 예뻐 보여 마음이 한층 흥겨웠다. 술 한 잔을 금련에게 권해 서로 나누어 마시면서 이야기를 나누었다. 금련이 서문경에게 물었다.

"나이가 어떻게 되는지요?"

"호랑이띠로 스물일곱이며, 칠월 스무여드렛날 자시생이라네."

"집안에 부인은 몇이나 있나요?"

"본처 말고 여인네 서너 명이 있지만 내 마음에 드는 사람은 하나도 없다오!"

"애는요?"

"딸이 하나 있는데 조만간 시집을 갈 거고, 그러면 아무도 없지."

이렇게 말하면서 서문경은 소맷자락에서 금장식에 은으로 만든 작은 상자를 꺼내 안에서 향다목서병이라는 알약을 꺼내 혀끝으로 금련에게 주니, 둘은 서로 끌어안아 입을 맞추고 입술을 빨면서 기묘한 소리를 냈다. 왕노파는 왔다 갔다 하면서 술과 음식을 나를 뿐 둘이서 무엇을 하든 전혀 상관치 않으니, 두 사람이 방 안에서 실컷 재미를 보라는 뜻이었다.

잠시 후 술도 어지간히 마셔 끓어오르는 춘심을 어쩌지 못하니, 서문경이 마침내 허리춤 사이로 자기 물건을 꺼내 금련의 섬섬옥수 손을 잡아끌어다 어루만지게 했다. 원래 서문경은 어려서부터 뒷골목 홍등가에서 허다한 여인들과 놀아났기에 물건 끝에다 소독해서 쓰는

은받침대를 달아놓았다. 물건은 크기도 한 것이 붉으면서도 검은 털이 나 있고 빳빳하게 서서 더욱 딱딱하니 이루 말할 수 없이 좋았다!

이 물건은 지금까지 길이가 육 촌이었는데
때로는 부드럽고 때로는 딱딱하네.
부드러울 때는 마치 술 취한 사람처럼 동서로 쓰러지고
딱딱할 때는 바람 든 중처럼 상하로 끄떡이네.
여자의 그곳을 출입하는 것이 본래 일이고
허리 부근 배꼽 아래가 고향이라네.
하늘이 두 아들을 낳으니 몸에 붙어 다니면서
일찍이 여인들과 몇 번이나 싸웠던가!
一物從來六寸長 有時柔軟有時剛
軟如醉漢東西倒 硬似風僧上下狂
出牝入陰爲本事 腰州臍下作家鄉
天生二子隨身便 曾與佳人鬪幾場

얼마 후 금련이 옷을 벗자 서문경이 그곳을 어루만져 보니 털이 전혀 없었다. 하얗고도 짙은 향기에 도톰하게 솟아 있는 것이, 부드러우면서도 붉게 주름져 있고, 그러면서도 꼭 오므리고 있으니, 바로 이것이야말로 천 사람이 좋아하고 만 사람이 탐내는 것인데 도대체 무엇인지 모르겠네!

연꽃과 향기를 다투며 따스하게 오므린 마른입은
부드럽고 연한 그 물건이 가장 좋아하는 것이라네.

기쁘면 혀를 내밀고 입을 열어 미소를 띠우고
물건이 곤해 힘이 다하면 바로 몸에서 재운다네.
속 바짓가랑이 사이 깊은 곳이 고향이고
풀이 드문 가장자리는 옛 뜰이라오.
만약에 풍류 자제를 만나면
전투가 일어나기를 한가히 기다리며 입을 다물고 있다네.
溫緊香乾口塞蓮 能柔能軟最堪憐
喜便吐舌開口笑 困時隨力就身眼
內襠縣里爲家業 薄草崖邊是故園
若遇風流淸子弟 等閑戰闢不開言

　　금련은 이날부터 매일 왕노파네 집으로 건너와 서문경과 사랑을
나누니, 두 사람 애정은 마치 옻과도 같고 마음은 아교풀과도 같이 떨
어질 줄을 몰랐다. 하지만 예부터 '좋은 일은 문밖으로 새어나가지 않
지만, 나쁜 일은 천 리까지 전해진다'고 하지 않았던가! 보름이 채 안
되어 주위 사람들 모두가 이 사실을 알았으나 오직 무대만 몰랐다.
　　스스로 본분과 분수를 지키며 살아가니, 간사함을 예방하고 무정
한 마음을 없앨 줄 어찌 알겠는가!
　　시가 있어 이를 알리나니,

　　좋은 일은 본래 대문을 나가지 않지만
　　더러운 말 추한 일은 더욱 알려진다네.
　　가련하구나 무대의 부인이
　　몰래 서문경의 작은마누라가 되다니.

好事從來不出門 惡言醜行使彰聞

可憐武大親妻子 暗與西門作細君

　　한편, 그 고을에 나이 열대여섯 정도 되는 한 소년이 있었다. 본래 성은 교[喬]였으나 부친이 군인으로 있을 때 운주[鄆州](지금의 산동성 운주현)에서 태어나 자랐기에 사람들은 운가[鄆哥]라 불렀다. 집 안에는 매우 나이든 부친만 있었다. 이 소년은 영리하고 똑똑해서 전부터 현청 앞의 여러 술집을 드나들며 새로 나온 과일 등을 팔면서 생계를 유지하고 있었고, 가끔 서문경을 만나면 푼돈도 받곤 했다.

　　그날도 배를 광주리에 담아 들고서 거리 이곳저곳을 오가며 서문경을 찾고 있었다. 이때 입 가벼운 사람 하나가 운가에게 말했다.

　　"운가야, 내가 가르쳐주는 데로 가보면 서문대인을 반드시 찾을 수 있을 게다."

　　"아유, 그렇습니까? 얼른 가르쳐주세요. 사오십 전은 팔아야 저희 아버지를 먹여 살릴 수 있으니까요."

　　"그러마. 서문경 나리께서는 호떡 파는 무대의 부인을 꾀어 날마다 자석가에 있는 왕노파네 찻집에서 재미를 보고 있단다. 아마 지금도 틀림없이 그곳에 있을 게다. 너는 아직 꼬마니까 그냥 들어가도 괜찮을 거야."

　　운가는 이 말을 듣고 가르쳐주어 고맙다고 인사를 했다. 그러고는 광주리를 들고 바로 자석가로 달려가 곧장 왕노파네 찻집으로 들어갔다.

　　때마침 왕노파는 작은 의자에 앉아서 삼베를 고르고 있었다. 운가는 광주리를 내려놓으면서 왕노파를 바라보며 인사를 했다.

"운가야, 네가 웬일로 이곳에 왔니?"

"나리를 찾으러 왔어요. 사오십 전어치를 팔아야만 저희 아버지를 먹여 살릴 수 있어요."

"어떤 나리 말이냐?"

"다 알면서 왜 그러세요."

"나리라면 성이 있겠지."

"두 자 성이에요."

"무슨 두 자 성인데?"

"할머니, 장난하지 마세요! 전 서문 나리께 드릴 말씀이 있어요."

그러고는 안을 쳐다보며 들어가려고 했다. 이에 왕노파가 손으로 붙잡았다.

"이 망나니 자식 같으니라구, 어딜 들어가? 사람 사는 집에는 안과 밖이 있는 게야!"

"제가 방으로 들어가 찾아볼게요."

왕노파가 욕을 해댔다.

"이 버르장머리 없는 놈 같으니라구! 내 집에 무슨 서문 나리가 있다고 하는 게야?"

"할머니, 혼자 드시지 말고 국물이라도 제게 좀 주세요. 제가 뭐 모를 줄 알고요?"

왕노파는 더욱 심하게 욕을 해댔다.

"이 개 같은 놈이, 알기는 뭘 알아?"

"정말 아무도 모르는 줄 아나 보죠? 내가 한번 떠들어대면 호떡 파는 무대 형님이 아마 펄펄 날뛸걸요!"

왕노파는 이 말을 듣고 아픈 곳을 찔린 듯해 더욱 화가 나서 소리

를 냅다 질렀다.

"이런 망나니 자식 같으니라구, 이 할멈 집에 와서 허튼소리를 하다니!"

이에 질세라 운가도 대들었다.

"내가 망나니 자식이라면, 할머니는 뒤에서 호박씨나 까는 늙은 개라구요!"

왕노파는 운가를 붙들어 두어 대 거칠게 때렸다. 그러자 운가는 더욱 소리를 지른다.

"할머니가 뭔데 때리는 거예요?"

왕노파는 욕을 해대면서 말했다.

"이 버르장머리 없는 망나니 자식아! 다시 한 번 소리를 질러댄다면 귀싸대기를 때려서 내쫓아버릴 테다!"

"이 늙은 할망구가 괜히 사람을 때리고 난리야!"

왕노파는 운가의 멱살을 잡고 한 차례 세게 때린 후 거리로 내쫓고는 배를 담은 광주리도 내던져버렸다. 광주리가 땅에 떨어지니 배가 사방으로 흩어졌다. 운가는 왕노파에게 얻어맞고서 어쩌지 못하고 울면서 길바닥에 흩어진 배를 주워 담았다. 그러면서 왕노파네 찻집을 가리키며 욕을 해댔다.

"이 늙은 할망구! 어디 두고 보라지, 내가 그렇게 호락호락하진 않을걸! 무대 나리께 다 말하고 말 거야, 꼭 하고 말 거야. 기필코 이 가게를 박살내놓고 말 거야!"

운가는 광주리를 들고 쏜살같이 달려갔다. 사람을 찾으러 달려가는 것이었다.

왕노파가 종전에 일을 했는데
오늘날 몰락과 흥함이 같이 오네.
王婆從前作過事 今朝沒興一齊來

험도신[險道神]*이 의관을 벗으면
꼬마는 환난과 재해를 누설하네.
險道神脫了衣冠 小猴子泄漏出患害

도대체 운가는 누구를 찾아 나선 것일까?

---

* 장례식 발인을 할 때 앞에서 길을 안내하는 신상[神像]

일곱 구멍에서 흐르는 피

현장 덮치는 것을 운가가 도와 왕노파를 욕하고,
음란한 계집이 독을 먹여 무대를 살해하다

남녀 간의 사랑도 깨닫고 보면 두 글자의 선[禪]이고
좋은 인연도 나쁜 인연이라네.
좋아할 때는 모두 사랑하지만
싸늘하게 바라보면 누구나 싫어하네.
들에 있는 풀이나 꽃을 함부로 꺾지 마라.
원래 모습과 굳건한 자질이 편안하고 자연스러운 것.
자기 처자식과 식사를 하는 것이
마음도 상하지 않고 돈도 들지 않네.
參透風流二字禪 好姻緣是惡姻緣
癡心做處人人愛 冷眼觀時個個嫌
野草閑花休採折 眞姿勁質自安然.
山妻稚子家常飯 不害相思不損錢

그날 운가는 왕노파에게 얻어맞고는 화풀이할 데를 찾지 못했다.
그래서 배 광주리를 들고 곧장 거리로 나가 무대를 찾았다. 거리 여
기저기를 찾아다니다가 무대가 호떡 판을 메고 거리를 지나가는 것

을 발견했다. 운가는 걸음을 멈추고 무대가 다가오자 말을 붙였다.

"며칠 못 뵈었더니 살이 좀 쪘군요."

무대가 호떡 판을 내려놓았다.

"나야 항상 그렇지, 뭐 먹을 게 있다고 살이 찌겠어?"

"얼마 전에 제가 밀기울을 좀 사려고 했는데 이 부근에는 한 군데도 살 데가 없었어요. 그런데 사람들이 모두 형님 집에는 있다고 하더군요."

"우리는 거위나 오리도 키우지 않는데 어디 밀기울이 있겠어?"

"밀기울이 없으면 형님이 어떻게 돈을 벌어 이처럼 통통하게 살이 찔 수 있어요? 달아매도 괜찮고, 가마솥에 넣고 삶아도 화를 내지 않으니."

"이 버르장머리 없는 놈이 나를 욕하고 있다니! 내 마누라가 서방질을 한 것도 아닌데 어째 나를 집이나 멍청히 지키고 있는 오리에 비유한단 말이냐?"

"형님 마누라가 서방질은 하지 않아도 서방은 있어요."

무대가 운가를 붙잡고 말한다.

"너 이리 와봐라!"

"나 참 우스워서. 형님은 나만 잡으려 하고, 그 자식 물건은 물어뜯지 않으니."

"그놈이 누구인지 말해주면 호떡 열 개를 주마."

"호떡 열 개 가지고는 안 돼요. 술 몇 잔 사주시면 가르쳐드리죠."

"너 술 마실 줄 알아? 그렇다면 가자."

무대는 호떡 판을 메고 운가를 길옆 작은 술집으로 데려가서는 호떡 판을 내려 호떡 몇 개를 꺼내고 고기도 약간 사고 술도 한 병 주문하여 운가에게 권했다. 몇 잔 마신 뒤에 운가 녀석이 말했다.

"술은 그만 되었으니, 고기나 좀 더 사주세요."

"우선 얘기부터 좀 해줘!"

"서두르지 마세요, 좀 먹은 다음에 할 테니까요. 그렇지만 듣고서 너무 화내지는 마세요. 제가 형님이 그놈을 때려잡아 족칠 수 있도록 도와드릴 테니까요."

무대는 원숭이 같은 운가 녀석이 술과 고기를 다 먹은 것을 보고는 재촉했다.

"빨리 좀 말해봐!"

"알고 싶으면 내 머리에 난 혹을 만져보세요."

"어쩌다 이렇게 혹이 생겼냐?"

"솔직히 말해 제가 오늘 배 광주리를 들고 서문 나리를 찾아다니면서 좀 팔려고 여러 곳을 헤매도 어디에서도 못 찾았어요. 그런데 거리에서 누군가 서문 나리가 왕노파네 찻집에서 형수님을 꼬여서는 매일같이 재미를 보고 있다잖아요. 사실 제가 서문 나리를 그토록 찾은 건 물건을 팔아서 돈 좀 마련하려고 했던 거예요. 그런데 그 늙은 할망구가 저를 안으로 들어가지 못하게 하잖아요. 방으로 들어가 서문 나리를 찾아보겠다고 하니 다짜고짜 패면서 쫓아내더라구요. 제가 특별히 형님을 찾아온 것도 바로 이 사실을 알려드리려 한 거예요. 제가 말을 안 해주면 아마 아무도 가르쳐주지 않을걸요."

"그 말이 정말이냐?"

"나 참! 이러니 사람들이 형님을 남자 구실도 제대로 못하는 병신이라고 하지요! 그 두 연놈은 희희낙락거리며 형님이 나가기를 기다렸다가 곧바로 왕노파네 찻집에서 만나 온갖 재미를 보고 있는데 형님은 그게 사실이냐 거짓이냐 묻고 있으니! 제가 형님한테 왜 거짓 말을 하겠어요?"

"운가야, 솔직히 말하면 내 이 마누라가 날마다 왕노파네 집에 가 서 옷을 짓고 신발을 만들고 하는데 집에 돌아올 땐 늘 얼굴이 불그 스레해. 내 죽은 마누라가 딸아이 하나를 남겨놓았는데 아침저녁으 로 때리고 욕하고 밥도 제대로 주지 않는 거야. 요 며칠은 정신이 좀 이상한지 나를 봐도 좋아하질 않기에 나도 속으로 뭔가 있구나, 하고 의심하고 있었는데 네 말을 들으니 이제 알겠어. 너 이 호떡 판 좀 잠 시 맡고 있어라. 내 그 연놈들을 때려잡으러 갈 테니."

"형님은 나이든 어른이면서도 세상 물정을 너무 모르시는군요! 그 늙은 할망구가 얼마나 지독하고 악랄한데요. 형님은 상대도 안 돼 요. 게다가 세 연놈들은 이미 자기들끼리는 다 준비를 해놓았을 거 예요. 만약 형님이 잡으러 오는 것을 보면 바로 형님 부인을 숨겨버 릴 거예요. 그리고 그 서문경이 얼마나 대단한 사람인지 아시잖아 요! 형님 같은 사람은 스무 명도 거뜬히 때려눕힐 거예요. 만약 부인 을 잡지 못하면 오히려 그 사람한테 실컷 얻어맞기만 할걸요? 게다 가 서문경은 돈도 있고 권세도 있어 형님을 고소하면 관청에 불려가 곤욕을 치를 게 뻔하고, 또 마땅히 도와줄 사람도 없으니 잘못하다가 는 목숨도 달아나요!"

"그래, 네 말이 옳구나. 그렇다면 어떻게 해야 이 분을 풀 수 있 지?"

"저도 왕노파에게 얻어맞았지만 분풀이를 하지 않고 참고 있잖아 요. 가르쳐드릴 테니, 오늘은 돌아가셔서 화도 내지 말고 조용히 평 상시처럼 행동하세요. 그러고는 내일 아침에 호떡을 가지고 팔러 나오시면 제가 길 입구에서 기다리고 있을게요. 그러다가 서문경이 들어가는 것이 보이면 제가 바로 형님을 부를게요. 그러니 형님은 호떡 판을 메고 길 왼편에서 저를 기다리고만 계세요. 제가 먼저 가서 그 늙은 할망구 성질을 돋우면 분명 그 할망구는 나를 때리려고 할 거예요. 제가 광주리를 길가에 내팽개치면 형님은 그때를 틈타서 안으로 들어가세요. 제가 할망구를 꽉 붙들고 있을 테니 그때 형님은 방 안으로 들어가는 거예요. 어때요?"

"좋기는 하다만, 너무 신세를 지는 것 같구나! 여기 돈이 좀 있으니 가져가. 그리고 내일 아침 잊지 말고 자석가 입구에서 나를 기다려야 해."

운가는 돈과 호떡 몇 개를 얻어서는 돌아갔다.

무대는 술값을 치른 뒤 다시 호떡 판을 메고 거리로 나가 좀 더 장사를 하다가 집으로 돌아갔다. 원래 금련은 늘 무대에게 욕을 해대거나 우습게 대했지만 최근에는 자기도 찔리는 구석이 있어 아양을 떨곤 했다. 이날 저녁에도 무대는 호떡 판을 메고 돌아와서는 예전과 같이 별다른 얘기를 하지 않았다.

"여보! 술 마셨어요?"

"그래, 방금 장사하는 사람들과 몇 잔 마셨소."

금련은 곧 저녁을 준비해 무대에게 주고는, 그날 밤에는 별다른 말을 하지 않았다.

다음 날 아침을 먹은 뒤 무대는 호떡을 두세 판만 담았으나, 금련은 오직 서문경만 생각하고 있으니 무대가 얼마만큼 준비하는지 어디 관심이나 있겠는가.

이날도 여전히 무대는 호떡 판을 메고 장사하러 나갔다. 금련은 무대가 나가기를 간절히 바라고 있다가 무대가 나가자마자 왕노파네 찻집으로 건너가 서문경이 오기를 기다렸다.

한편 무대는 호떡 판을 메고서 자석가 입구에 가보니 운가가 광주리를 들고서 사방을 둘러보는 것이 보였다.

"어때?"

"아직 좀 일러요. 그러니 한 번 더 돌고 오세요. 그놈이 반드시 올 거예요. 형님은 왼편에서 기다리고 계시고 멀리는 가지 마세요."

무대는 날 듯이 거리로 나가 한 바퀴 돌아 호떡을 팔고는 돌아왔다.

"형님은 내가 이 광주리를 집어던지기만 하면 바로 뛰어들어가는 거예요."

무대는 호떡 판을 주변에 맡겨놓았다.

호랑이는 짝이 있고 새에도 짝 지어주는 것이 있는데
몰래 관계를 맺고 스스로 광분해
운가가 서문경을 상대할 꾀를 내니
이것도 왕노파가 관계를 알선한 기묘함인가.
虎有儔兮烏有媒 暗中牽陷自狂爲
鄆哥指計西門慶 虧殺王婆撮合奇

운가가 광주리를 들고 곧장 찻집으로 들어가면서 왕노파를 향해 욕을 했다.

"이 늙은 개돼지야! 네가 뭔데 어제 나를 때렸어?"

왕노파도 성질을 참지 못하고 바로 자리에서 일어나 소리를 냅다 질렀다.

"이 버르장머리 없는 자식을 봤나! 왜 갑자기 나타나서 욕하고 난 리야?"

"사람을 소개해주고 돈이나 뜯어먹는 이 개 같은 것아! 재수 없는 할망구야!"

화가 머리끝까지 난 노파가 운가를 붙잡아 때리려고 하자 운가는,

"때렸어?"

하고 소리치며 손에 든 광주리를 바로 거리로 던졌다. 왕노파가 운가를 붙들고 사정없이 때리기 시작했다.

"그래, 나를 때렸겠다!"

이렇게 외치면서 바로 왕노파의 허리를 붙들고 늘어지며 왕노파의 작은 배를 머리로 들이받자 왕노파는 하마터면 넘어질 뻔했으나 벽에 부딪혀 겨우 몸을 지탱했다. 운가는 힘을 다해 벽 쪽으로 왕노파를 밀어 눌렀다. 이 틈을 타 무대가 옷소매를 걷어붙이고 큰 걸음으로 곧바로 찻집 안으로 들어섰다. 왕노파는 무대가 들어서는 것을 보자 마음이 다급해져서 허겁지겁 앞으로 나아가 막으려 했지만, 꼬마 녀석이 죽을힘을 다해 가로막고 있으니 어디 꿈쩍이나 할 수 있겠는가. 단지 목청을 높여 소리를 질러댔다.

"무대가 왔다!"

금련과 서문경은 방 안에서 재미를 보고 있다가 황급하게 문을 막았다. 그런 연후에 서문경은 서둘러 침대 밑으로 들어가 숨었다. 무대가 문 앞까지 달려와 힘을 다해 문을 밀면서 열려고 했지만 아무리 해도 열리지 않자 소리 질렀다.

"잘들 놀고 있구나!"

금련은 문을 막고 서서는 당황하여 허둥대면서 서문경에게 소리

쳤다.

"당신은 평소에는 싸움도 잘하고 봉술도 잘한다고 큰소리치며 떠들어대더니 막상 쓰려고 할 때는 전혀 소용이 없군요! 이 종이호랑이에게도 놀라 자빠지니!"

금련이 한 말은 분명히 서문경으로 하여금 밖으로 나가 무대를 혼내주고 달아나라는 뜻이다. 서문경이 침대 밑에서 이 말을 듣고 금방 금련의 말뜻을 알아차리고는 밖으로 기어 나왔다.

"부인, 내 힘이 없는 것이 아니라 미처 반응이 더뎠을 뿐이오."

그러고는 문을 열어젖혔다.

"어딜 함부로 들어오는 게냐!"

무대는 붙잡으려고 달려들었다. 그러나 서문경이 잽싸게 옆으로 피하면서 왜소한 무대를 걷어차니 명치를 정통으로 얻어맞아 뒤로 벌렁 나자빠졌다. 서문경은 무대를 냅다 내지른 뒤 곧바로 나가버렸다. 운가도 형세가 불리한 것을 보고서는 왕노파를 내동댕이치고는 잽싸게 뛰어 달아났다. 이웃사람들은 모두 서문경이 어떤 사람인지 알고 있는데 누가 감히 나서서 참견하겠는가! 왕노파가 땅바닥에서 무대를 부축해 일으켜보니 입으로 피를 토해내 얼굴이 백지장처럼 하얗게 질려 급히 금련에게 물을 떠오라 해 겨우 깨어나게 했다. 왕노파와 금련은 양편으로 무대를 부축해서 뒷문을 통해 집 위층으로 데리고 올라가서는 자리에 눕혀 재웠다. 다음 날 서문경은 아무 일 없었다는 소식을 듣고는 여전히 왕노파네 집에 와 금련과 함께 있으면서 무대가 어서 죽기만을 고대하고 있었다.

이런 일이 있은 지 닷새가 지나도록 무대는 제대로 일어나지도, 밖에 나가지도 못했다. 국을 마시려 해도 마실 수 없고, 물을 마시려고 해도 넘어가질 않고, 부인을 불러도 대답이 없었다. 이런 무대를 금련은 전혀 상관하지 않고 화장을 진하게 하고 나가서는 얼굴이 벌겋게 되어 돌아오는 것이고, 또한 영아에게도 엄한 주의를 주어 무대 앞에는 얼씬도 못하게 하면서 겁을 주었다.

"요년! 나한테 말하지 않고 아버지에게 물을 줬다가는 내 너를 가만두지 않을 테다."

영아는 금련의 말에 잔뜩 겁을 먹고 감히 무대에게 물 한 모금도 주지 못했다. 무대는 화가 나서 몇 차례나 기절을 했지만 누구 하나 와서 거들떠보는 사람이 없었다. 하루는 무대가 금련을 불러 이렇게 말했다.

"나는 네년이 외간남자와 놀아나는 것을 분명히 봤어. 그래서 두 연놈을 잡으려 했는데 네년은 도리어 그놈을 부추겨 나를 걷어차게 해, 살려 해도 살 수 없고 죽으려 해도 죽지 못하게 하는구나. 그러고는 자기들은 좋아서 낄낄대고 있어. 나는 죽어도 상관없고 이제 너희들과 싸울 기력도 없다. 하지만 너도 잘 알겠지만 내 동생 무송이 돌아오면 절대 가만두지 않을 거다! 그러니 나를 조금이라도 불쌍히 여겨 빨리 나을 수 있도록 해준다면 무송이 돌아왔을 때 아무 말도 하지 않겠다. 허나 나를 돌봐주지 않는다면 무송이 왔을 때 죄다 일러바치고 말 테다!"

금련은 이 말을 듣고 아무런 대꾸도 하지 않고 곧바로 왕노파네 집으로 건너가 방금 무대가 한 말을 낱낱이 서문경과 왕노파에게 전했다. 서문경은 이 말을 들으니 마치 찬물을 한 대야 뒤집어쓴 듯 써늘한 기분이 들었다.

"정말 재수 없군! 나도 경양강에서 맨손으로 호랑이를 때려잡은 무송 대장을 들어서 알고 있지. 무송은 청하현에서 첫째가는 사내대장부라고 하더군! 내 오랫동안 부인을 연모해오다가 지금에야 겨우 사랑이 이루어져서 맛을 즐기니 이제는 절대로 떨어질 수가 없네. 그러니 어찌하면 좋단 말인가? 정말로 골치 아프군!"

왕노파가 코웃음을 쳤다.

"저는 여태 나리는 키잡이이고 저는 노를 젓는 사공인 줄 알았습니다. 근데 지금 와서 저는 전혀 당황하지 않는데 나리께서 도리어 당황하여 어찌할 줄을 모르시다니!"

"내가 아무리 사내라고 하지만 일이 이 지경이 되었으니 내 힘으로는 도저히 어찌하지를 못하겠소! 할멈에게 좋은 생각이 있다면 좀 도와주오!"

"기왕에 그렇게 도와달라고 부탁하시니, 제게 한 가지 생각이 있기는 해요. 자, 두 분은 긴 부부가 되기를 원합니까? 아니면 짧은 부부가 되기를 원합니까?"

서문경이 되물었다.

"도대체 무엇이 긴 부부고, 무엇이 짧은 부부란 말이오?"

"만약 짧은 부부를 원한다면 지금까지 일은 한때 장난으로 치고 오늘 바로 헤어지는 거지요. 그러고는 무대가 잘 치유하고 일어나기를 기다렸다가 사과를 하면 무대는 무송이 돌아와도 아무 말 안 할 겁니다. 그러다가 무송이 다시 멀리 출장을 가면 그때 또 만나는 것이 바로 짧은 부부예요. 하지만 두 분이 긴 부부가 되기를 바라고 매일 같이 있으면서 즐거움을 나누고 이렇게 두려움에 떨지 않으려면 한 가지 좋은 생각이 있기는 한데 가르쳐드리기가 힘들군요."

서문경이 몸이 달아서 재촉했다.

"할멈, 제발 우리를 잘 주선해서 긴 부부로 만들어주구려."

"이 방법을 쓰려면 한 가지 물건이 필요한데, 다른 집에는 없고 나리 집에 있어요."

"만약 내 눈이 필요하다면 당장이라도 빼내 주리다. 도대체 무슨 물건이오?"

"그 사고뭉치는 지금 병이 심해 골골대고 있으니 이 틈을 타서 손을 쓰는 게 좋아요. 나리 댁에서 비상을 약간 가져오세요. 그리고 부인은 직접 가서 가슴 통증에 먹는 약을 지어오세요. 그런 다음에 나리가 가져온 비상을 약에 넣으면 그 난쟁이 목숨도 끝나는 거지요. 그런 후에 불로 깨끗이 화장해버리면 흔적도 남지 않아요. 무송이 돌아온다고 한들 어쩌겠어요? 옛말에도 '어려서 시집은 부모 말을 따르고, 재혼은 자기 뜻대로 한다'잖아요. 시동생이 어찌 참견할 수 있겠어요? 그리고 몰래 왕래하다가 반년이나 일 년이 지나면 되지요. 죽은 남편의 탈상을 기다렸다가 나리가 가마를 보내 정식으로 부인으로 맞이하는 겁니다. 이것이 바로 영원히 부부가 되는 것 아니겠어요? 같이 늙고 같이 즐거움을 나누는 이 묘책이 어때요?"

"그 방법 한번 정말로 대단하구려. 자고로 '잘살기를 바란다면 우선 죽도록 노력하라'지 않았던가. 기왕에 일을 시작했으니 끝장을 봐야지!"

"알아들으니 잘됐네요! 이것이야말로 풀을 베고 뿌리를 없애버리는 것이죠. 풀을 베고 뿌리를 뽑아버리지 않는다면 그다음에 봄이 왔을 때 싹이 돋아나도 그때 가서 어떻게 처리하겠어요! 나리께서 빨리 집으로 가셔서 비상을 가져오시면, 저는 부인께 손을 쓰도록 하겠어요. 이 일이 잘되면 저에게 톡톡히 사례하셔야 합니다."

"그야 당연한 게지, 걱정하지 말아요."

남녀 간의 사랑하는 마음은 서로 얽혀 있어
탐하여 빠져드니 멈출 수가 없구나.
필경 세상에 이런 일이 있으니
무대가 품행이 바르지 못한 여인으로 인해 목숨을 잃누나.
雲情雨意兩綢繆 戀色迷花不肯休
畢竟世間有此事 武大身軀喪粉頭

서문경이 갔다가 얼마 되지 않아 돌아와서는 비상 한 봉지를 왕노
파에게 건네주었다. 왕노파는 금련을 보고 말했다.

"부인, 제가 약 쓰는 법을 가르쳐드리지요. 지금 무대가 부인더러
자기를 좀 살려달라고 하잖아요? 그러니 이 틈을 타서 약간 호의를
보여주는 척하세요. 그래서 무대가 부인한테 약을 달라고 하면 바로
그때 이 비상을 가슴 아픈 데 먹는 약에 섞어 달여놓고 무대가 자고
일어나기를 기다렸다가 이 약을 먹이고는 바로 밖으로 나오세요. 이
약을 먹으면 필시 창자가 끊어지는 것 같아서 큰소리를 질러댈 거예
요. 그러면 당신은 이불을 가지고 다른 사람들이 듣지 못하도록 이불
모서리를 꽉 잡아 누르세요. 참, 그전에 더운물을 한 솥 끓여놓고 수
건을 한 장 준비해놓으세요. 독이 퍼질 땐 눈, 코, 귀, 입 일곱 구멍으
로 피를 흘리고, 입술에는 이로 물어뜯은 흔적이 남아요. 무대가 숨
이 끊어지면 빨리 이불을 걷고 끓는 물에 적셔놓았던 수건으로 입술
가에 묻어 있는 핏자국을 닦아내세요. 그런 다음 바로 관에 넣어서
메고 나가 태워버리면 모든 일은 끝나는 거지요!"

"좋기는 좋은데 제가 그때 가서 손발이 떨려 시체를 제대로 처리하지 못할 것 같아요."

"그러면 부인이 그쪽에서 벽을 두드려주기만 하세요. 내가 바로 건너가서 도와드리죠."

"두 사람은 조심해서 일을 처리하세요, 내일 새벽에 와서 볼 테니."

서문경은 이렇게 말하고 자기 집으로 돌아갔다. 왕노파는 비상을 가루로 만들어서 금련에게 주며 잘 감춰 가라고 일렀다.

금련이 위층으로 올라가 무대를 보니 실낱같은 숨소리도 없이 죽기만을 기다리는 듯했다. 이를 보고 금련은 침대 곁에 앉아서 거짓으로 우는 체했다.

"당신, 왜 울고 있어?"

금련은 흐르는 눈물을 닦으면서 말한다.

"제가 한순간 잘못해 서문경의 꼬임에 빠졌어요. 당신 가슴을 건어찰 줄 누가 생각이나 했겠어요! 제가 물어보니 좋은 약을 파는 데가 있다고 해서 약을 사와 치료해드리고 싶었으나, 당신이 의심할 게 두려워 감히 사러 가지 못하고 있어요."

"당신이 나를 낫게끔만 해준다면 내 모든 것을 잊어버리고 하나도 마음속에 남겨두지 않겠소. 무송이 돌아와도 아무 말 안 할 게고. 그러니 빨리 가서 약을 사와 날 좀 살려주구려!"

금련은 곧 돈을 가지고 왕노파네 집으로 가 앉아 있고, 왕노파에게 돈을 주어 약을 사오게 한 뒤에 건네받고서 무대에게 보여주며 말했다.

"이 가슴 아픈 데 먹는 약은 태의가 말하기를 한밤중에 먹어야 한대요. 먹고 나서는 바로 잠을 자는데 이불 한두 장을 푹 뒤집어쓰고 땀을 내고 나면 내일 아침에는 거뜬히 일어날 수 있대요."

"그거 잘됐군! 당신이 고생스럽겠지만 오늘 밤에 깨어 있다가 한 밤중에 약을 좀 달여서 먹을 수 있도록 해주오."

"안심하고 주무세요. 제가 잘 돌봐드릴 테니."

날이 어두워지자 금련은 방 안에 불을 켜놓고 아래로 내려가 큰 솥에 불을 지펴 물을 끓이고는 수건을 한 장 가져다 솥 안에 담가두었다. 어느덧 자정을 알리는 북소리가 들려왔다. 금련은 우선 비상을 잔에 쏟아붓고는 다시 맑은 물 한 그릇을 뜬 다음에 위층으로 올라갔다.

"여보, 약 어디 있소?"

"내 이 요 있는 자리 베갯머리 부근에 있을 테니 빨리 먹여주구려!"

금련은 자리를 들치고 약을 꺼내 잔에 부은 다음, 맑은 물을 잔에 부어 머리에 꽂혀 있는 은비녀를 빼서 잘 저은 후에 왼손으로 무대를 부축해 일으켜서는 오른손으로 약을 먹였다. 무대가 한 모금을 마시고는 힘들어했다.

"여보! 이 약은 먹기가 아주 힘들군!"

"잘 낫기만 하면 되지, 먹기가 좋고 나쁜 건 따져서 뭐해요!"

무대가 두 모금째 마시는 순간 금련은 재빨리 약 한 잔을 모두 목구멍으로 삼키도록 들이부었다. 그런 뒤에 금련은 무대를 내려놓고 황급히 침대를 내려왔다. 무대가 '아야' 하고 소리를 질렀다.

"여보, 이 약을 먹으니 뱃속이 도리어 아프군. 아이고 죽겠네! 아이고 죽겠어! 도저히 못 참겠어!"

이때 금련은 발밑에서 이불 두 장을 끌어다 머리건 얼굴이건 가리지 않고 덮어버렸다. 이에 무대가 소리를 질렀다.

"숨 막혀 죽겠어!"

"태의가 그러는데 이렇게 해야만 땀을 제대로 낼 수 있고, 그래야 빨리 낫는대요!"

무대는 무슨 말을 더 하려고 했지만, 금련은 무대가 다시 발버둥 칠 게 두려워 재빨리 침대 위로 뛰어올라가 무대의 몸에 올라앉아서는 손으로 이불 모서리를 팍 움켜쥐니 빈틈이 없었다.

> 폐와 내장은 기름에 볶이고
> 간과 장은 불이 달구네.
> 가슴은 날카로운 칼이 찌르고
> 배는 큰 칼이 난도질을 하네.
> 온몸이 얼음같이 차가워지고
> 얼굴의 일곱 구멍에서는 피가 흐르네.
> 이는 서로 악물려 있고
> 삼혼[三魂]*은 왕사성[枉死城]**에 가 있네.
> 목구멍은 바싹 말라 있고
> 칠백[七魄]은 망향대[望鄕臺]***를 바라보고 있네.
> 지옥에는 독을 먹고 억울하게 죽은 자가 보태지고
> 인간 세상에서는 간악한 자를 잡지 못하는구려!
> 油煎肺腑 火燎肝腸
> 心窩裡如雪刃相侵 滿腹中似鋼刀亂攪

---

* 도가에서는 인간 영혼이 삼혼칠백으로 이루어졌다고 봄
** 전설상 비명횡사한 원혼들을 거둔다는 지옥에 있는 성
*** 전설상 지옥의 귀혼[鬼魂]들이 마지막으로 고향을 돌아본다는 대[臺]

渾身冰冷 七竅血流

牙關緊咬 三魂赴枉死城中

喉管枯帖乾 七魄投望鄕臺上

地獄新添食毒鬼 陽間沒了捉奸人

이때 무대는 두어 마디 신음 소리를 내고 숨을 한 차례 내쉬고는 창자와 위가 끊어지면서 죽으니, 오호라 슬프구나, 몸이 움직이지 않으니! 금련이 이불을 들추고 무대를 보니 이빨을 꼭 깨물고 일곱 구멍으로 피를 흘리고 있어 갑자기 무서워졌다. 이에 침대에서 뛰어내려와 옆집 벽을 두드리니, 바로 왕노파가 듣고서는 뒷문 쪽으로 걸어오면서 기침 소리를 냈다. 금련은 아래로 내려가 뒷문을 열어주었다.

"어떻게 잘 끝냈어요?"

"하긴 했는데 손발이 떨려서 뒤처리를 못하겠어요!"

"걱정하지 마세요. 내 도와줄 테니!"

왕노파는 곧 소매를 걷어붙이고 물통에 물을 붓고 수건을 담가 위층으로 들고 올라갔다. 이불을 걷어내고는 먼저 무대의 입 언저리와 입술을 말끔하게 닦은 후 일곱 구멍에서 흘러나온 혈흔을 깨끗이 닦아내고는 옷을 몸 위에 덮어 입혔다. 두 사람은 한 걸음 한 걸음씩 끌다시피 해 겨우 아래로 내려와 아래층 문가에 눕혀놓았다. 그러고 나서 머리를 빗기고 두건을 씌우며 옷도 입히고 신발도 신긴 뒤에 흰 비단 한 조각으로 얼굴을 가리고 깨끗한 이불을 골라서 시신을 덮었다. 그런 다음 다시 위층으로 올라가서 깨끗하게 뒷정리를 하고 왕노파는 자기 집으로 돌아갔다. 이렇게 뒤처리를 해놓은 뒤에 금련은 거짓으로 울기 시작했다.

사람들아, 이 말 좀 들어보소. 세상 부인네들 울음에는 세 가지 종류가 있다오. 눈물도 있고 소리도 내는 것이 곡[哭]이라는 것이고, 눈물은 있으나 소리 없이 우는 것을 읍[泣]이라 하고, 눈물은 없고 소리만 있는 것을 호[號]라 한다오.

금련은 밤새 건성으로 호만 하고 있는 것이었다.

이튿날 새벽이 되어 날이 아직 밝지도 않았는데 서문경이 부리나케 달려와 자초지종을 물으니 왕노파가 자세히 알려주었다. 서문경은 왕노파에게 은자를 꺼내 주면서 관 등을 사서 장례를 치르게 하고는 금련을 불러 앞일을 상의했다. 금련이 서문경에게 와서 말했다.

"무대가 죽었으니, 저는 오로지 나리를 주인으로 받들고 의지할 뿐이에요. 그러니 나리께서는 절대로 저를 버리시면 안 돼요."

"그런 쓸데없는 걱정은 하지 말구려!"

"만약에 마음이 변하면 어떡하시겠어요?"

"내가 마음이 변한다면 무대같이 되겠지!"

왕노파가 말한다.

"나리, 무슨 그런 불길한 말을 하세요! 아직도 해야 할 긴요한 일이 남았어요. 날이 밝으면 바로 입관을 해야 하는데, 시체를 검사하는 사람이 눈치 챌까봐 걱정이에요. 만약 그렇게 되면 어쩌죠! 검시관의 우두머리인 하구[何九]는 아주 꼼꼼한 사람이라서 혹시 입관하는 것을 허락하지 않을지도 모르겠어요."

"그건 별로 어려운 일이 아니오. 내가 하구한테 부탁한다면 감히 내 말을 거역하지는 못할 게요."

"그렇다면 나리는 빨리 가셔서 얘기를 해놓으세요. 절대 늦으면 안 돼요."

서문경은 왕노파에게 장례 일을 맡기고는 곧바로 하구를 만나러
갔다.

삼광[三光]*에도 그림자 있듯 누구나 모양을 남기고
모든 일이 뿌리는 없어도 악한 일은 스스로 드러나네!
흰 눈 속에 숨어 있던 백로도 날면 보이고
버드나무에 숨어 있던 앵무새도 말을 하면 비로소 알 수 있네.
三光有影遺誰槪 萬事無根只自生
雪隱鷺鷥飛始見 柳藏鸚鵡語方知

대체 서문경은 하구에게 무슨 말을 할 것인가?

---

* 해·달·별을 뜻함

제6화 사랑이 많으면 한(恨)도 끝이 없어라

서문경은 하구에게 부탁을 하고,
왕노파는 술 사러 나갔다가 큰비를 만나다

괴이하구나 미친 자가 거리의 여인을 사랑하다니
색을 탐하다가 어려움을 당하네.
몸도 망치고 목숨도 잃으니 모두 이 때문이라네.
사업도 파산하고 집도 기우니 모든 게 그 때문.
일순간의 풍류가 어떤 이익이 있기에
일반의 맛과는 다르지만
아침에 화가 일어났네 담장 안에서.
모든 게 왕노파가 만든 거라네.
可怪狂夫戀野花 因貪淫色受波嗟
亡身喪命皆因此 破業傾家總爲他
半晌風流有何益 一般滋味不須誇
一朝禍起蕭牆內 虧殺王婆先做牙

서문경은 하구에게 부탁의 말을 하러 갔다.
왕노파는 은자를 가지고 관과 제기, 향과 초, 지전 등을 사가지고
돌아와 금련과 상의하고는 우선 무대의 영전에 촛불을 켜놓았다. 이

웃 사람들이 모두 와 문상을 하니 금련은 얼굴을 가리고 우는 척을 했다. 이웃 사람들이 모두 물어보았다.

"주인 양반이 무슨 병으로 돌아가셨습니까?"

"남편은 가슴이 몹시 아프다고 했는데 생각지도 않게 하루하루 더 심해지고 치료를 해도 별 차도가 없더니, 불행히도 어젯밤 자정 무렵에 돌아가셨어요. 아이고, 내 팔자야!"

금련은 다시 흐느껴 우는 시늉을 했다. 이웃 사람들은 모두 무대의 죽음이 석연치 않다는 것을 알고 있었지만 누구도 감히 자세히 묻지 못했다. 사람들은 금련을 위로했다.

"죽은 사람은 죽은 사람이고, 산 사람이나 잘살아야죠. 그러니 부인께서도 너무 애달파하지 마시고 진정하세요. 날씨도 더워지는데."

금련은 건성으로 고맙다고 인사를 하고, 이웃 사람들도 각기 돌아갔다.

왕노파는 관이 준비되어 나오자 검시관의 우두머리인 하구를 부르러 사람을 보내고 입관에 필요한 물건과 집안에서 필요한 물건도 모두 사놓았다. 또한 보은사에 있는 스님 두 명에게 밤새 독경해줄 것을 부탁해놓았다. 오래지 않아 하구가 먼저 일꾼들 몇 명을 보내 검시에 필요한 준비를 하게 했다.

한편 하구는 사시[巳時](오전 아홉 시부터 열한 시 사이)쯤 되어 천천히 걸어 자석가 입구에 이르니 서문경이 반갑게 맞이한다.

"하구형, 어디를 가십니까?"

"호떡을 팔던 무대랑이 죽었다기에 검시를 하러 가는 길입니다."

"잠깐 나와 이야기 좀 합시다."

하구는 서문경을 따라서 길모퉁이 작은 술집에 들어가 자리를 잡았다.

"하구형, 윗자리에 앉으시지요."

서문경이 윗자리에 앉기를 권하자 하구는 당황해했다.

"제가 어찌 감히 나리와 마주 앉겠습니까?"

"하구형은 무얼 그리 격식을 따지십니까? 자, 앉읍시다!"

둘은 서로 양보를 하다가 앉았고, 서문경은 술집 주인에게 청했다.

"좋은 술 좀 내오게!"

주인이 좋은 고기 안주와 과일 등을 준비하고 술을 데워서 가져왔는데, 하구는 속으로 의심쩍어 생각했다.

'이자가 나와는 일찍이 술을 마신 적이 없는데 오늘 이렇게 술을 사는 것을 보니 필시 무슨 꿍꿍이속이 있나보군.'

술을 몇 잔 마셨을 때 서문경이 옷소매에서 눈송이 같은 은자를 더듬어 꺼내 하구 앞에 놓았다.

"하구형, 적다고 사양치 마시오, 내 다음날에 다시 후사하리다."

하구가 두 손을 모으고 말했다.

"소인이 뭐 도와드린 일도 없는데 어찌 감히 나리께 은자를 받을 수 있겠습니까? 혹여 나리의 영[令]이 있으면 소인은 있는 힘을 다해 도와드리겠습니다!"

"하구형, 그렇게 남 대하듯 하지 마시고 우선 받아두구려."

"나리께서 하실 말씀이 있으면 해주십시오."

"그리 어려운 일은 아니오. 잠시 후에 무대네 집에서도 수고비를 드릴 테니… 여하튼 무대의 시신을 염할 때 모든 것을 잘 처리해주시구려. 그냥 솜이불로 시체를 덮어버리면 그만이니, 내 여러 말 하지 않으리다."

"저는 무슨 큰일인가 했더니, 그런 하찮은 일을 가지고 뭘 그러십니까? 제가 어찌 감히 나리한테 돈을 받을 수 있겠습니까!"

"하형이 받지 않는다면 부탁을 거절하는 것으로 알겠소."

하구는 예전부터 서문경이 무뢰한인 데다 관청 관리들을 끼고서 일을 처리하는 것을 알고 두려워해오던 터라, 할 수 없이 돈을 받아 넣고는 술 몇 잔을 더 마셨다.

서문경은 주인을 불러 장부에 달아놓으라면서 다음 날 자기 가게로 와서 돈을 받아 가라고 했다. 두 사람은 같이 술집 문을 나섰다. 밖으로 나오면서 서문경은 재차 부탁했다.

"하구형, 잊지 말고 기억해두시구려! 남들이 알지 못하게 해주면, 다음에 후히 사례를 하리다!"

이렇게 거듭 당부하고는 떠났고, 하구는 마음속으로 의심이 커져만 갔다.

'무대의 시체를 검시하는데 어째서 이자가 나한테 은자 열 냥을 준단 말인가? 필시 무슨 곡절이 있구나.'

이렇게 생각하면서 무대네 집 앞에 도착해보니 일꾼 몇이 문 앞에서 하구를 기다리고 있었고, 왕노파도 함께 오래전부터 기다리고 있었다. 하구는 일꾼들이 있는 곳으로 가서 물었다.

"무대는 무슨 병으로 죽었는가?"

"이 집 부인 말로는 가슴앓이로 죽었다고 합니다."

하구는 문으로 들어가 발을 걷고 안으로 들어가자 왕노파가 맞이했다.

"오랫동안 기다렸습니다. 묏자리를 보는 지관 선생도 와서 한나절을 기다렸는데 하구 나리께서는 어찌 이리 늦으셨어요?"

"잠시 볼일이 있어서 좀 늦었습니다."

하구가 대답을 하고 있노라니 금련이 흰옷을 입고 상중을 알리는 흰 종이 띠를 머리에 두른 채 안에서 울면서 나왔다.

"부인께서는 너무 애달파하지 마세요, 주인 양반께서는 이미 하늘 나라로 가셨으니."

금련은 흐르지도 않는 눈물을 닦는 체했다.

"말할 수 없을 정도로 괴로워요! 남편은 며칠 동안 가슴을 아파하다가 이렇게 죽었어요. 정말 괴로워 죽겠어요."

하구가 이렇게 말하는 금련을 아래위로 찬찬히 뜯어보았다.

'전부터 무대 마누라에 대해 이야기만 들었을 뿐 보지는 못했는데, 무대가 이런 마누라를 두고 있었다니! 서문경이 은자 열 냥을 쓰는 것도 다 그만한 까닭이 있구나!'

그러면서 영전 앞으로 가서 무대의 시신을 보았다. 중들의 염불이 끝나자 죽은 무대의 얼굴을 덮었던 흰 비단을 걷고 눈을 들어 자세히 살펴보았다. 들여다보니 무대의 손톱이 푸르고 입술이 자줏빛에다 얼굴빛이 누렇고 눈알이 다 튀어나와 있어서 누가 보아도 독에 중독된 것임을 알 수 있었다. 곁에 있던 두 일꾼이 묻는다.

"어째서 얼굴이 자줏빛이고 입술엔 이빨 자국이 있고 입에서 피를 흘리죠?"

"쓸데없는 소리들 하지 마라! 어제오늘 날씨가 이리 더운데 왜 변하지 않겠느냐?"

하구는 대강 염을 하게 해 바로 관 속에 집어넣고 못을 박아버렸다. 왕노파도 옆에서 거들다가 돈을 가지고 나와 하구에게 건네면서 다른 일꾼들에게도 나누어 주라고 일렀다. 하구가 돈을 받고 물었다.

"언제 나가죠?"

왕노파가 대답했다.

"부인이 말하기를 사흘 후에 출관해 성 밖에서 화장을 한답니다."

이제 검시관들도 모두 돌아갔다. 그날 밤 금련은 술자리를 마련해 사람들을 초청했다. 이튿날 중 네 명을 불러 독경을 하게 했다. 사흘째 되던 날 오경(새벽 세 시부터 다섯 시 사이)에 일꾼들이 와서 관을 메고 나갔고 몇몇 이웃들도 따라나섰다. 금련은 하얀 상복을 입고 가마에 앉아서 가는 동안 내내 우는 척을 하면서 성 밖 화장터에 도착해서는 곧장 불을 지피게 해 관을 태우고, 시신도 잘 태운 뒤에 유골은 가루로 만들어 연못에 뿌려버렸다. 이날 장례비용은 모두 서문경이 내놓은 것이었다.

장례를 마치고 집에 돌아온 금련은 위층에 올라가 위패를 마련해 '망부무대랑지령[亡夫武大郎之靈]'이라고 썼다. 위패를 모신 작은 탁자 앞에는 유리등을 켜놓고 안에는 깃발과 종이돈 등을 붙여놓았다. 이렇게 해놓고 서문경과 같이 있고 싶어 바로 왕노파를 집으로 돌려보낸 뒤 둘이 이층으로 올라가 제멋대로 종횡무진 향락을 즐기니, 전날에 왕노파네 찻집에서 하던 것에 비할 바가 아닌 환희 자체였다. 지금에 와서는 무대도 이미 죽고 집 안에 사람도 없으니 둘은 거리낌이 없이 밤새 서로 탐했다.

처음에 서문경은 이웃 사람들이 눈치 챌까봐 우선 왕노파네 집에서 잠시 기다리다가 만나 즐기곤 했는데, 무대가 죽은 뒤에는 하인을 거느리고 곧바로 금련네 뒷문으로 들어갔다. 그로부터 금련과의 사랑이 더욱 깊어져 때로는 사나흘씩이나 집에 돌아가지 않아서 집안 대소사가 다 엉망진창이 되니 모두 좋아하지 않았다.

원래 여색에 빠지면 언젠가는 재앙이 생기는 법! 이를 풍자한 「자고새가 하늘에 노니네[鷓鴣天]」라는 노래가 있으니,

색욕에 담대하기가 하늘같아서 뜻대로 되지 않고
정은 깊고 뜻은 애틋하여 사랑이 더욱 깊어지네.
탐욕에 사로잡혀 죽고 사는 것을 상관치 않으니
사랑에 빠지면 누가 장차 몸을 잘 보전할 수 있는가.
은혜가 깊으면 정이 쌓이고
사랑이 많으면 한도 끝이 없어라.
오월[吳越]*과 같은 불공대천의 원수지간도 화해를 하나
길고 긴 세월이 흘러도 멈추기가 어렵구나.
色膽如天不自由 情深意密兩綢繆
貪歡不管生和死 溺愛誰將身體修
只爲恩深情鬱鬱 多因愛闊恨悠悠
要將吳越冤仇解 地老天荒難歇休

세월은 빨리도 흘러서 서문경과 금련이 밀통을 한 지도 어언 두 달이 되었다. 바야흐로 단오절이 다가오고 있었다.

하늘거리는 수양버들은 푸른 가지를 드리우고
석류는 붉은빛으로 곱게 물드네.
산들바람이 불어와 장막을 움직이고
살랑살랑 시원한 부채 바람이 스며드네.

---

* 춘추시대 원수지간이던 오나라 부차[夫差]와 월나라 구천[句踐]을 말함

곳곳에서 단오절을 만나니
집집마다 다 같이 술잔을 드누나.
綠楊孃孃垂絲碧 海榴點點腦脂赤
微微風動慢 颯颯涼侵扇
處處遇端陽 家家共擧觴

이날 서문경은 악묘에서 돌아와 바로 왕노파네 찻집으로 갔다. 왕노파가 급히 차를 내오면서 물었다.

"나리, 어디 다녀오세요? 어째 이 집 마나님을 보러 가지 않으세요?"

"악묘에 갔다 오는 길이오. 마침 단오인지라 가서 보고 왔지요."

"오늘 친정 어미인 반씨가 왔는데 아직 가지 않았는지 모르겠어요. 잠시 기다리시면 제가 한번 건너가 보고 와서 말씀드릴게요."

그렇게 말하고는 금련네 뒷문으로 들어가 보니 때마침 금련은 방에서 친정어머니와 함께 술을 마시고 있었다. 금련은 왕노파가 들어오는 것을 보고는 급히 일어나 미소를 지으며 앉기를 권했다.

"할머니 정말 잘 오셨어요! 우리 어머니와 몇 잔 좀 드세요. 그러면 다음날 아기가 생길 거예요!"

왕노파가 웃으며 말한다.

"이 할멈은 영감도 없는데 어디 아이가 생길 수 있겠어요? 부인이야말로 나이도 젊고 힘도 좋으니 어서 아이를 낳아야죠!"

"옛말에 '어린 꽃은 열매를 맺지 못하지만, 오래된 꽃은 열매를 맺는다'고 하잖아요."

왕노파는 금련 어머니를 보면서 말했다.

"좀 보세요. 댁의 따님이 나를 이렇게 마음 상하게 하는 것을. 나를 보고 늙은 비렁뱅이라고 말하잖아요! 그렇지만 내일이면 이 늙은 비렁뱅이도 쓸 데가 있을걸!"

금련의 어머니가 만류했다.

"이 애는 어려서부터 입이 아주 거칠답니다. 할머니께서는 신경 쓰지 마세요!"

원래 이 왕노파는 서문경과 금련의 밀통을 주선해주고는 아침저녁으로 금련에게 친근하게 대하면서 술심부름이나 잔일을 봐주고 남는 돈을 자기가 챙겨 먹고 살았다. 그러한 처지인지라 왕노파는 금련의 어머니에게 아부를 떨었다.

"댁의 따님은 매우 영리하고 좋은 신붓감이지요! 머지않아 복 많은 사람이 이 아씨를 데려갈 겁니다."

"할머니가 중매를 잘하신다고 하니 알아서 잘 성사시켜 주세요."

금련의 어머니가 잔과 젓가락을 준비하고 금련은 술을 따라 왕노파에게 마시기를 권하니, 왕노파는 연달아서 몇 잔을 받아 마셨다. 술을 마셔 얼굴이 불그레해졌으나 서문경이 자기 집에서 기다리고 있는 것이 생각나서 재빨리 금련에게 눈짓을 하고는 돌아갔다. 금련은 서문경이 왔다는 것을 알고 서둘러 어머니를 돌려보낸 뒤에 방을 깨끗이 정돈했다. 특이한 향도 피우고, 방금 어머니가 먹던 음식은 모두 걷어치우고 새로 술과 안주를 준비하고는 서문경이 오기를 기다렸다.

서문경이 난간을 건너오자 금련은 계단 아래까지 내려가 서문경을 맞이해 방 안으로 들이고는 인사를 올렸다. 무대가 죽은 뒤로 금련이 어찌 상복을 입었겠는가? 위층에 두었던 위패도 한구석에 버려

둔 채 백지 한 장을 씌워놓고, 상중에 먹는 채소 따위는 거들떠보지도 않으면서 매일같이 짙게 화장하고 화려한 옷으로 치장하고서 서문경과 배가 맞아 갖은 재미를 보는 것이다. 그러다가 서문경이 이틀이나 오지 않고 이제야 얼굴을 보이자 대들며 욕을 해댔다.

"양심도 없는 양반 같으니라구! 나를 버리고 또 어디 가서 맘에 드는 애라도 구하신 모양이지요? 나를 이렇게 내버려두고 거들떠보지도 않다니!"

"사실 집안에 첩 하나가 며칠 전에 죽어서 장례를 치르느라 좀 바빴네. 오늘도 묘에 갔다 오는 길이라오. 그래도 당신 주려고 이렇게 머리 장식과 옷가지 등을 가져왔잖소."

이 말을 듣고 금련은 화났던 마음이 봄눈 녹듯이 다 풀어졌다. 서문경은 대안을 불러 모직 보자기를 꺼내 하나하나 금련에게 건네주니, 금련은 좋아 어찌할 줄을 모르면서 감사히 받았다. 어린 영아는 늘 금련에게 욕을 먹고 매 맞는 것을 두려워했으니, 이때에도 영아는 전혀 개의치 않고 차를 내와 서문경에게 갖다 주었다. 금련도 탁자에 앉아서 서문경과 함께 차를 마셨다.

"당신은 신경 안 써도 돼. 내가 이미 왕노파한테 은자를 주어 술과 고기, 과일 등을 사러 보냈으니. 단오절인데 내 당신과 함께 즐겨야지."

"이것은 제가 어머니께 대접했던 음식인데 다시 깨끗하게 준비했어요. 할머니가 사오기를 기다리려면 시간이 걸릴 테니, 우선 이것을 드세요."

이에 서문경과 금련은 서로 얼굴을 맞대고 무릎을 포갠 채 어깨를 나란히 하고 술을 마셨다.

한편 왕노파는 한 손에는 바구니를 들고 한 손에는 작은 저울을 들고서 거리로 나가 술과 고기를 샀다. 때는 바야흐로 오월 초순인지라 큰비가 올 때도 있었다. 붉은 해가 하늘에 떠 있는가 싶다가 갑자기 검은 구름이 가리더니 소나기가 대야로 쏟아붓듯이 내렸다.

먹구름이 사방에 생기고
검은 안개가 하늘을 뒤덮네.
쏴쏴, 하늘 가득 태양을 가리고 비가 내리니
한 방울 한 방울 파초를 때려 부서지는 소리
거센 바람이 불어
하늘까지 치솟아 있는 전나무를 뒤흔들고
번개가 보태지니
태산·화산·숭산 등 높은 산이 진동을 하네.
더위를 씻고 무더위를 쫓으니
논밭이 윤택해지네.
더위를 씻고 무더위를 쫓으니
미인은 놀기를 좋아하고
논밭이 윤택해지니
행인들은 땅이 질퍽한 것도 잊는구나.
이것이 바로 강회하제[江淮河濟]*에 새로운 물이 보태지고
푸른 대나무와 붉은 석류를 깨끗이 씻어내는 것이구나.
烏雲生四野 黑霧鎖長空
刷刺刺漫空障日飛來 一點點擊得芭蕉聲碎 狂風相助

---

* 장강[長江]·회하[淮河]·황하[黃河]·제수[濟水] 등 고대의 큰 강

侵天老檜掀翻 霹雳交加 泰華嵩喬震動

洗炎驅暑 潤澤田苗 洗炎驅暑

佳人貪其賞玩 潤澤田苗 行人忘其泥濘

正是江淮河濟添新水 翠竹紅榴洗灌清

　왕노파는 술 한 병을 사고 생선·고기·닭고기·거위 고기·야채·과일 등을 한 바구니 사오다가 거리에서 큰비를 만나사, 급히 길가 처마 밑으로 들어가 비를 피하면서 수건으로 머리를 싸맸으나 벌써 옷은 다 젖었다. 잠시 빗줄기가 가늘어지기를 기다렸다가 큰 걸음으로 나는 듯이 집으로 돌아왔다. 문을 열고 들어와 술과 고기 등을 부엌에 내려놓고 방으로 들어가 보니, 서문경과 금련은 히히덕거리면서 술을 마시고 있었다. 왕노파가 이를 보고 웃으면서 말한다.
　"나리와 아씨는 재미있게 술을 드시고 계시군요. 이 늙은이 옷이 다 젖은 것 좀 보세요. 나리께서 보상을 해주셔야 해요!"
　"당신, 저 할멈 좀 보구려. 순 억지꾼 같으니라고!"
　"제가 억지 부리는 것이 아니라, 나리께서 저에게 옷감 한 필만 주시면 돼요."
　금련이 옆에서 말했다.
　"할머니, 이리로 오셔서 뜨거운 술이나 한잔 하세요."
　왕노파가 함께 술 석 잔을 마신 후에,
　"저는 부엌으로 가서 옷이나 말려야겠어요."
하고 부엌으로 가서는 옷을 말렸다. 그러고 나서 닭과 거위 등을 먹기 좋게 잘라 접시에 푸짐하게 차려서는 과일 등을 곁들여 방으로 모두 가져다 놓았다. 술을 데워오니 서문경이 금련에게 따라주면서 서

로 맛있는 안주를 권하고 무릎을 포개 앉아서는 술을 마셨다. 서문경
이 술을 마시다가 금련네 집 벽에 걸려 있는 비파를 봤다.

"내 오래전부터 당신이 비파를 잘 탄다는 말을 들었는데, 오늘 한
번 잘 타서 내 술안주로 삼아봅시다."

금련이 웃으면서 말한다.

"어려서 조금밖에 못 배워 잘 못해요. 그러니 비웃지는 마세요."

이에 서문경이 비파를 내려와 금련을 가슴에 안으니, 금련은 비파
를 무릎에 올려놓고 가볍게 줄을 고른 다음 천천히 타면서 「머리를
맞대 만조가를 부르네[兩頭蠻調兒]」를 노래하기 시작했다.

관도 쓰지 않고 게을러 화장도 않고
머리칼을 푸른 끈으로 매니 머리칼은 빛이 나고
검은 머리 위에 비스듬히 금비녀를 꽂았네.
하녀를 불러 옷상자를 열게 하여
흰옷으로 갈아입고 모양을 내니 서시와 같네.
규수 방을 나서며, 애야 나와 함께 발을 걷고
향이나 한 자루 태우자꾸나.
冠兒不戴懶梳妝 髻挽靑絲雲鬢光 金釵斜揷在烏雲上
喚梅香 開籠箱 穿一套素縞衣裳 打扮的是西施模樣
出繡房 梅香 你與我捲起簾兒 燒一炷兒夜香

서문경이 듣고서는 기뻐 어찌할 줄을 모르며 한 손으로 금련의 목
을 끌어안고 입을 맞추며 극구 칭찬했다.

"당신이 이런 재주를 가지고 있을 줄은 정말 몰랐소! 내 화류계에

서 노래깨나 부른다는 아이들을 좀 알고 있지만 당신만큼 뛰어난 솜씨는 본 적이 없구려!"

"그리 말씀하시니 부끄럽습니다. 오늘부터 저는 나리 뜻대로 모든 것을 따르겠어요. 그러니 나중에 저를 잊으시면 절대 안 돼요."

이에 서문경이 금련의 뺨을 감싸 쥐었다.

"내 어찌 당신을 잊을 수 있겠소!"

둘은 다시 비를 부르고 구름을 일으키듯 격렬하게 사랑놀이를 벌였다. 잠시 후 서문경이 수가 놓인 금련의 신발을 벗겨 손에 들고는 거기에 작은 술잔에 있는 술을 부어 마시는 이른바 '혜배주[鞋盃酒]'를 마시면서 놀았다.

"제 발이 작다고 나리께서 놀리시면 안 돼요!"

얼마 후 술도 거나하게 오르니 둘은 마침내 방문을 걸어 잠그고 옷을 벗고서 침대에 올라가 사랑놀이를 했다. 한편 왕노파는 대문을 잠그고 영아와 함께 부엌에서 남은 음식을 걸신들린 듯이 먹고 있었다. 서문경과 금련은 방 안에서 난조가 넘어지고 봉황이 엎어지듯, 물고기가 물을 만난 듯 온갖 재미를 다 보고 있었다. 금련의 잠자리 기교는 창기들보다 더욱 뛰어나 별의별 기교를 능수능란하게 펼치고 서문경 또한 자기 물건을 가지고 온갖 공격을 하니, 둘의 재주가 극치에 이르렀다.

고요하고 정숙한 여인의 방에 베개도 서늘하네.
재자가인들이 지극한 절묘함에 이르니
바야흐로 붉은 초가 거꾸로 흐르누나.
홀연히 밤배는 노를 젓고

향기를 훔친 나비는 꽃받침으로 저녁 삼고
물에서 노니는 왕잠자리는 위아래로 맴도네.
즐거움은 지극하고 정이 짙으니 정취도 끝이 없어라.
영험한 거북의 입에서 맑은 물을 토해내듯.

寂靜蘭房簟枕涼 才子佳人至妙頑
纏去倒澆紅臘燭 忽然又掉夜行船
偸香粉蝶殘花蕚 戲水蜻蜓上下旋
樂極情濃無限趣 靈龜口內吐清泉

　　그날 서문경은 금련네 집에서 저녁 늦게까지 놀다가 돌아가면서
은자를 얼마 주며 생활비로 쓰라고 했다. 금련은 가지 말라고 재차
붙잡았으나, 서문경은 얼굴을 가리개로 가리고 문을 빠져나갔다. 금
련은 발을 내리고 대문을 잠근 후 왕노파와 함께 술을 마시고서 헤어
졌다.

　　문에 기대어 사랑하는 님을 보내니
　　간 곳은 모르겠고 길은 묘연하구나.
　　倚門相送劉郞去 煙水桃花去路迷

혼인의 인연은 전세의 인연

설씨 아주머니가 맹옥루를 중매하고,
양씨 고모가 장사(張四)에게 화나 욕하다

나는 중매쟁이로 무엇이나 할 수 있다네.
오로지 두 다리로 오가며 은근히 권하네.
입술은 창이 되어 홀아비를 짝으로 삼고
혀는 칼이 되어 열녀의 마음을 움직이네.
경사스러운 날에 붉은 꽃을 머리에 꽂고
잔치 떡은 소매 속에 가득.
단지 한 가지 곤란한 것은
반은 성사를 하고 반은 실패하는 것이라네.
我做媒人實可能 全憑兩腿走慇懃
脣槍慣把鰥男配 舌劍能調烈女心
利市花常頭上帶 喜筵餅錠袖中撑
只有一件不堪處 半是成人半敗人

서문경네 집에는 머리에 꽂는 비취 비녀나 부인네들 장신구 등을
팔러 오는 설씨 아주머니가 있었다. 어느 날 이런 잡다한 물건이 든
상자를 가지고 이리저리 오가며 서문경을 찾았으나 찾지 못했다. 그

러다가 서문경의 몸종인 대안을 보자 반가이 묻는다.

"나리는 어디 계시니?"

"나리께서는 가게에서 부이숙[傅二叔] 아저씨와 장부 계산하고 계세요."

본시 서문경은 생약 가게를 하고 있었는데 가게를 관리하는 사람은 성이 부[傅], 이름은 명[銘], 자가 자신[自新]으로 집안에서 둘째였기에 다들 부이숙이라고 불렀다. 대안의 말을 듣고 설씨 아주머니가 가게 쪽으로 가서 발을 들어올리고 안을 들여다보니, 서문경이 마침 부이숙과 장부를 정리하고 있었다. 그래서 고개를 끄떡여 인사를 하고는 서문경을 불러 밖으로 나오게 했다. 서문경은 설씨 아주머니를 보고 급히 부이숙을 나가게 한 후에 둘이 구석지고 조용한 곳으로 가서 얘기를 하려 했다. 우선 설씨 아주머니가 인사를 하니 서문경이 묻는다.

"무슨 할 이야기가 있소?"

"제게 좋은 혼처가 있어서 나리께 말씀드리려고 이렇게 찾아왔어요. 분명 나리께서도 맘에 들어 하실 거예요. 돌아가신 셋째 마님의 후임으로 아주 적합한 사람이지요. 방금 큰마님 방에서 비녀를 팔고 차 대접도 받았는데, 오래도록 앉아 있었지만 감히 이 얘기는 꺼내지도 못했어요. 그래서 바로 나리를 찾아뵙고 말씀드리는 겁니다.

이 부인으로 말씀드리자면, 나리께서도 아마 아실 텐데, 바로 남문 밖에서 포목점을 하는 양씨의 본부인이랍니다. 돈도 있고, 남경에서 만든 고급 침대도 두 개나 있는 데다 사계절 입을 옷과 무늬 있는 두루마기며 제대로 입지도 않은 옷들이 네댓 상자나 된답니다. 게다가 진주 머리띠, 호박으로 만든 귀고리, 금은보화로 장식한 머리 장식, 금은 팔찌 등 이루 다 말할 수가 없지요. 그리고 손에 든 현금만 해도 아마 천 냥은 넘을 거고 좋은 비단도 이삼백 필은 가지고 있을 거예요.

그런데 불행하게도 남편이 장사를 하러 나갔다가 객지에서 죽었지요. 부인은 거의 일 년을 수절을 하고 지냈는데 슬하에 자식은 없고 열 살밖에 안 된 어린 시동생만 하나 있어요. 그러니 나이도 젊고 아직 청춘인데 어찌 홀로 지낼 수 있겠어요? 게다가 시댁 고모까지 부인한테 다시 시집을 가라고 주장하고 계세요. 아직 스물대여섯밖에 안 된 데다가 키도 늘씬하고 인물도 아주 좋아요. 모양을 내면 한 폭의 그림같이 예쁘고 매우 영리하답니다. 집안일도 잘할 뿐만 아니라 바느질 솜씨도 훌륭하고 쌍륙이나 바둑 등 못하는 것이 없답니다.

부인의 성은 맹[孟]씨로 집안에서는 셋째고 취수항[臭水巷]에서 살고 있어요. 그리고 월금도 아주 잘 탄답니다. 나리께서 보신다면 제가 보증하건대 대번에 좋아하실 거예요. 누가 나리처럼 복이 있어서 이처럼 돈도 많고 미모도 뛰어난 여인을 얻을 수 있을까요!"

서문경은 부인이 월금을 잘 탄다는 말만 듣고도 이미 마음이 끌려서 바로 설씨 아주머니에게 물었다.

"그렇다면 언제쯤 보러 가면 좋겠나?"

"우선 나리께 상의드리고 싶은 게 있어요, 만나는 게 급한 게 아니구요. 지금 그 부인댁 집안에서는 방금 말씀드린 고모가 가장 큰어른이지요. 비록 시외삼촌인 장사[張四]가 있지만 별로 가깝지는 않아요. 그 고모도 원래는 북쪽 반변가에 있는 서내시네 집에 살던 손왜두[孫歪頭](왜두는 목이 비뚤어진 사람)한테 시집을 갔다가 남편이 죽고 나서 삼사십 년간을 홀로 살아오면서 단지 조카 친척들한테 의지해 살고 있답니다.

오늘은 이미 늦었으니 내일 제가 나리를 모시고 우선 이 할머니를 만나 청혼을 하게 하겠어요. 한 고조[漢高祖]를 설복하려면 먼저 고조의 꾀주머니인 장량과 한신을 구워삶으라고 했듯이, 먼저 고모할머니 마음을 사놔야 하거든요. 할머니가 가장 좋아하는 것은 바로 돈이라서 자기 조카며느리가 엄청나게 많은 돈을 가지고 있다는 것을 알기에, 조카며느리가 누구한테 시집가든 전혀 상관하지 않고 오로지 자기한테 돈만 잔뜩 주기를 바랄 거예요. 그러니 나리께서는 돈을 후하게 주시고, 또 집안에 있는 비단 몇 필과 예물을 좀 준비해 그 할머니를 만나면 아마 한 번에 넘어가고 말 거예요. 주위 다른 사람들이 무슨 말을 해도 이 할머니가 한번 주장하면 누구도 감히 어쩌지 못할걸요?"

설씨 아주머니의 한바탕 말에 서문경은 좋아서 어쩔 줄 몰라 턱을 쭉 빼고 눈썹을 드러내며 입은 귀밑까지 벌어졌다.

사람들아, 이 말 좀 들어보소! 세상의 이런 중매쟁이들은 원래가 돈만을 알기에 사람이 죽고 사는 것은 아랑곳하지 않는다네. 벼슬아치가 아닌 사람도 벼슬아치라 하고, 첩을 보고도 정실이라고 말한다네. 하는 말마다 거짓말투성이고 진실한 말이라고는 단 한마디도 없다네.

중매쟁이가 은근히 자초지종을 설명하니
맹옥루가 서문경에게 시집을 가네.
인연이 있으면 천 리나 떨어져 있어도 만나지만
인연이 없으면 얼굴을 보고도 만나지를 못하네.
媒的慇懃說始終 孟姬愛嫁富家翁

有緣千里能相會 無緣對面不相逢

서문경은 설씨 아주머니와 만날 약속을 하고, 예물을 조금 사서 내일 북쪽에 있는 맹옥루의 고모네 집을 찾아가기로 했다. 설씨 아주머니는 이렇게 서로 약속하고 잡동사니를 넣은 상자를 들고 나갔다. 설씨 아주머니가 떠난 뒤에 서문경은 부이숙을 불러 장부를 정리하면서 그날 밤을 보냈다.

다음 날 아침 서문경은 아침 일찍 일어나 옷과 모자를 잘 차려입고 옷감 한 필을 꺼내오게 하고, 과일 네 접시와 음식들을 함지에 넣고서 하인에게 지게 했다. 그러고는 설씨 아주머니에게 길을 안내하라 하고 서문경은 말을 타고 뒤를 따라갔다. 하인도 뒤를 따라서 북쪽 반변가의 서내시 집에 머물고 있는 양씨 고모네 집 앞에 다다랐다. 설씨 아주머니가 먼저 들어가 고모에게 온 이유를 말했다.

"이 부근에 사시는 돈 많은 분이 특별히 오셔서 할머니께 혼담 일을 말씀드리려고 해요. 제가 그분께 할머니가 이 집안에서 가장 어른이라고 말씀을 드렸더니 우선 할머니를 찾아뵙고 인사를 드리겠답니다. 그런 다음 말씀을 드려 허락을 얻은 연후에 조카며느님을 만나 보시겠답니다. 지금 모시고 왔는데 밖에 말에서 내려 뵙기를 기다리고 계십니다."

노파가 이 말을 듣고 황망히 대꾸했다.

"아이고, 이런 여편네하구는! 어째 미리 와서 말하지 않았어?"

노파는 일하는 계집아이를 급히 불러 방을 대충 치우게 하고 차를 준비하게 했다.

"들어오시도록 해요."

설씨 아주머니는 서둘러 선물을 담은 함지를 메고 들어와 내려놓게 한 다음, 안에 있는 물건들을 꺼낸 뒤에 서문경을 안으로 들어오게 했다. 이때 서문경은 종려나무로 엮어 만든 큰 모자를 쓰고 바닥만 흰 검은 신을 신고 있었는데, 문을 들어서며 노파를 보고는 엎드려 절을 네 번 올렸다. 노파도 지팡이를 짚고서 황급히 인사를 하려 했다. 그렇지만 서문경이 그대로 인사를 받겠는가?

"고모님께서는 그러지 마시고 제 인사나 받으세요!"

이러면서 인사를 하니 노파도 어쩌지 못하고 인사를 받은 뒤에 각자 자리를 잡고 앉고, 설씨 아주머니는 그들 옆 가장자리에 앉았다.

노파가 묻는다.

"나리께서는 성함이 어떻게 되시나요?"

이때 설씨 아주머니가 옆에서 말했다.

"제가 좀 전에 말씀드렸는데 벌써 잊으셨어요? 이분은 우리 청하현에서 둘째가라면 서러워할 부자이신 서문경 나리십니다. 현청 앞에서 큰 생약 가게를 하고 계시고 관리들에게도 돈을 빌려주시며, 집안의 돈은 북두칠성까지 닿을 정도고, 쌀은 창고에서 썩어날 정도입니다. 단지 집안일을 제대로 꾸려갈 마님이 없었는데 마침 할머니 조카며느님이 시집을 가려 한다는 말을 듣고서는 이렇게 친히 와서 할머니를 뵙고 혼사를 말씀드리려는 거예요.

이 자리에 양쪽이 모두 모였으니, 궁금한 게 있으면 숨기지 마시고 직접들 물어보세요. 중매쟁이가 중간에 끼어 헛고생만 하게 하지 마시고, 여기서는 할머니가 가장 어른이시니 먼저 할머니께 말씀드리지 않는다면 누구와 얘기를 하겠어요?"

"나리께서 제 조카며느리 혼사로 오셨다면 그냥 편하게 오시면 될 것을 이렇게 번거롭게 신경을 쓰시고 예물도 사오시니, 이 늙은 몸이 거절하자니 불공스럽고 받자니 부끄러울 따름입니다!"

"고모님, 받아주세요. 별것도 아닌 것이라 오히려 송구스러울 뿐입니다."

노파는 못 이기는 체하면서 거듭 고맙다고 인사를 하고는 예물을 받았다. 설씨 아주머니는 빈 쟁반들을 문밖으로 내놓고 다시 들어와 앉아 차를 마셨다.

노파가 말을 꺼냈다.

"제가 이런 말씀을 드려야 할지 잘 모르겠지만, 제 조카가 살아 있을 때에는 돈을 잘 벌었는데 불행히도 죽고 말았다오. 지금은 모든 것이 조카며느리 소유가 되었는데 적어도 아마 천 냥 이상의 은자는 갖고 있을 겁니다. 나리께서 첩으로 삼든 정실로 삼든 저는 상관치 않겠습니다. 단지 죽은 조카를 위해 염불이나 한 번 올려주시고, 저는 그 애 친고모로 그다지 멀다고는 할 수 없으니 관이나 살 돈이나 좀 주시면 더는 바라지 않겠습니다. 그러면 제가 이 늙은 몸을 가지고 장사 그 개 같은 인간과 싸워 두 사람 일이 잘 이루어지도록 해드리겠어요. 제 조카며느리를 맞이해 데려가신 이후에라도 제 생일 같은 경사스러운 날에는 나리께서 한 번 보내주셔야 해요. 비록 우리가 가난한 친척이라 할지라도 나리께는 폐를 끼치지 않을 테니까요."

서문경이 웃으면서 대답했다.

"고모님께서는 안심하세요. 방금 하신 말씀 잘 알아들었습니다. 고모님께서 말씀만 하시면 관 하나가 아니라 열 개라도 바로 마련해드릴게요!"

그러고는 장화통 안에서 여섯 덩이의 눈송이 같은 은자 서른 냥을 꺼내 노파 앞에 놓았다.

"이거 별거 아니지만, 우선 고모님께서 차라도 사 드시는 데 쓰세요. 나중에 제가 혼례를 치를 때 은자 일흔 냥과 비단 두 필을 더 드려, 후에 장례비용으로 보태 쓰시도록 해드리겠습니다. 그리고 철마다 찾아뵙고 인사를 드리죠."

사람들아, 내 말 좀 들어보소! 세상에서 돈을 벌기가 가장 힘들고, 또한 돈이 사람 마음을 가장 잘 사로잡는다는 것을.

노파의 검은 눈동자가 반짝반짝 빛나는 은자 서른 냥을 보자 얼굴에 웃음이 가득해졌다.

"나리께서는 제가 너무 속 좁다고 여기지는 마세요. 예부터 처음에 맺고 끊는 것이 분명해야 뒷말이 없다고 하잖아요."

이에 곁에 있던 설씨 아주머니가 참견한다.

"할머니께서는 의심도 많으시지, 무슨 그런 말씀을 하세요! 여기 계신 나리께서는 절대로 그런 분이 아니에요. 손수 선물을 준비해 다니면서 친척께 인사를 드리고 찾아뵙는 분이랍니다. 할머니께서 아직 모르시겠지만 지금 우리 고을의 우두머리인 지부[知府](행정단위 부[府]를 다스리는 관리) 어른이나 지현 상공과도 잘 아는 사이시며 발이 아주 넓답니다. 이제 할머니께서는 나리님 덕을 톡톡히 볼 겁니다."

이렇게 한바탕 말을 늘어놓자, 노파는 기뻐서 어쩔 줄을 모르고 두 사람과 더불어 차를 마시면서 얘기를 나누었다. 서문경이 그만 자리에서 일어나자, 노파는 붙잡으려 했으나 만류하지 못했다. 설씨 아주머니가 말한다.

"오늘 이렇게 할머니를 뵙고 말씀드렸으니, 내일 남문 밖으로 가서 만나봐도 되겠지요?"

"제 조카며느리는 나리께서 보실 필요도 없어요. 이봐요 설씨, 기왕에 당신이 중매쟁이로 나섰으니 가서 내 말이라고 전하구려. 이런 분께 시집을 가지 않으면 어떤 사람에게 시집가려 하느냐고?"

서문경이 작별 인사를 올리고 일어났다.

"나리, 이 늙은이가 나리께서 오실 줄을 모르고 미처 준비를 못해 제대로 대접해드리지 못했으니 용서하시구려."

그러면서 지팡이를 짚고 두어 걸음 나오니 서문경은 그대로 계시라면서 사양을 했다. 설씨 아주머니가 말에 오르는 서문경에게 다가가서 말한다.

"역시 제 말이 맞지요? 먼저 저 할머니만 우리 편으로 만들어놓으면 다른 사람들이 아무리 떠들어봐야 소용없다니까요? 나리께서는 먼저 돌아가세요. 저는 여기 남아서 좀 더 얘기를 나누겠어요. 그리고 오늘 여기 왔으니, 내일은 남문 밖으로 가보기로 해요."

서문경은 수고비라 하면서 은자 한 냥을 꺼내 주니 설씨 아주머니는 감사히 받았다.

서문경은 말에 올라 집으로 돌아갔고, 설씨 아주머니는 남아서 술을 마시며 얘기를 나누다 저녁 무렵이 되어서야 집으로 돌아갔다.

다음 날 아침 서문경은 옷과 모자를 깨끗하게 차려입고 옷소매에는 삽대[揷戴](옛날 남자가 약혼 예물로 주는 머리 장식품)를 넣고서 백마를 타고 대안과 평안 두 하인을 뒤따르게 했다. 설씨 아주머니는 나귀를 타고 남문 밖으로 나가 저시가[猪市街]에 있는 양씨 집 앞에 이르렀다. 원래 이 집은 앞쪽으로 네 칸이 나 있고 안쪽으로 다섯 채가 있는 집으로서 서문경은 말을 타고 문 앞에서 기다리고 있었다.

설씨 아주머니가 먼저 안으로 들어갔으나 오래도록 나오지 않자 서문경은 말에서 내려 남쪽을 향한 벽에 푸른 칠을 한 집으로 들어갔다. 들어가 보니 의문[儀門](정문 옆에 있는 작은 문, 협문[夾門])이 있는데 붉은 담장이 둘러쳐 있고 대나무 울타리로 영벽[影壁](뜰이 훤히 들여다보이지 않도록 막아 세운 가림벽)을 쳐놓았다. 정원 안에는 석류를 심어놓은 화분이 놓여 있고 층계 주춧돌 위에는 쪽빛 항아리가, 천을 평평하게 잡아당겨 쓰는 것이 두 개 놓여 있었다.

그때 세 칸짜리 방 중에서 손님을 접대하는 가운데 방에 앉아 있던 설씨 아주머니가 붉은 칠을 한 문살문을 열었다. 방 정면에는 수월관음[水月觀音]과 선재동자[善財童子]를 그린 족자가 걸려 있고 사방에 유명한 화가의 산수화가 걸려 있었다. 또 대리석 병풍 옆에는 화살을 꽂아 넣는 큰 항아리가 두 개 놓여 있었다. 의자와 탁자는 번들번들 윤이 나고 창이나 드리워진 발도 모두 깔끔하게 잘 닦여 있었다. 설씨 아주머니는 서문경을 안으로 들여 윗자리에 앉도록 권하고는 안으로 들어갔다가 잠시 뒤에 나와 서문경의 귀에 대고 속삭였다.

"큰아씨 화장이 아직 끝나지 않았어요. 그러니 나리께서는 여기서 잠시만 기다리세요."

그때 한 하인이 은행으로 만든 복인차[福仁茶]를 내와 권했다. 설씨 아주머니는 중매쟁이답게 손짓발짓을 해가면서 서문경에게 말을 건넸다.

"이 집에서는 어제 만난 그 고모를 제외하고는 여기 아씨께서 가장 어른이시랍니다. 비록 시동생이 있다고 하나 아직 나이가 어려서 아무것도 모릅니다. 당초 남편이 가게를 할 때에는 하루 매상이 은자는 제쳐두고 누런 동전만 해도 두 바구니나 됐다고 해요. 신발을 짓는 데 쓰는 푸른색 삼베를 한 자 사는 데 서 푼씩 꼭 받았어요. 지금도 일꾼 이삼십 명을 부려 염색을 해서 먹고사는데 관리를 모두 이 댁 아씨가 직접 하고 계세요. 수하에 계집종 둘과 하인 하나를 데리고 말이에요. 큰아이는 갓 열다섯으로 머리를 땋아 올렸는데 이름은 난향[蘭香]이라고 하지요. 작은애는 이제 겨우 열두 살로 소란[小鸞]이라고 해요. 아마도 다음에 시집갈 때는 다 같이 데리고 갈 겁니다.

그리고… 제가 이렇게 고생하면서 나리께 좋은 색시를 중신해드리니, 바라건대 방 두 칸이라도 빌려서 살 수 있게 해주세요. 북쪽 변두리에 살다 보니 나리 댁에 왕래하기도 불편하답니다. 나리께서 작년에 춘매를 사실 때에도 저에게 옷감 몇 필을 주시겠다고 하셨는데 아직까지 주지 않고 계세요. 그러니 이번에 아예 한꺼번에 모두 쳐서 주세요.

나리께서 방금 이 집에 들어오실 때 천 틀 두 대를 보셨지요. 애초 바깥주인이 살아 있었을 때 집안에 얼마나 많은 돈을 들여 치장했는지 모른답니다. 이 집도 최소한 은자 칠팔백 냥 가치는 있지요. 안쪽 다섯 채는 바로 뒷길로도 통하는데 며칠 지나면 아마 시동생 손에 들어갈 거예요."

이렇게 수다를 떨고 있는데 계집종이 나와서 설씨 아주머니를 불렀다. 얼마쯤 시간이 흐르자 장신구가 짤랑거리는 소리와 함께 초와 사향 향기가 짙게 풍겨나면서 한 부인이 걸어 나왔다. 위에는 회색을 띤 남빛 바랑에 기린을 수놓은 얇은 저고리에다 붉은 바탕에 꽃무늬가 있는 겉옷을 입고, 머리에는 진주와 비취로 풍성히 장식하고 봉황이 어우러지는 모습을 조각한 비녀를 비스듬히 꽂고 있었다. 서문경이 눈을 크게 뜨고 그 부인을 바라보니 모습이 이러했다.

늘씬한 몸매에
화장한 피부는 옥을 다듬어놓은 듯
몸매는 살이 찌지도 마르지도 않았고
키는 크지도 작지도 않네.
주근깨가 조금 있는 얼굴은
자연스럽고도 아름답구나.
치맛자락 아래로 살짝 드러난 발이
단정하고도 귀엽구나.
진주 귀고리 두 개가
귓가에 걸려 있고
봉황을 조각한 비녀가
비스듬히 머리 가에 꽂혀 있네.
걸으면 가슴에 걸려 있는 옥구슬 소리 영롱하고
앉으면 난초와 사향 내음이 한바탕 풍겨 나오네.
마치 달 속의 선녀인 항아가 궁궐을 떠나
옥 계단을 내려온 듯하구나!

長挑身材 粉妝玉琢 模樣兒不肥不瘦 身後兒不短不長

面上稀稀有幾點微麻 生的天然俏麗 裙下映一對金蓮小脚

果然周正堪憐 二珠金環 耳邊低掛 雙頭鸞釵 鬢後斜揷

但行動 胸前搖響玉玲瓏 坐下時 一陣麝香噴鼻

恰似嫦娥離月殿 猶如神女下瑤階

　서문경은 부인의 모습을 보고는 마음이 매우 흡족했다. 설씨 아주
머니가 급히 가서 발을 들어 올리니, 부인이 밖으로 나와서 다소곳이

서문경에게 인사를 하고 맞은편 의자에 앉았다. 서문경이 눈도 깜박이지 않고 뚫어지게 쳐다보니 부인은 무안해 고개를 숙였다. 이에 서문경이 먼저 입을 열었다.

"저는 아내가 죽은 지 오래되어 부인을 맞이해 정실로 삼아 집안일을 맡기고 싶은데, 부인의 뜻은 어떠하신지요?"

"나리께서는 올해 연세가 어떻게 되시는지요? 그리고 부인이 죽은 지는 얼마나 되셨는지요?"

"나이는 스물여덟에 칠월 스무여드렛날 자시생이랍니다. 불행히도 아내가 죽은 지는 일 년 남짓 되었습니다. 죄송하지만 부인께서는 나이가 몇이신가요?"

"저는 서른입니다."

"저보다 두 살 많군요."

옆에서 설씨 아주머니가 끼어들었다.

"부인 나이가 남편보다 두 살 많으면 황금이 날마다 늘어나고, 세 살이 많으면 황금이 산처럼 쌓인다고 합니다."

이렇게 말하고 있을 때 계집종이 밀전금등자차[蜜餞金橙子茶](귤을 썰어 꿀에 재워놓은 차) 석 잔을 내왔다. 은으로 상감을 입힌 까만 찻잔에 은행잎 모양을 한 찻숟가락이 놓여 있었다. 부인이 일어나 한 잔을 들어 섬섬옥수로 찻잔 모서리를 닦아서는 서문경에게 공손히 올렸다. 서문경이 급히 손을 내어 받으면서 고맙다고 인사를 했다. 그러는 사이에 설씨 아주머니는 앞으로 다가가 손으로 부인의 치마를 들치니 치마 끝으로 세 치가 될 듯한 작고 아담하면서도 뾰족한 전족을 한 발이 드러났다. 붉은 바탕에 황금빛 구름이 수놓아져 있고 흰 비단 바닥이 두터운 신발을 신고 있는 것이 서문경의 눈에 들어왔다.

이를 본 서문경은 내심 매우 기뻐했다. 부인은 두 번째 잔을 들어 설씨 아주머니에게 주고는 자기도 한 잔을 들어 곁에 앉았다. 차를 마시면서 서문경은 대안을 불러 네모진 함 속에서 비단 손수건 두 장과 보석 비녀 한 쌍, 금반지 여섯 개 등을 쟁반 위에 꺼내놓도록 했다. 설씨 아주머니는 부인을 향해 서문경에게 고맙다고 인사를 하게 하고, 한편으로는 서문경에게 언제쯤 혼례 날짜를 잡는 것이 좋겠냐고 물었디. 그래야 부인 쪽에서도 준비를 할 수 있을 것이라면서.

"기왕에 이렇게 부인한테 승낙을 받았으니 이달 스무나흗날에 예물을 보내고, 유월 초이튿날 혼례를 치렀으면 합니다."

"그렇게 말씀하시니 저는 내일이라도 바로 북쪽에 살고 계시는 고모님께 사람을 보내 전후 사정을 말씀드리겠어요."

이에 설씨 아주머니가 말한다.

"나리께서 어제 이미 고모님 댁에 가셔서 말씀을 드렸어요."

"고모님께서 뭐라고 하시던가요?"

"고모님께서는 나리께 혼사 말씀을 들으시고는 매우 기뻐하면서 바로 저에게 나리를 모시고 가서 서로 만나게 하라고 하셨어요. 그러곤 말씀하시기를 '이런 사람에게 시집을 가지 않으면 어떤 사람에게 시집을 가겠느냐. 그러니 이번 일은 내가 우겨서라도 반드시 성사시켜야겠다'고 하셨어요."

"고모님이 그렇게 말씀하셨다니 정말 잘됐군요!"

얘기가 끝나자 서문경이 작별 인사를 하고 자리에서 일어났다. 설씨 아주머니가 길 입구까지 따라 나왔다.

"부인을 만나보니 나리 맘에 드세요?"

"설씨 아주머니, 중간에서 고생이 많구려!"

"나리께선 먼저 가세요. 저는 부인과 좀 더 있다가 갈 테니까요."

서문경을 보내고 설씨 아주머니는 다시 부인에게 돌아왔다.

"부인, 부인께서 저분한테 시집가기로 하신 건 정말 잘하신 거예요."

"그 집에는 어떤 사람들이 있으며, 무슨 일을 하시나요?"

"부인, 그 집에 처첩이 여럿 있지만 아직까지 집안을 이끌어나갈 사람이 없어요. 제 말이 거짓말인지는 부인이 가보시면 알 거예요. 저분 이름은 모르는 사람이 없답니다. 청하현에서 첫째 둘째가는 재산가로 생약 가게를 하면서 관리들한테 돈도 빌려주는 바로 서문 나리시랍니다. 지현·지부 등과도 잘 알고 지내며, 요즈음은 동경 양제독과도 사돈 관계를 맺을 예정으로 사방이 친척이니 누가 감히 비위를 거스르겠어요?"

부인이 술과 음식을 준비하게 하고는 설씨 아주머니와 같이 먹고 있는데, 고모댁 하인인 안동[安童]이 시골에서 나는 기장쌀가루 네 덩어리, 대추떡, 설탕 두 덩이, 찹쌀떡 몇 개를 가지고 와서 물었다.

"나리께 예물을 받았는지 여쭤보라고 해서 왔습니다. 또 마님께서 이분께 시집을 안 가고 누구한테 가기를 기다리고 있느냐고 말씀하셨습니다."

"물건은 오늘 잘 받았느니라. 고모님께 염려해주셔서 고맙다고 전해드려라."

설씨 아주머니가 끼어든다.

"아이고 저런! 아이고 저런! 거 보세요. 방금 제가 말씀드린 대로잖아요. 고모님께서 일부러 사람을 보내 이렇게 말씀을 하시다니!"

부인은 그릇에서 떡 등을 꺼내고 빈 함에 다시 소금에 절여 말린 고기와 과자 등을 가득 채우고 나서 안동에게도 오류십 문을 주었다.

"집에 돌아가서 고모님께 고맙다고 전해드려라. 이달 스무나흗날에 예물을 가져오고, 다음 달 초이튿날에 혼례식을 올리기로 했다고."

하인이 물건과 돈을 갖고 떠나자 설씨 아주머니가 묻는다.

"고모님께서 무엇을 보내셨나요? 저도 집에 돌아가 아이랑 먹게 좀 싸주세요."

부인이 고모가 보내온 것에서 찹쌀떡 열 개와 사탕 한 덩이를 주니 몇 번이나 고맙다고 인사하고 집으로 돌아갔다.

한편 부인의 외삼촌 되는 장사[張四]라는 자가 있었는데, 조카인 양종보[楊宗保]에게 의지해 살아가면서 부인이 가진 재산을 가로채려고 부인을 대가방에 있는 상추관[尙推官]의 아들 상거인[尙擧人](거인은 향시[鄕試]에 합격한 사람)의 후실로 보내려고 궁리하고 있었다. 별 볼일 없는 집안이라면 상관없었지만, 뜻하지도 않게 혼인 대상이 현청 앞에서 생약 가게를 하는 서문경으로 정해지고, 서문경이 관청 관리들까지도 움직이는 인물인지라 마음이 편치 않았다. 오랜 생각 끝에 장사는 이번 혼사를 깨는 것이 상책이라는 결론을 내렸다. 그래서 부인에게 가서 말했다.

"이보게 조카, 서문경의 예단을 받으면 안 되네. 내가 추천하는 대로 상추관의 아들 상거인한테 시집가도록 하게. 상거인은 학문도 깊고 돈도 많으니 살아가는 데 서문경보다 훨씬 나을 게야. 서문경은 오래전부터 관리들을 끼고 온갖 나쁜 짓을 저질러왔어. 게다가 그 집에는 정부인이 있는데 바로 오천호의 딸이라네. 그러니 그 집으로 들어가 정실을 하든 후실을 하든 어려움이 만만치 않을 걸세. 거기다

첩들도 서너 명 있고, 아직 머리를 올리지 않은 계집종들도 많으니, 조카가 그 집에 가면 사람도 많아 말들도 많을 테고 여간 힘들지 않을 게야!"

부인이 대답했다.

"예부터 '배가 많다고 길이 막히지는 않는다'고 했어요. 만약 그 집에 정부인이 있으면 제가 진심으로 큰형님으로 모시면 되겠지요. 비록 첩들이 많다고 하더라도 남편이 좋아하면 어떻게 막을 수 있겠습니까? 또 남편이 사랑해주지 않는다면 어떻게 붙잡아놓을 수 있겠습니까? 백 사람을 뽑는다 해도 두렵지 않아요. 돈 많은 부자가 첩 대여섯 명이 없겠어요? 거리에서 걸식하며 자식들을 끌어안고 다니는 사람도 첩 서너 명은 거느리잖아요? 제 나름대로도 다 생각이 있으니 외삼촌께선 너무 걱정하지 마세요."

"허나 내가 오래전부터 이 사람에 대해 듣기로는 사람을 사고판다고 하네. 부인네들을 때리고 들볶다가 마음에 안 들면 바로 매파를 시켜 팔아버린다던데! 조카도 그런 꼴을 당하고 싶단 말인가?"

"외삼촌! 사내대장부가 아무리 악독하다 하더라도 처가 집안일에 성실하고 근면하면 때리지 않는 법입니다. 제가 그 집에서 가정 일을 잘하고 쓸데없는 말은 하지도 듣지도 않을 텐데 감히 저를 어쩌겠어요? 하지만 시집을 가서 먹고 놀기나 하고 일은 하지도 않고 수다나 떨며 사고나 일으키는 사람이 있지요. 그런 사람이라면 맞고 쫓겨나야 마땅하지요."

"그렇지 않네! 내 그 집에 대해 알아보니 아직 출가하지 않은 열네 살 먹은 딸도 있다더군. 분명 그 집에 들어가면 한 남자가 여자 여럿을 거느려서 사람은 많고 말도 많을 텐데, 그러다 말썽이 나면 어쩌려고 그러나?"

"외삼촌은 무슨 말씀을 그렇게 하세요! 어느 집이든 큰사람은 큰
사람이고, 작은사람은 작은사람으로 모든 일에는 순서가 있는 거예
요. 제가 그 집에 들어가면 아이들도 잘 다루어서 남편이 사랑하지
않더라도 두려워하지 않고, 아이들이 효순[孝順]하지 않더라도 두려
워 않겠어요. 하나가 아니라 열이라도 상관없어요!"

"내 보기에 그 사람은 품행이 단정치 못해서 밖에서 놀고먹고, 속
은 비었으면서 겉만 번드르르한 게 빚도 좀 있어 공연히 조카까지 피
해를 볼까 걱정이 되네!"

"외숙부, 그런 말씀 마세요! 남편이 밖에서 무슨 일을 하건 여인들
은 집안에서 살림살이나 잘하면 되는 것이지, 어디 그렇게 많은 바
깥일에 관여하면 되겠어요? 하루 종일 따라다닐 수도 없는 일이잖아
요? 옛말에도 '세상 재물은 하늘에서 내려오는 것으로 영원한 부자
도 영원한 거지도 없다'고 하잖아요. 궁할 때는 조정에 있는 황제께
서도 돈이 없어 태복시[太僕寺](본래는 조정의 말과 목축을 관장했으나
점차로 금전 출납을 담당함)에서 은자를 빌려 쓰시잖아요. 하물며 장사
하는 사람들이 어디 돈을 집 안에 놔두겠어요? 누구든지 제각기 자
기가 쓸 돈은 갖고 있으니, 외숙부께서는 공연히 신경쓰지 마세요."

장사는 부인과 얘기해봐야 마음을 움직이기는커녕 도리어 자기가
설득당하는 것 같아 별로 기분이 좋지 않았다. 그래서 차만 두어 잔
마시고는 몸을 일으켜 돌아갔다.

장사의 끝없는 충고도 헛되고
혼인의 인연은 누구나 생각하듯 전세의 인연이라네.

아름다운 여인이 서문경을 사랑하니
목구멍이 찢어지도록 이야기해도 헛것이라오.
張四無端喪楚言 姻緣誰想是前緣
佳人心愛西門慶 說破咽喉總是閑

장사는 이렇게 창피를 당하고 집으로 돌아가 자기 아내와 상의했다. 그리하여 조카가 시집가는 날에 생질인 양종보를 시켜 짐꾸러미를 빼앗기로 했다.

마침내 스무나흗날이 되니 서문경은 본부인인 오씨를 가마에 태워 예물과 함께 보냈다. 의복, 머리 장식품, 철따라 입는 옷, 과자와 과일, 베와 비단 등 스무 개 정도 되는 짐꾸러미였으며, 부인 쪽에서는 고모와 친정언니를 불러 남자 쪽 접대를 맡겼다. 이틀 뒤인 스무엿샛날에는 고승 열두 명을 불러 불경을 읽게 하고 죽은 남편의 영혼을 위해 제사를 지냈는데, 이 모든 것은 부인의 고모가 앞장서서 치른 것이었다.

장사는 부인이 집을 떠나는 날에 이웃 사람 몇을 데리고 와서 부인과 이야기를 하려 했다. 그때 설씨 아주머니는 서문경의 집에서 힘깨나 쓰는 사람들 몇 명과 관청을 지키는 군졸 스무 명을 데리고 들어와서 부인의 옷가지와 침대 장식장, 그 밖의 잡다한 물건을 넣은 꾸러미들을 옮기려고 했다. 이를 장사가 가로막으면서,

"중매 할멈, 물건을 들어내지 마시오! 내 잠시 할 말이 있소."

하고는 이웃에서 데리고 온 사람들을 들어와 앉게 했다.

"여기 계신 여러분, 제 말 좀 들어보시오. 여기 조카며느리가 있어 이 장룡[張龍]이 할 말은 아니지만, 조카며느리 남편이었던 양종석

과 이 어린 시동생 양종보는 모두 나의 생질로서 내 누님이 키웠는데, 불행히도 큰조카는 죽고 많은 돈을 남겼소. 그런데 어떤 이는 그 돈이 모두 조카며느리 돈이라고 주장하기도 합니다. 그건 조카며느리 집안일이니까 친척인 내가 관여할 바는 아니라고 칩시다. 하지만 남아 있는 둘째조카는 나이가 어려서 이제 꼼짝없이 내가 돌봐야 합니다. 둘째조카는 죽은 큰조카와 한 배에서 난 친형제인데, 둘째조카 몫이 없다면 말이 되겠소? 오늘 여기에 많은 이웃분들이 계시니 조카며느리가 가지고 가는 물건을 좀 봐야겠소. 시집을 가면 볼 수 없으니, 지금 이 상자들을 열어 안의 물건을 이웃분들한테 보여만 주고 메고 간다면 저는 조카며느리를 붙잡아두지 않겠습니다. 자, 조카며느리 생각은 어떠한가?"

이 말을 듣고 부인이 울며 말한다.

"여러분, 제 말 좀 들어보세요. 외삼촌 말씀은 사실이 아닙니다! 제가 음모를 꾸며서 남편을 죽인 것도 아니고, 오늘 이렇게 시집을 가는 것도 부끄러운 마음을 갖고 있어요! 제 남편이 돈이 있었는지 없었는지는 아마 여러분이 더 잘 아실 거예요. 비록 은자가 좀 있었다고 하지만 모두 이 집에 쓴 거예요. 집은 제가 가지지 않고 모두 시동생에게 남겨드렸어요. 살림 도구도 털끝 하나 건드리지 않았구요. 제가 받아야 할 외상값 삼사백 냥은 문서와 함께 이미 외삼촌께 드려서, 그 돈을 받아서 생활비로 쓰시게 했는데 또 어디에 무슨 돈이 있겠어요?"

"그래, 돈이 없다면 그렇다 치세. 여기 여러 사람들 앞에서 짐꾸러미를 열어 안에 무슨 물건이 들어 있는지 한번 보여준 뒤에 가져가면 더 이상 아무것도 달라 하지 않겠네."

"여인들이 쓰는 물건을 꼭 보자는 말인가요?"

이렇게 말다툼을 하고 있을 때 고모가 지팡이를 짚고서 안에서 나왔다.

"고모님이 나오신다!"

사람들이 일제히 말하며 인사를 했다. 고모가 답례를 하고 여러 사람들과 함께 자리에 앉았다. 고모가 입을 열어 말했다.

"이웃의 여러 어르신네들, 저는 이 사람의 죽은 남편한테 친고모가 되는 사람으로 그다지 먼 친척이 아니니, 내 한마디 안 할 수가 없구려! 죽은 애도 조카고, 살아 있는 애도 내 조카니 열 손가락 깨물면 안 아픈 손가락 없는 법이죠. 오늘날 죽은 조카애가 돈 한 푼도 남겨놓지 않았다면 말할 필요도 없겠지만, 설사 십만 냥을 남겨놓았다고 해도 장사 당신은 아무 간섭할 권리가 없어요. 당신은 슬하에 자식도 없는 젊은 부인을 가로막고 남한테 시집도 못 가게 붙잡아서 도대체 어쩌자는 게요?"

이웃 사람들이 큰소리로 동의했다.

"고모님 말씀이 옳습니다!"

"설마 조카며느리가 시집올 때 가져온 물건도 남겨놓고 가라는 것은 아니겠지요? 내가 조카며느리한테 뭘 받아서 비호하는 게 아니라, 일은 올바르게 처리해야 하지 않겠어요? 솔직히 말씀드려서, 이 조카며느리는 평소에 인자하고 상냥해서 이 늙은이도 떠나보내기 싫을 정도랍니다. 그게 아쉬워서 이 늙은이가 상관하는 거라오."

장사가 곁에서 듣고서 힐끔 노파를 째려보았다.

"이런 실성한 노파 같으니라구! 뒤로 받아먹은 게 없다면 공연히 간섭을 하겠어?"

노파의 아픈 곳을 찌르는 한마디였다. 노파는 화가 나서 얼굴을 씰룩거리며 장사를 잡아끌고 큰소리로 욕했다.

"장사 이놈아, 허튼소리하지 마라! 내 비록 출가외인이라고 하지만 정통 양가 혈통이다. 그런데 입만 번드레한 네놈은 도대체 양가의 누구 구멍에서 나왔단 말이냐?"

"내가 비록 성은 다르다고 하지만 두 조카는 내 누님이 낳았어. 이 늙은 버러지 같으니라구. 여자는 나면 모두가 남인데 불을 질러놓고 또 물을 끼얹는군!"

"염치도 없는 놈 같으니라구. 저 나이 어린 조카며느리를 이 집에 붙잡아두어 뭘 어쩌자는 거야? 음침한 색욕을 채울 생각이 아니면 돈이나 뜯어낼 속셈이겠지!"

"돈을 뜯어내려는 게 아니야. 단지 내 누님이 낳은 조카들을 위해서 이러는 거야. 만에 하나라도 잘못이 있어 제대로 살지 못한다면 모두 내 탓이란 말이야. 뭐 알지도 못하면서 늙은이가 웬 참견이야. 사람들이나 속여 처먹으면서!"

"장사 이놈, 거지같은 놈아! 이 개 당나귀 같은 놈! 함부로 지껄여대며 사기나 치는 염치도 없는 놈! 내일 뒈지더라도 제대로 죽지도 못할 것 같으니라고!"

"이 혀를 뽑아버릴 늙은 할망구야! 돈이나 벌려고 꼬리를 잘도 놀려대더니 어쩐지 자식이 하나도 없더라니!"

노파가 더욱 화가 나서 욕을 해댔다.

"장사, 이 도적놈의 새끼야! 이 화냥년의 새끼! 돼지 새끼가! 내가 자식이 없다고 하지만, 네 어미가 절에서 중이나 도사 놈들과 그 짓거리를 하는 것보다는 훨씬 낫다! 네놈은 아직도 꿈속을 헤매고 있으니!"

이렇게 말싸움을 하다가 거의 치고받을 지경에 이르자 주위 사람들이 말리며 말했다.

"장씨 양반, 당신이 고모 말대로 하구려."

설씨 아주머니는 두 사람이 이렇게 싸우는 틈을 비집고, 서문경 집안에서 데려온 하인들과 같이 온 군졸들을 인솔해 손발을 바삐 놀려 부인의 침대, 화장대, 옷상자 등 들 것은 들고, 멜 것은 메서 삽시간에 모든 것을 옮겨버렸다. 장사가 분이 나서 눈을 크게 뜨고 쳐다보았지만 아무 말도 못했다. 이웃 사람들도 무슨 큰일은 아니기에 한 차례 달래주고는 모두 돌아갔다.

유월 초이렛날에 서문경이 큰 가마 하나와 붉은 등불 네 쌍을 보내니, 친정언니인 맹씨가 따르고 시동생인 양종보도 머리를 틀어 올리고 푸른색 비단옷을 입고 말을 타고서 형수 혼례식에 참가했다. 서문경은 답례로 양종보에게 비단 한 필과 옥구슬 한 쌍을 주었다. 난향과 소란 두 계집종도 따라와 침대를 정리하는 일을 했고, 열다섯 살인 하인 소동도 역시 데리고 와서 가까이 두고 일을 시켰다.

사흘째 되는 날에 양씨 고모와 신부의 친정언니인 맹대수와 맹이수가 찾아와서 축하를 해주었다. 서문경은 양씨 고모에게 은자 일흔 냥과 비단 두 필을 주면서 앞으로는 친척으로 왕래하자고 말했다. 서문경은 바로 상방[廂房]에 방 세 개를 정리해주고 머물게 했는데, 집안에서 서열이 세 번째였으며 호를 '옥루[玉樓]'라 불렀고, 집안 모든 사람들이 삼이[三姨](셋째 첩이라는 뜻)라 불렀다. 서문경은 밤이 늦도록 계속해서 사흘을 머물렀다.

비단 금 장막 안에는 여전히 신랑 신부지만
붉은 비단 이불 속에서는 여전한 옛 물건.
銷金帳裡 依然兩個新人 紅錦被中 現出兩般舊物

누구나 다정하게 바라보는 자색이여
사람에게 일러주누나 복이 없으면 누리기가 어렵다고.
바람이 부니 그대는 어느 곳으로 돌아가는고
밤마다 아름답기 그지없는 버드나무 가지라네.
怎覩多情風月標 敎人無福也難消
風吹列子歸何處 夜夜嬋娟在柳悄

제8화

재주는 있으나 마음이 나쁜 사람

반금련이 밤마다 애타게 서문경을 기다리고,
제사를 올리던 중들이 음란한 소리를 듣다

홀로 고요히 창가에서 자신의 점을 쳐보니
원앙이 짝을 잃어 오랫동안 소식이 없으리.
팔에 남은 향기는 아직도 다하지 않았건만
침대 머리와 바둑판에는 어느새 먼지가 쌓였네.
꽃다운 모습은 갈수록 마르고 거울은 헛것만 비추고
구름 같은 머리칼은 흘러내려 옥비녀도 떨어지네.
님을 태운 훌륭한 말을 헛되이 기다리나
빈 원앙 베개에는 눈물이 흥건하네.

靜悄房櫳獨自猜 鴛鴦失伴信音乖
臂上粉香猶未混 床頭揪面暗塵埋
芳容消瘦虛鸞鏡 雲鬢髼鬆墜玉釵
駿驥不來勞望眼 空餘鴛枕淚盈腮

서문경이 맹옥루를 맞이해 집에 들여온 이후에는 완전히 신혼 분위기에 취해서 아교를 붙여놓은 듯, 옻칠을 해놓은 듯 떨어질 줄 몰랐다. 또한 진씨 집에서 문수에게 사람을 보내 유월 열이튿날에 서문경의 딸을 신부로 데려가겠다고 알려왔다. 서문경은 다급히 침대를 맞추려고 했지만 시간이 촉박한 탓에 맹옥루가 가져온 침대, 금박을 입히고 옻칠을 한 남경[南景]제 침대를 딸에게 주기로 했다.

　며칠을 그렇게 정신없이 지내다 보니 한 달이 훌쩍 지나가 금련네 집에는 미처 가볼 틈이 없었다. 금련은 매일 문가에 기대어 눈이 빠지도록 기다려도 보고, 왕노파를 시켜 몇 차례나 서문경네 집에 보내도 보았다. 문 지키는 하인이 왕노파를 보면 곧 금련이 보내서 온 것임을 알아채고는 알은체를 하지 않았다. 단지,

　"나리께서는 요사이 한가한 짬이 없어요."

라고 할 뿐이었다. 금련은 몸이 달아서 죽을 지경이었으나 노파가 빈손으로 돌아오니 화가 나서 영아를 때리고 욕을 해대며 밖에 나가서 서문경을 찾아보라고 내쫓았다. 하지만 나이도 어린 애가 어찌 감히 깊고 깊은 대저택 안채에 들어가 볼 수 있겠는가? 단지 문가에 서서 한두 번 서성거리다가 서문경은 보지도 못하고 그냥 돌아오곤 했으니, 집에 돌아와서는 또다시 금련에게 마구 욕을 먹고 얼굴도 얻어맞았다. 금련은 영아를 탓해도 소용이 없는 것을 알고는 무릎을 꿇리고 점심때가 되어도 밥도 주지 않았다.

　때는 바야흐로 무더운 삼복 날씨인지라 찌는 듯이 더웠다. 금련은 방 안이 너무 더워 참지 못하고 영아에게 물을 데워오라고 분부해 목욕물이 데워지기를 기다리고 있었다. 그사이에 서문경이 오면 함께 먹으려고 고기만두를 빚기 시작했다. 몸에는 얇은 모시 적삼만 걸친 채 작은 의자에 앉아 있었다. 기다리던 서문경이 오지 않자 입을 삐쭉거리며 배신자니 무정한 사람이니 하면서 쫑알거렸으나 곧 우울해져서 아무 말도 하지 않았다. 섬섬옥수를 써서 붉은 신발을 다리에

서 벗겨 들고는 서문경이 오나 안 오나 하는 상사점을 쳐보았다.

님을 만나서는 큰소리로 감히 말도 하지 못하고
남몰래 사랑하는 님이 어디 있나 점을 쳐보네.
逢人不敢高聲語 暗卜金錢問遠人

이를 읊은 「언덕 위의 양[山坡羊]」이라는 노래가 있으니,

여자가 얇은 버선을 신고 나긋나긋 걷는 모습
하늘에서 내려온 듯하네.
붉은 신을 벗어 사랑의 점을 치네.
발은 마치 싹이 난 연뿌리와도 같고
꽃이 진 연꽃과도 같은데
어떻게 졸라맸는가 부인 크기만 하네!
버들가지보다 반 치 정도가 굵네.
그대는 나를 생각지 않으나
나는 그대를 생각하네
문에 기대어
발 아래에 서서 기다리네.
우울하구나!
나를 홀로 이불 속에 있게 하다니
님의 이름을 부르며 욕을 해보네.
당신은 어찌 기녀를 사랑하여
저희 집에 오지 않는단 말이오!

저의 눈썹은 희미해졌는데 누굴 위해 그리란 말이오?

어느 푸른 버드나무에 말을 매어놓았는가?

님은 나를 버릴지라도

나는 그를 사랑한다네.

凌波羅襪 天然生下 紅雲染就枯相思卦

似藕生芽 如蓮卸花 怎生纏得些娘大

柳條兒比來剛半叉 他不念咱 咱想念他

想着門兒私下 簾兒悄呀

空敎奴被兒裏 叫着他那名兒罵

你怎戀煙花 不來我家 奴眉兒淡淡敎誰畫

何處綠楊拴繫馬 他辜負咱 咱念戀他

금련은 상사점을 쳐보았으나 서문경은 오지 않고 지친 나머지 자기도 모르게 침대에 비스듬히 기대어 꾸벅꾸벅 졸았다. 한 시간 정도 졸다가 깨어나니 마음속에서 부아가 치밀었다. 이때 영아가 와서 말한다.

"어머니, 물이 다 데워졌는데 목욕하시겠어요?"

"만두는 다 익었겠지? 가져와봐라."

영아는 황급히 밖으로 나가 바로 방으로 들고 돌아왔다. 금련은 가냘픈 손으로 만두를 하나하나 세어보았다. 원래 한 찜통에 서른 개가 있었는데 몇 번을 반복해서 세어봐도 스물아홉 개로 하나가 부족했다.

"한 개는 어디 갔니?"

"몰라요. 혹시 어머니께서 잘못 세신 것 아니에요?"

"내가 친히 두 번이나 세어 서른 개를 만들어 네 아버지가 오시면 함께 먹으려고 했는데 어째서 하나를 훔쳐 먹었지? 꾀나 부리는 못된 년 같으니라고! 밥이나 축내는 밥버러지 같으니라고! 그렇게 만두가 먹고 싶었냐? 밥을 몇 그릇이나 처먹고도 아직 배가 덜 찼냐? 내가 만들어놓은 것을 겁도 없이 먼저 먹다니!"

금련은 말할 틈도 주지 않고 영아의 옷을 갈기갈기 찢어 벗기고는 말채찍으로 이삼십여 대를 때리니 얻어맞는 영아는 돼지 멱따는 소리를 내질렀다. 금련은 이 소리를 들으면서 추궁했다.

"요년이 그래도 바른말을 안 해? 바른말을 할 때까지 수백 대를 때릴 테다."

영아는 다급해져 말한다.

"어머니, 제발 때리지 마세요. 너무 배가 고파서 하나를 훔쳐 먹었어요."

"네년이 훔쳐 먹고는 어찌 내가 잘못 세었다고 우기는 게냐? 돼먹지 못하고 앙큼한 년 같으니라구! 네 멍청한 아비가 살아 있을 때 공부는 가르치지 않고 고자질하는 것만 가르치더니, 결국 내 눈앞에서 알짱거리면서 말썽만 피우는구나! 요 앙큼한 년, 좀 더 맞아야겠다!"

그러면서 한 차례 때린 후 옷을 입게 하고 자기 곁에서 부채질을 하게 했다.

"이 앙큼한 년아, 네 낯짝 좀 이리로 천천히 돌려봐라. 내 네년의 두꺼운 낯가죽을 벗겨야겠다."

영아가 느릿느릿 얼굴을 돌리니 금련이 날카로운 손톱으로 얼굴을 할퀴어 두 줄기 피가 흐르게 했다. 금련은 이것을 보고서야 비로소 용서해주었다. 그러고 나서 화장대 앞으로 가서 새로 화장을 하고 밖으로 나와 발 아래 서 있었다. 이 또한 하늘의 조화인지 그때 마침 서문경네 하인인 대안이 모직 포대를 겨드랑이에 끼고 말을 타고서 금련네 집 앞을 지나가고 있었다. 금련이 대안을 불러 세우고 물었다.

"어디를 가는가?"

이 대안이란 하인은 말솜씨도 좋고 영리해 항상 서문경을 따라서 금련네 집에 왔고, 금련 또한 가끔 용돈도 주었으며, 대안이 잘못을 하더라도 서문경 앞에서 잘 말해주곤 해서 금련과는 사이가 좋았다. 대안은 금련을 보고 말에서 내렸다.

"나리 심부름으로 수비부[守備府]에 이 선물을 드리러 가는 길입니다."

금련은 대안을 안으로 들어오게 하면서 물어보았다.

"나리 댁에 무슨 일이 있니? 왜 요사이는 오시지 않는 게지? 틀림없이 맘에 드는 계집이 새로 생겨서 난 이제 쓸모없다고 뒷전으로 미루는 게구나."

"나리께 다른 아씨가 생긴 게 아닙니다. 단지 요즈음 집안일로 바빠서 도저히 아씨를 만나러 올 틈이 없습니다."

"아무리 집안일이 바쁘기로서니, 나를 이렇게 보름씩이나 버려두고 편지 한 장도 보내지 않는단 말이냐! 이게 다 내게 마음이 없기 때문이야."

그러다가 다시 대안에게 묻는다.

"도대체 무슨 일이냐? 나한테 말 좀 해다오."

대안은 말은 하지 않고 싱글벙글 웃기만 하며 좀처럼 입을 열지 않다가 마지못해 말했다.

"별일 아닙니다. 자꾸 꼬치꼬치 캐묻지 마세요."

"이런 능청스러운 놈 같으니! 나에게 말하지 않으면 내 평생토록 너를 원망할 거야!"

"제가 아씨께 말씀드릴 테니 나리께는 제가 말했다고 하면 절대 안 됩니다."

"말하지 않으면 될 거 아냐."

이 말을 듣고 대안은 최근 집안에서 맹옥루를 맞이한 얘기를 처음부터 끝까지 자세히 알려주었다. 금련은 듣지 않았으면 몰라도 그 말을 듣고 나니 참을 수 없이 눈물이 나와 뺨을 타고 흘러내렸다. 대안이 당황하여 말을 더듬었다.

"아씨, 아씨, 진정하세요. 이만한 일에 우시면 어떡합니까? 이럴 줄 알았으면 말하지 않는 건데, 괜히 말씀드렸습니다."

금련은 문에 기대어 크게 탄식했다.

"대안아, 너는 모를 거다. 나와 나리가 예전에 어떻게 사랑을 나누었는지. 그런데 이제 와서 하루아침에 버리다니!"

금련은 말을 하면서도 참지 못하고 눈물을 흘렸다.

"아씨, 어찌 이다지도 마음 아파하십니까? 집안에 계시는 큰마님도 나리를 어쩌지 못하는데."

"대안아! 내 노래를 불러볼 테니 한번 들어보렴."

그러면서 「언덕 위의 양[山坡羊]」이라는 노래를 불렀으니,

재주는 있으나 마음이 나쁜 사람
한 달이 가도록 오지 않네.
나는 원앙금침을 서른 밤을 헛되이 펴놓았건만
그대의 마음은 다른 곳에 있네.

어리석은 나의 마음은 멍청하기만 하네.

사람에게 십분 정을 주지 말라고 했던가!

옛말에도

쉽게 얻는 것은 쉽게 잃는 거라고

흥이 다해 가버리니

인연도 끝이구나.

喬寸心邪 不來一月 奴繡鴛衾曠了三十夜

他俏心兒別 俺癡心兒呆 不合將人十分熱

常言道 容易得來容易捨 興過也 緣分也

금련이 노래를 마치고 다시 울기 시작하니 대안이 위로했다.

"아씨, 울지 마세요. 나리께선 요 며칠 동안 틈이 없었을 겁니다. 조만간 나리 생신이 되니, 아씨께서 몇 자 적어주시면 제가 아씨를 대신해 가지고 가서 나리께 보여드리면 반드시 오실 겁니다."

"네가 수고해서 나리께서 오시게만 된다면, 내 다음에 좋은 신발을 하나 만들어주마. 나는 여기서 나리를 기다렸다가 오시면 축하를 해드릴 테니. 만약 나리가 오지 않으면 모두 네 탓이야. 그런데 나리께서 너한테 무엇 때문에 이곳에 왔냐고 물으면 뭐라고 대답할래?"

"나리께서 물으시면, 제가 길에서 말에게 먹이를 주고 있는데 아씨께서 왕노파를 시켜 저를 불러 이 편지를 주시면서 몇 번이나 나리께 잘 가져다 보여드려 아씨께 꼭 좀 다녀가시도록 하라셨다고 말씀드리겠습니다."

금련이 웃으며 대꾸한다.

"아이고, 입만 살아가지고는! 마치 홍랑[紅娘](원대[元代]의 희곡

『서상기[西廂記]』에 나오는 시녀로서 사랑의 중매 역할을 함)이 다시 와
서 일을 성사하는 듯하구나!"

말을 마치고는 바로 영아에게 방금 찐 만두를 한 접시 가득 담아
탁자로 가져오게 해서 차를 곁들여 대안더러 먹으라고 했다. 그리고
자기는 방으로 들어가 화전지를 꺼내 펼치고는 가볍게 붓을 잡고 끝
을 적셔서는 눈 깜짝할 새에 「기생초[寄生草]」라는 사[詞]를 한 수
적었다.

　　마음속에 하고 싶은 말을
　　화전지에 의탁해 그대에게 보내네.
　　처음에 영원히 사랑하자던 맹세를 생각하며
　　문에 기대어 발 아래 서 있노라니
　　왠지 모르게 놀라고 무서워지네.
　　당신께서 지금 제 마음을 저버리고 오지 않을 양이면
　　나에게 돌려주세요, 사랑의 정표로 당신께 주었던 비단 손수건!
　　將奴這知心話 付花箋寄與他
　　想當初結下靑絲髮 門兒倚遍簾兒下 受了些沒打弄的驚怕
　　你今果是足了奴心 不來還我香羅帕

금련은 다 쓰고 나서 네모지게 접고 잘 봉하여 대안에게 주었다.
"제발 나리께 잘 말씀드려다오, 생신 때 무슨 일이 있더라도 들러
주십사 하고. 난 여기서 오시기를 목 빠지게 기다리고 있을 테니 말
이다."

대안이 요기를 하고 나자 금련은 몇 십 문을 쥐어주었다. 대안이

말을 타고 떠나려 하자 금련은 또다시 당부했다.

"집에 돌아가 나리를 뵙거든 내가 나리를 욕하더라고 전해라. 만약 나리께서 오시지 않으면 내가 조만간 가마를 타고 친히 가서 뵙겠다고 꼭 말씀드려라."

"아씨, 방금 하신 말씀은 소인이 나리께 전해드리기엔 너무 어렵습니다."

대안은 말을 마치고 떠나갔다.

대안이 떠난 뒤에 금련은 날이면 날마다 눈이 빠지도록 서문경이 오기를 기다렸으나, 마치 돌멩이가 대해에 빠진 듯 서문경의 그림자조차 찾아볼 수 없었다.

칠월이 거의 다 지날 무렵 서문경 생일이 되었다. 금련은 하루가 삼추인 양, 하룻밤이 여름의 반이 되듯이 이날을 꼬박 기다렸으나 한 번 떠난 후에는 편지조차 없었다. 아무리 기다려봐도 적막감만 돌 뿐 그림자조차 보이지 않았다. 자기도 모르게 이를 악무니 눈에서는 눈물이 흘러내렸다. 저녁에 왕노파를 불러와서 술과 음식을 준비해 함께 먹었다. 음식을 먹은 뒤 머리에서 금을 입힌 은비녀를 뽑아 왕노파에게 주면서 서문경네 집에 가서 제발 서문경을 자기 집에 오도록 해달라고 부탁했다.

"오늘 밤은 이미 늦어 술을 하시고 차를 마실 때니 아마 오시지 않을 거예요. 제가 내일 아침 일찍 나리 댁으로 건너가 다녀가시도록 청할게요."

"할머니, 꼭 기억해두시고 절대 잊으시면 안 돼요."

"제가 전적으로 그 집 일을 해왔는데, 어찌 실수를 하겠어요!"

이 노파로 말하자면 돈이 아니면 움직이지 않는 인간인데 비녀도

얻었겠다, 술도 얻어 마셔 얼굴이 붉어지니 약속을 굳게 하고 집으로 돌아갔다.

금련은 홀로 방에서 향을 피우고 원앙금침을 깔고 은촛대 심지를 돋우었으나 잠을 이루지 못하고 끊임없이 길게 탄식을 하면서 몸을 뒤척였다. 비파가 있으면 깊은 밤에 은근히 타고 싶건만, 적막한 빈 방에서야 차마 탈 수가 없네. 이에 홀로 비파를 타면서 「목화실을 뽑으며[綿搭絮]」라는 곡을 노래하기 시작했으니,

당초 저는 당신의 풍류에 반하여
함께 머리를 자르고 향을 태우며 사랑을 만들면서
사랑의 행위에 둘의 의기가 투합했네.
남편을 배반하고 당신과 사랑을 했네.
주위 사람들의 쑥덕거림이 두려웠으나
쏟아진 물은 다시 담기 어려워라.
당신이 정말로 나의 진심 어린 사랑을 저버린다면
바로 행위와 목적이 거리가 있는 것이니
좋은 결과는 없고 헛됨만이 있겠네.
當初奴愛你風流 共你剪髮燃香 雨態雲踪兩意投
背親夫和你情偸 怕甚麽傍人講論 覆水難收
你若負了奴眞衷情 正是緣木求魚空白守

그리고 다시 노래했다.

누가 생각이나 했겠는가? 당신 곁에 새로운 여인이 있음을

화난 저는 취한 듯 멍청해진 듯

병풍에 비스듬히 기대어, 당신 마음을 헤아려보네.

알 수 없네

어찌하여 버림받았는지를

편지를 써서 보냈건만

그대는 역시 오지 않네.

당신이 정말로 나의 진심 어린 사랑을 저버린다면

사람이 복수를 하지 않으면 하늘이 재앙을 내리리라!

誰想你另有了裙釵 氣的奴似醉如癡 斜傍定幃屏故意兒猜

不明白怎生丟開 傳書寄柬 你又不來

你若負了奴的恩情 人不爲仇天降災

그리고 또다시 노래했다.

저는 당신의 돈과 재물을 좋아한 것도 아니고

오로지 당신께만 뜻이 있었고

현명하고 총명하기에 더욱 사랑을 했네.

저는 한 송이 갓 피어난 꽃송이인데

나비가 먹고 찢어놓고는

다시 오지 않네.

나와 당신의 그러한 사랑은

전생에서도 맺어진 것인데 금생에서는 어찌하리오!

奴家又不曾愛你錢財 只愛你可意的冤家 知重知輕性兒乖

奴本是朵好花兒 園內初開 蝴蝶恰破 再也不來

我和你那樣的恩情 前世裡前緣今世裡該

금련은 또다시 노래했다.

마음속에는 생각이 있어 전전반측하며 걱정하네.
옛말에도 여인의 마음은 어리석다고 했건만
오직 사랑하는 사람에게는 사랑하는 마음이 완전치 않네.
내가 처음에 당신과 밀애를 할 때에는
신선한 꽃을 주곤 했는데
어찌 그만둘 수 있단 말이오?
당신이 지금 다른 여인을 마음에 두고 있다면
바다 신께 당신을 고해바치리라!
心中猶豫展轉成憂 常言婦女癡心 唯有情人意不周
是我迎頭 和你把情偷 鮮花付與 怎肯干休
你如今另有知心 海神廟裡和你把狀投

금련은 온밤을 뒤척이며 한숨도 잠을 이루지 못하다 날이 밝자마자 영아를 불렀다.
"옆집에 가서 왕할머니가 네 아버지를 부르러 갔는지 가서 보고 오너라."
영아가 갔다가 바로 와서는 말했다.
"왕할머니께서는 아침 일찍 나가셨어요."
한편 왕노파는 이른 아침에 머리를 빗고 집을 나서 서문경네 문 앞에 와서는 문지기에게 물었다.

"나리께선 댁에 계시냐?"

다들 모른다고 대답하자 노파가 하는 수 없이 대문 맞은편 담장 아래 기대어 한참을 기다리고 있노라니, 부지배인이 와서 가게 문을 여는 것이 보였다. 노파는 급히 나가 인사를 했다.

"나리께서는 댁에 계신가요?"

"할멈이 나리를 찾아서 뭘 하려고요? 이렇게 일찍 와서 물어도 나뿐만 아니라 다른 첩들도 나리가 어디 계신지 모른다오. 어제가 나리 생신이어서 집으로 손님들을 초청해 하루 종일 술을 드시고는 밤에 친구들을 이끌고 기생집으로 나가서서 밤새 돌아오지 않았소. 할멈이 그쪽으로 가서 찾아보시구려."

이에 왕노파는 고맙다고 인사하고는 현청 앞으로 나가 동가구 쪽으로 가니 바로 구란[勾欄](기생들의 집단 거주지)으로 가는 길이었다. 그 길로 들어설 때 마침 멀리 동쪽에서 말을 타고 오고 있는 서문경이 보이는데 하인 둘이 뒤를 따르고 있었다. 술에 취한 눈을 비비며 몸은 앞뒤로 흔들거렸다. 왕노파가 이를 보고 큰소리로 불렀다.

"나리, 좀 적당히 드시지 그러셨어요."

왕노파는 앞으로 나아가 손을 뻗어 말 재갈을 잡았다. 서문경이 취중에도 알아보고 묻는다.

"왕씨 할멈이시군. 무슨 할 말이 있어 왔소?"

왕노파는 귓가에 대고 낮게 속삭였다. 몇 마디 하지 않아 서문경이 알아들었다.

"대안이 말해줘서 금련이 화가 나 있다는 것을 알았지. 내 지금 바로 가보겠소."

서문경은 왕노파와 함께 이런 저런 얘기를 주고받으면서 길을 재촉했다. 이윽고 금련네 집 앞에 도착하니, 노파가 먼저 안으로 들어 갔다.

"부인! 기뻐하세요, 다행히 제가 가서 반 시각도 안 되어 나리를 바로 모시고 왔어요!"

금련은 서문경이 왔다는 말을 듣고 부리나케 영아를 시켜 방을 깨 끗이 치우게 하고는 방 밖으로 나가 맞이했다. 서문경은 부채를 흔들 면서 들어섰는데 아직도 술이 덜 깬 채로 방 안으로 들어가 금련에게 인사를 했다. 금련도 인사를 한다.

"나리, 귀한 분이라 얼굴 뵙기가 힘든 줄 알지만, 어찌 저를 버려두 고 그림자도 비추지 않으셨나요? 집안에 새 여자를 맞이해 깨가 쏟 아질 듯 정이 깊고 떨어질 줄 모르니 어디 저 같은 계집이 생각이나 나겠어요? 그러고도 나리 마음이 변하지 않았다고 말할 수 있겠어 요?"

"당신, 다른 사람이 하는 허튼소리는 듣지 말아요. 무슨 새 여자를 맞이했단 말이오? 단지 딸애가 시집을 가느라고 좀 바빠 당신을 보 러 올 틈이 없었을 뿐이오, 그뿐이오."

"나리께서는 아직도 저를 속이려고 하시는군요! 만약 나리께서 새것을 좋아해서 옛것을 버린 게 아니고, 또 다른 여인이 없다는 것 을 나리의 건장한 신체를 걸고서 맹세하신다면 제가 믿겠어요."

"내가 만약 당신의 사랑을 저버렸다면 몸에 큰 대접만한 종기가 생기고, 사오 년 동안 황달에 걸릴 것이며, 구더기와 지네를 담은 자 루를 메는 멜대로 변할 것이오!"

"야속한 사람! 멜대로 변한다고 해도 당신 일에는 상관치 않을 거 예요!"

금련은 손을 뻗어 서문경의 모자를 낚아채서는 땅바닥으로 집어 던져버렸다. 옆에서 보고 있던 왕노파가 허둥지둥 땅에서 주워보니, 새 술이 달린 와릉모[瓦楞帽](기왓고랑 같은 홈이 세로로 나 있는 서민용 모자)였다. 왕노파는 서문경을 대신해 탁자 위에 올려놓고 금련을 바라보았다.

"부인, 이 늙은이가 가서 나리를 모셔오지 않는다고 성화를 부리더니, 이제 기껏 모셔오니까 이러세요? 다시 씌워드리지 않으면 감기 걸리겠어요."

"누가 양심도 없는 사람이 얼어 죽는 것을 두려워한대요? 저는 관심도 없어요!"

이렇게 말하면서 서문경의 머리에서 비녀 하나를 뽑아 손에 들고는 자세히 살펴보았다. 비녀는 금으로 유약칠을 한 것으로 시가 두 줄 새겨 있었으니, '금으로 만든 재갈을 물린 말은 푸른 풀 위에서 울고, 옥루에 있는 사람은 살구꽃이 가득한 하늘에 취하네'라는 글귀였으니 맹옥루가 가지고 온 것이다. 금련은 노래를 부르는 기생이 준 것으로 짐작하고는 빼앗아 소매 속에 넣어버렸다.

"나리께서 아직도 마음이 변하지 않았다고요? 제가 나리께 드린 비녀는 어디다 내팽개쳐 두고 이 비녀를 갖고 다니시는 거예요?"

"며칠 전에 술을 마시고 취해서 말에서 떨어졌는데 모자를 떨어뜨려 머리카락이 삽시간에 흐트러져버렸소. 당신 비녀는 그때 어디로 갔는지 찾아보아도 찾지를 못했소."

"나리 거짓말은 세 살 난 어린애도 믿지 않을 거예요. 아무리 취해도 그렇지 어떻게 땅에 떨어진 비녀를 못 볼 수 있지요?"

왕노파가 옆에서 끼어들며 말참견을 한다.

"부인, 나리를 탓하지 마세요. 나리께서는 마을에서 사십 리나 떨어진 곳에서 벌이 똥 싸는 것은 보셔도, 대문을 나서면서 흑사병에 걸린 코끼리와 부딪힐 정도로 가까운 곳은 잘 보지 못하신답니다."

"이 사람도 나를 귀찮게 하는데, 할멈까지 나를 놀리는 게요?"

금련은 서문경이 붉은 살에 금무늬를 그려 넣은 사천에서 만든 부채를 들고 있는 것을 보고는 빼앗아 밝은 곳으로 가서 자세히 살펴보았다. 원래 금련은 오래전부터 남녀 간의 정사에 대해서는 누구보다도 잘 알고 있었는데, 부채 여기저기에 이빨 자국이 많이 나 있는 것을 보고서는 틀림없이 어떤 여인이 서문경에게 준 것이라고 여겼다. 그래서 이유도 묻지 않고 두 동강이를 내버렸다. 서문경이 만류하려 했을 때는 이미 뜯어져서 못쓰게 되어버렸다.

"이 부채는 내 친구 복지도가 준 것으로 겨우 사흘밖에 들고 다니지 않았는데 이렇게 다 박살을 내버리다니!"

금련이 다시 비아냥대고 있는데, 영아가 차를 내와 탁자 위에 올려놓고 서문경에게 인사를 드렸다. 왕노파가 참견했다.

"두 분은 지금 한나절이나 쓸데없이 싸우고 계신데, 이제 그만들 하세요. 진짜로 해야 할 일을 그르치지 마시고요. 제가 부엌에 가서 준비하리다."

이 말을 듣고 금련은 영아에게 분부해 방 안 탁자에 서문경의 생일을 위해 준비한 음식과 술을 우선 갖다놓도록 하니, 구운 닭, 삶은 오리, 신선한 생선, 고기 말린 것, 과자류 등이었다. 잠시 후 모든 것을 잘 차려 방 안으로 가지고 와서 탁자 위에 차려놓았다. 금련은 상자에서 생일 선물로 만든 물건을 꺼내 쟁반에 담아서는 서문경 앞에 갖다놓았다.

이에 서문경이 자세히 보니 검은색 비단 신 한 켤레, 버선 한 쌍, 향기로운 풀들 주위로 소나무·대나무·매화의 세한삼우[歲寒三友]를 수놓은 검붉은 비단으로 된 무릎받이, 녹색 노주[潞州] 명주에 상서로운 구름과 팔보[八寶]를 상감해 박은 보라색 허리띠로 안쪽에는 딸기와 계수나무 꽃이 담겨진 주머니가 있었다. 또 연꽃 모양의 비녀가 하나 있었는데 비녀에는 오언절구 시가 아로새겨져 있었다.

저에게 연꽃 한 줄기가 있어서
님께 드리오니 머리에 꽂으소서.
무슨 일이 있더라도 머리에 꽂으시고
절대 함부로 버리지 마시기를.
奴有並頭蓮 贈與君關鬢
凡事同頭上 切勿輕相棄

서문경은 이것을 보고 대단히 기뻐하면서 손을 뻗어 금련을 잡아당겨 입을 맞추면서 말했다.

"당신에게 이런 총명함과 지혜가 있을 줄은 정말로 몰랐소!"

금련은 영아에게 술병을 가져오게 해 술을 한 잔 따라 서문경에게 주면서, 마치 꽃가지가 바람에 하늘거리듯 고개를 끄덕이며 서문경에게 큰절을 네 차례 공손하게 올렸다. 이에 서문경은 황급히 금련을 일으켜 어깨를 나란히 하고 자리에 앉아서 서로 술잔을 주고받으면서 술을 마셨다. 왕노파도 곁에서 몇 잔을 마시고는 얼굴이 벌게져서는 인사를 하고 집으로 돌아갔다. 두 사람은 히히덕거리면서 놀기 시작했고, 영아는 왕노파를 배웅하고 대문을 잠그고는 부엌에 가서 앉

아 있었다. 금련이 서문경과 더불어 술을 마시다 보니 어느덧 하늘이
어두워졌다.

짙은 구름은 저녁 산을 가렸고
어두운 안개는 하늘을 덮었네.
뭇별과 밝은 달은 빛남을 다투고
녹색 물은 푸른 하늘과 함께 푸르름을 빛내네.
중이 오래된 절에 머무니
깊은 숲속에서 까마귀 까악까악 울어대고
나그네 외딴 마을에 찾아드니
골목에서 개들이 왕왕 짖어대네.
나뭇가지 위 두견새는 달 보고 울고
정원의 나비는 꽃들을 희롱하며 노니네.
密雲迷晩岫 暗霧鎭長空
群星與皓月爭輝 綠水共靑天映碧
僧投古寺 深林中嚷嚷鴉飛
客奔荒村 閭巷內汪汪犬吠
枝上子規啼夜月 園中粉蝶戲花來

서문경은 하인에게 말을 끌고 집으로 돌아가라고 분부하고 자기
는 금련네 집에 머물렀다. 그날 밤에 두 사람은 마치 연이 하늘에서
춤을 추듯 진력이 나도록 끝없이 음욕을 즐겼다. 허나 속담에도 '즐
거움이 극에 달하면 슬픔이 생기고, 평안함이 극에 달하면 비운이 온
다'는 말이 있지 않던가.

세월은 빨리도 흘러 무송은 지현에게서 편지와 예물을 받고서 청하현을 떠나 동경 주태위[朱太尉] 집에 도착해 편지와 선물을 전달하고 며칠간 거리 곳곳을 구경하다가, 회신하라는 편지를 받고 일행과 함께 길을 재촉하여 산동으로 통하는 큰길로 해서 돌아왔다. 청하현을 떠나 동경으로 갈 적에는 삼사월경이었으나 돌아올 때는 더위도 한풀 꺾인 초가을이 되었다.

　도중에서 연일 그치지 않고 쏟아지는 큰비를 만나 돌아오는 길이 예정보다 지체되어 왔다 갔다 하는 데 거의 석 달이 걸렸다. 길에서 비를 만나 지체되자 빨리 돌아가 형 무대를 만나고 싶어 마음이 불안하고 정신이 흐리멍덩해져 어쩔 수 없이 사병 한 명을 시켜 우선 지현 상공에게 그간 사정을 보고하게 했다. 그리고 개인적으로 편지 한 통을 써서 형 무대에게 보내 자기가 머지않아 팔월 중으로는 돌아갈 수 있다고 전했다. 사병은 먼저 현청으로 가서 지현에게 편지를 올린 후에 곧 무대네 집으로 달려갔다. 우연찮게도 왕파가 바로 문 앞에 있었다. 사병은 무대네 집이 잠겨 있는 것을 보고 문을 두드리려고 하는데 노파가 묻는다.

　"누구를 찾는 게요?"

　"저는 무송 대장의 심부름으로 무송 대장 형님께 편지를 전해드리러 왔습니다."

　"무대 아저씨는 집에 안 계세요. 모두 산소에 갔어요. 편지가 있으면 나한테 주구려. 돌아오면 전해주리다."

　사병은 앞으로 다가가 고맙다는 인사를 하고는 품속에서 편지를 꺼내 왕노파에게 전해주고 황급히 말에 올라 나는 듯이 가버렸다. 왕노파는 편지를 받아들고는 뒷문을 통해 금련네 집으로 건너갔다. 영아가 문을 열어주어 안으로 들어가 보니, 금련과 서문경은 밤새 미친 듯이 놀다가 새벽녘에야 겨우 잠자리에 들어 아직 일어나지 않고 있었다. 왕노파가 소리쳐 깨웠다.

"나리, 부인, 그만 일어나세요. 두 분께 급히 드릴 말씀이 있어요. 지금 여차여차하고 저차저차하여 무송이 사병을 시켜 자기 형한테 편지를 보내왔는데, 머지않아 도착한다고 합니다. 사병은 제가 적당히 잘 말해서 돌려보냈어요. 그러니 두 분께서는 이렇게 꾸물대지 마시고 어서 빨리 방도를 강구하세요."

서문경은 이 말을 듣고 나니 마치 두개골이 쪼개져 여덟 조각이 난 듯하고, 얼음 반 통이 쏟아져 내리는 듯 모골이 송연해졌다. 두 사람이 급히 일어나 옷을 걸쳐 입고 왕노파를 안으로 들어와 앉게 하자 노파는 편지를 꺼내 서문경에게 보여주었다. 무송이 편지에서 이르기를 중추절 이전에 돌아가겠노라 하자 둘은 놀라 기겁을 하면서 말한다.

"이 일을 어쩐다? 할멈, 이번 일을 잘 숨겨주고 우리를 살려줄 방도를 일러준다면 내 그 은혜는 절대로 잊지 않으리다! 이제 나와 이 사람은 사랑이 이토록 깊어 서로 떨어질 수가 없네. 무송이 돌아오면 서로 헤어져야 할 텐데, 무슨 좋은 수가 없겠소?"

"나리, 뭐가 어렵다고 그러세요? 제가 일전에 말씀드렸잖아요. 어려서 혼사는 부모님이 결정하는 것이고, 재혼은 바로 자기 자신이 결정하는 것이라고요. 예부터 시동생과 형수는 서로 남남이랍니다. 머지않아 무대의 백일이 되니 부인께서는 그때 중 몇 명을 불러서 이 위패를 태워버리세요. 그러고는 무송이 돌아오기 전에 나리께서 가마를 보내 아씨를 부인으로 맞이해 모셔가세요. 무송이 돌아오면 제가 얘기할 테니까요. 제아무리 무송이라고 해도 감히 어쩌겠어요? 그럼 두 분은 일생을 같이할 수 있고 아무 문제도 없을 거예요."

서문경이 무릎을 친다.

"할멈 말이 맞군."

바로 '사람이 강건한 뼈가 없으면 몸이 단단할 수 없다'고 하지 않던가!

서문경과 금련은 아침을 먹고 의논해, 부대가 죽은 지 백 일이 되는 팔월 초엿새, 중들을 불러 염불을 하고 위패를 태우기로 했다. 그리고 초여드렛날 저녁에 부인으로 맞이해 집에 데려가기로 세 사람은 서로 약속을 정했다. 오래지 않아서 대안이 말을 끌고 오니 서문경은 그 말을 타고 집으로 돌아갔다.

세월은 쏜살같이 흘러 어느덧 팔월 초엿새가 됐다. 서문경은 은자 몇 냥과 쌀 두 말, 제사에 쓸 물건 조금을 가지고 금련네 집으로 왔다. 그리고는 왕노파를 시켜 보은사에 가서 중 여섯 명을 집으로 불러 무대가 극락으로 가도록 염불을 올린 뒤에 저녁에 위패를 없애버리라 일렀다. 절에서 일하는 일꾼 우두머리가 오경(오전 세 시부터 다섯 시 사이)쯤 경[經]을 담은 함지를 메고 와서는 경을 읽을 도장을 꾸미고 불상을 걸었다. 왕노파는 주방에서 일꾼들을 도와 제사에 쓸 음식을 마련했다. 서문경은 이날 금련네 집에 머물렀다.

이윽고 화상들이 도착하고 영저[靈杵]를 흔들고 바라를 치면서 중얼대며, 법화경을 읽고, 양황참[梁皇懺]으로 예를 올렸다. 아침 일찍 부적을 만들고, 불·법·승 삼보[三寶]를 내려주기를 간청하고 공덕 쌓을 것을 맹세하며 부처님께 공양을 올리면서 거의 정오가 돼서야 죽은 영혼에게 밥을 올리게 됐다.

한편 금련은 죽은 남편에게 제를 올리는 것은 전혀 아랑곳하지 않고 서문경 곁에 누워 해가 중천에 뜨도록 일어나지 않고 있었다. 화상이 재주[齋主]를 청해 향을 피우고 서명하고 부처님 앞에서 예불을 올려야 한다고 하니 그제야 비로소 일어나 머리를 빗고 세수하고 화장을 하고서 부처님 앞으로 나가 예불을 올렸다. 거기 있던 화상들이 이러한 금련의 모습을 보고는 전부 불성과 선심이 혼미해지고 마음이 들떠 종잡지 못하고 뒤죽박죽되어 정신이 나간 모습들이었다.

　　수좌[首座] 스님은 무엇에 홀린 듯
　　불경을 읽는 것이 뒤죽박죽
　　유마 거사도 혼란해져
　　독경을 하면서 가락을 잊었네.
　　향을 사르는 사람은 화병을 넘어뜨리고
　　촛대를 잡는 두타 스님은 잘못해서 향 그릇을 잡네.
　　축문을 읽는 스님은 대송[大宋]을 대당[大唐]으로 잘못 읽고
　　승도의 우두머리인 사리도 부대랑[武大朗]을 대무[大武]라 읽네.
　　장로도 마음이 급해 북을 치다 잘못해 제자의 손을 잡고
　　사미승은 마음이 어지러워
　　경쇠 치는 방망이로 노승의 머리를 치니
　　종전의 고행하며 닦던 것이 이로써 다 끝장이네.
　　만 명의 금강신[金剛神]이 내려와도 어쩔 수가 없어라.
　　班首輕狂 念佛號不知顚倒
　　維摩昏亂 誦經言豈顧高低
　　燒香行者 推倒花瓶 秉燭頭陀 錯拿香盒

宣盟表自 大宋國稱做大唐

懺罪闍黎 武大郎念爲大武

長老心忙 打鼓錯拿徒弟手

沙彌心蕩 磬搥打破老僧頭

從前苦行一時休 萬個金剛降不住

금련은 불전에 향을 사르고 이름을 적고 예불을 올린 뒤에 바로 방으로 돌아왔다. 그리고 예전처럼 서문경과 술자리를 벌여 술과 고기를 진탕 먹고 마셔댔다. 서문경이 왕노파를 불러 일렀다.

"무슨 일이 있으면 할멈이 적당히 알아서 처리하구려. 중들이 와서 괜스레 아씨를 성가시게 하지 않도록 말이오."

왕노파가 호호 웃으며 대답한다.

"나리께선 안심하세요. 그 까까머리 중놈들은 제가 알아서 할 테니까요. 두 분께서는 염려 푹 놓으시고 실컷 즐기기나 하세요!"

사람들아, 내 말 좀 들어보소. 세상에 덕행이 아무리 고매한 스님이 있다 하더라도 여자를 품에 안고서 음란한 짓을 하지 않는 자는 드물다고 하지 않소. 옛사람도 까까머리 중들을 이르기를, 한 자면 '승[僧]', 두 자면 '화상[和尙]', 석 자면 '귀락관[鬼樂官]', 넉 자면 '색중아귀[色中餓鬼]'라 하지 않소. 또 소동파도 이리 말했으니,

독[禿]*이 아니면 독[毒]이 되지 않고

독[毒]이 되지 않으면 독[禿]이 되지 못한다.

독[毒]이 변하면 독[禿]이 되고

---

* 대머리

독[禿]이 변하면 독[毒]이 된다.

不禿不毒 不毒不禿

轉毒轉禿 轉禿轉毒

이 말은 무릇 승려 되는 자는 오로지 행동을 주의 깊게 해야 함을 말하고 있는 것이다. 그런데 저토록 높고 좋은 집에서 머물며, 불전과 승방에서 시주들이 바치는 좋은 음식이나 먹으면서 일도 하지 않고 하루 세 끼는 꼬박꼬박 챙겨 먹는다. 게다가 특별히 하는 일도 없이 오로지 여인을 좇는 색욕에만 정신을 두고 있다.

예를 들어 세속에 있는 사람들, 사농공상이라든가 부귀영화를 누리는 백만장자가 아무리 온갖 것을 다 갖추고 있다 해도 항상 이익과 명예에 얽매이고, 사람을 잘 사귀어 비록 아름다운 부인과 어여쁜 첩이 있다고 하나 갑자기 걱정거리가 떠오르거나, 항아리에 쌀이 없거나, 헛간에 땔감이 없으면 바로 흥취가 사라지고 마는 것과 같은 것이다. 그러니 이런 면에서는 중들을 당해낼 수가 없는 것이다.

색중아귀는 짐승 중에 원숭이라
나쁜 것을 가르치고 음란함을 탐해 풍속을 해치네.
이 짐승들은 숲속에서는 봐줄 수 있지만
집안으로 끌어들여서는 절대 안 되네.

色中餓鬼獸中狨 壞教貪淫玷祖風

此物只宜林下看 不堪引入畫堂中

그때 이 화상들은 무대의 부인인 금련의 교태 어린 모습을 마음속

에 잘 새겨놓고 있었다. 이들은 점심때가 되어 채소로 식사를 하고 나서 절에 돌아가 쉬다가 저녁 무렵에 다시 돌아왔는데, 그때 서문경과 금련은 방 안에서 술을 마시면서 놀고 있었다. 원래 부인 침실은 바로 불당 한 모서리에 있었는데 판자 벽 하나를 사이에 두고 있었다. 한 중이 먼저 도착해 금련의 창가에 가서 물을 떠 손을 씻으려 하는데, 홀연히 방 안에서 헉헉대면서 끙끙거리는 신음 소리를 내는 것이 흡사 사람들이 방 안에서 육체의 향연을 펼치는 듯했다. 이에 손 씻기를 멈추고 그 자리에 선 채로 오랫동안 엿들었다. 듣고 있노라니 부인이 코맹맹이 소리로 서문경을 부른다.

"아이, 여보! 이제 돌절구를 그만 찧으세요. 중들이 와서 들을까 두려워요. 그러니 이제 저를 용서하시고 빨리 일을 끝내세요!"

"너무 서두르지 마오! 지금 당신의 그곳에다가 사랑의 징표인 쑥뜸을 하나 뜨려고 해!"

이 모든 소리를 중이 듣고 있을 줄은 생각지도 못하니 즐거움이야 오죽하겠는가! 잠시 뒤떨어졌던 중들이 모두 와서는 피리를 불면서 법사를 시작했으나 한 사람이 다른 사람에게 전해, 모두가 금련이 방에서 남자와 육체의 향연을 벌이고 있다는 사실을 전해 듣고는 온통 마음이 방 안에 집중되어 손과 발이 제멋대로 움직였다.

불사가 원만하게 끝이 나고 저녁 늦게 위패를 불사를 때가 되니 금련은 일찌감치 소복을 벗어버리고 상을 당해 틀어올렸던 머리를 풀고는 화려한 옷으로 갈아입고 발 아래 서문경과 어깨를 나란히 하여 중들이 위패를 태우는 모습을 바라보고 있었다. 왕노파가 물을 길어 오고 불을 붙이니 삽시간에 위패와 불상이 모두 타버렸다. 이때 아까 둘이 관계하는 소리를 엿듣던 중이 눈을 들어 발 아래에 서문경과 금련이 어깨를 나란히 하고 서 있는 모습을 바라보고는 낮에 들었던 신음 소리와 둘이 벌이던 장면이 떠올라 자기도 모르게 북과 동발을 두들겨댔다. 장로의 승가모가 바람에 흩날려 땅에 떨어져서 파르르한 까까머리가 드러났는데도 가서 주우려고 하지 않고 북과 동발만 두들겨대니 사람들이 모두 웃었다. 왕노파가 소리를 질렀다.

"스님, 지마[紙馬](오색 종이에 신상[神像]을 그린 것으로 신을 모실 때 태우는 것)도 다 태웠는데 왜 그리 북을 치고 난리예요?"

"아직 종이 난로 뚜껑은 태우지 못했어요."

이 말을 들은 서문경은 그 말이 방금 전에 자기가 금련과 놀 때 하던 말임을 알아차리고는 왕노파를 시켜 어서 시주 돈을 주라고 했다. 장로가 말을 꺼냈다.

"재주 부인을 청해서 고맙다는 말을 전하고 싶은데요?"

"왕씨 할머니가 그만 됐다고 하셨잖아요!"

금련이 이렇게 말하자 모든 중들이,

"그만 용서해드려야겠지요."

라고 말하면서 일제히 웃고는 돌아갔다. 이 말을 들은 금련은 그 말이 방금 전에 자기가 서문경에게 한 말임을 알아차리고는 얼굴이 빨개졌다.

'남겨진 종적이 당시 사람의 눈에 들어오고, 연지를 사지 않고도 목단을 그리네.'

시가 있어 이를 알리나니,

음부는 재를 지내고 위패를 불살랐건만 마음이 편치 않고 화상은 몰래 벽에 귀를 대고 음란한 소리를 엿듣네.
과연 불법을 말하는 것으로 능히 죄를 없앨 수 있다면
죽은 자가 그것을 듣고는 혼도 슬퍼할지니.
淫婦燒靈志不平 和尙竊壁聽淫聲
果然佛道能消罪 亡者聞之亦慘魂

어둡기만 한 하늘의 공도(公道)

서문경이 계략 세워 반금련을 취하고,
무송 대장은 이외전을 잘못 때려죽이다

색은 담대하기가 하늘같아 스스로 어쩌지를 못하니
정은 깊고 뜻은 세밀해 둘 사이의 정은 더욱 끈끈하네.
오로지 당일에 함께 즐겁게 있을 것만을 생각하니
어찌 집안에 우환이 있음을 생각하겠는가.
단지 쾌락만을 좇아 제멋대로 노니나
영웅 장사는 원수를 갚으려 하네.
하늘이 안배한 것이 있어
승부의 지고 이김은 아직 끝나지 않았네.
色膽如天不自由 情深意密兩綢繆
只思當日同歡愛 豈想蕭牆有後憂
只貪快樂恣悠游 英雄壯士報冤仇
天公自有安排處 勝負輸贏卒未休

한편 서문경과 반금련은 무대의 위패를 불살라버리고 곧장 화려
한 옷으로 갈아입고는 그날 밤에 술자리를 준비하여 왕노파를 청해
작별 인사를 고하면서 영아를 맡아 길러줄 것을 부탁했다. 그러면서

무송이 돌아오면 혼자 살 수 없어 어머니가 권하는 대로 오지에서 온 상인에게 시집을 갔다고 전해달라고 일렀다. 반금련은 자기 짐을 다음 날 일찍 서문경네 집으로 보냈다. 그리고 남아 있는 자질구레한 부서진 탁자며 망가진 의자, 헌옷 등은 모두 왕노파에게 주었다. 서문경도 왕노파에게 은자 한 냥을 주어 고마움을 표시했다.

다음 날 초롱불 네 개를 밝힌 가마 한 채에 금련을 태워 대안이 인도하고 왕노파가 뒤따르며 서문경네 집으로 들어갔다. 거리 모든 사람들이 이 일을 알고 있었으나 서문경이 깡패 건달인 데다가 돈도 있고 세력도 있어 두려운 나머지 감히 어느 누구도 참견하지 못했다. 거리 사람들이 네 구짜리 시를 지었으니 정말로 옳은 말이다.

웃음을 참을 수 없구나, 서문경이 부끄러움을 모르다니
먼저 정을 통하고 뒤에 부인으로 맞으니 추한 이름이 남네.
가마 안에는 음란한 계집 앉아 있고
뒤에는 늙은 중매쟁이가 따르네.
堪笑西門不識羞 先奸後娶醜名留
轎內坐着浪淫婦 後邊跟着老牽頭

서문경이 금련을 취해 집에 도착하니 화원에 있는 이층짜리 집의 아래 세 칸을 잘 정리해 기거할 방으로 삼아주었다. 외떨어진 작은 정원 쪽문으로 들어가면 화초를 심은 화분들이 놓여 있고 낮에도 인적이 드문 매우 한적하면서도 외진 곳이었다. 한쪽은 객실이고 다른 한쪽은 침실이었다. 서문경은 금련이 들어오자 바로 은자 열여섯 냥을 들여 옻칠을 한 문과 금박으로 무늬를 놓은 침대, 붉은 비단에 황금빛으로 가장자리를 두른 휘장 그리고 의자와 탁자 등 모든 생활 집기를 장만해줬다.

서문경은 본부인인 오월랑이 데리고 있는 춘매[春梅]와 옥소[玉蕭]라는 두 계집종 중에서 춘매를 금련에게 보내 시중들게 하고 금련을 '아씨마님'이라 부르도록 했다. 그러고는 따로 은자 닷 냥을 써서 나이 어린 계집애를 사서 소옥[小玉]이라 하고는 월랑의 시중을 들게 했다. 또한 금련에게 은자 여섯 냥을 써서 부엌에서 일할 계집종으로 추국[秋菊]이라는 아이도 하나 더 샀다.

금련은 서문경네 집에 들어온 이후 여인들 사이 서열에서 다섯째 부인이 됐다. 바로 앞인 넷째는 진씨네 집으로 시집간 딸이 데리고 있던 하녀로 이름은 손설아[孫雪娥]며 나이는 스무 살 남짓으로 오 척밖에 안 되는 자그마한 체구였으나 그런대로 미모를 지니고 있었다. 서문경이 손설아를 데려다 머리를 얹어주고 넷째 부인으로 삼았기에 금련은 다섯째 부인이 된 것이다. 반금련이 집안에 들어오자 서문경 집안의 본부인이건 첩이건 간에 모든 여인들이 좋아하지 않았다.

세상 사람들아! 내 말 좀 들어보소. 세상 부인네들이란 눈에 불을 켜고 있는 터에, 아무리 어질고 착한 부인이라 할지라도 남편이 첩을 하나 맞이하면 별로 좋아하지 않으나 말로 화를 내지는 않는 법. 그렇지만 남편이 첩의 방에서 베개를 나란히 하고 드러누워 환락을 즐기는 것을 보면 아무리 성격이 유순하고 착하다 할지라도 얼굴이 찡그려지고 마음이 뒤집어질 것이라네. 애석하구나, 오늘 밤에 님을 보려 하나, 푸른 달빛 가까이 다른 사람들만 모두 모였네.

서문경은 그날 바로 금련의 방에 틀어박혀 즐기니, 마치 고기가 물을 만난 듯 쾌락과 아름다움이 배가 되었다. 다음 날 금련이 머리를 빗고 화장을 하고 화려한 옷으로 갈아입고서 춘매에게 차를 들려 본부인인 오월랑의 방으로 가서는 월랑을 시작으로 다른 첩들에게도 첫인사를 하면서 작은 선물로 신발을 주었다. 오월랑이 반금련의 모습을 자세히 살펴보니 나이는 스물대여섯을 넘지 않았고 빼어나게 아름다웠다.

눈썹은 마치 초봄의 버들잎같이
촉촉이 근심을 머금은 듯
얼굴은 마치 삼월의 복숭아꽃같이
그윽한 사랑을 띠고 있어라.
가느다란 허리는
동여맨 것이 힘없어 나긋나긋해 보이고
붉은 입술을 가볍게 다무니
벌과 나비를 미친 듯이 유혹하네.
구슬 같은 용모가 말을 이해하는 꽃이라면
고운 자태는 향을 만드는 옥이어라.
眉似初春柳葉 常合着雨恨雲愁
臉如三月桃花 暗帶着風情月意
纖腰嫋娜 拘束的燕嫩鶯慵
檀口輕盈 勾引得蜂狂蝶亂
玉貌妖燒花解語 芳容窈窕玉生香

오월랑이 반금련을 머리에서 발끝까지 훑어보니 예쁘고 세련돼 보이고, 다시 봐도 역시 예쁘고 세련돼 보였다. 생김은 마치 수정 쟁반 위에 구르는 명주 구슬과도 같았으며, 자태는 붉은 살구나무 가지에 아침 햇살이 걸린 것과도 같았다. 오월랑은 이러한 반금련의 모습을 한번 보고는 말을 하지 못하고 속으로 생각했다.

'하인 놈이 와서 매번 무대 마누라가 어떻다고 얘기만 듣다가 오늘 실제로 만나보니 과연 아름답구나. 어쩐지 날강도 양반이 사랑하신다 했더니!'

금련은 우선 월랑에게 머리를 조아려 절을 올리고 신발을 드렸다. 금련이 월랑에게 네 번 절을 하고 나서 이교아, 맹옥루, 손설아에게 인사를 하여 자매의 예를 올린 후 옆에 서 있었다. 월랑이 하녀에게 의자를 가져오게 해 앉게 했다. 그리고 하녀들에게 금련을 다섯째 마님이라 부르도록 분부했다. 반금련은 옆에 앉아서 눈도 돌리지 않고 월랑을 바라보았다.

나이는 스물일곱으로 팔월 십오일생인지라 어려서 월랑이라고 불렀다. 생김은 은쟁반 같은 얼굴에 눈은 살구씨처럼 동글고, 행동거지가 따스하고 유순해 보였으며, 진중하면서도 말수가 적었다. 둘째 부인인 이교아는 본래 기원에서 노래를 부르던 여인으로 살이 찌고 풍만한 몸매에, 사람들 앞에서 기침을 자주 했으나 침대 기술은 있어 나름대로 명기[名妓]라는 이름은 들었다. 그러나 세련미나 놀고 즐기는 면에서는 반금련과 비교가 되지 않았다.

셋째는 바로 얼마 전에 맞이한 맹옥루로 나이가 서른이며 배꽃 같은 얼굴에 버드나무 가지와도 같은 허리, 늘씬한 몸매, 갸름한 얼굴에는 주근깨가 약간 나 있어 자연스러운 아름다움이 돋보였다. 치마 속에 감추어진 전족한 발 한 쌍은 금련과 비슷하게 자그맣다. 넷째인 손설아는 하녀 출신으로 오 척의 자그마한 키였으나 곱상한 얼굴이며, 다섯 가지 생선을 넣은 생선국을 잘 끓이고 춤도 꽤 잘 추었다. 반금련은 이들의 모습을 한번 훑어보고는 마음속에 잘 기억해두었다.

사흘이 지난 뒤부터는 매일 아침 일찍 일어나 월랑의 방에 가서 함께 바느질도 하고 신발도 만들면서 자기주장을 하지 않고 모든 일에 고분고분했다. 하녀들에게 월랑을 말할 때에도 꼬박꼬박 '큰마님'이라고 부르고 모든 일을 애교 있게 처리하니 월랑이 매우 마음에 들어해 반금련을 '다섯째 동생'이라 불렀다. 게다가 옷과 머리 장식 등 마음에 드는 것을 골라 반금련에게 주었고 차를 마시거나 식사를 할 때에도 함께했다. 이 때문에 이교아를 비롯한 다른 여인들은 월랑이 유독 금련만을 좋아하는 것을 보고는 모두가 못마땅하게 여기며 불평했다.

"예전부터 있던 우리는 거들떠보지도 않고, 들어온 지 얼마 되지도 않은 금련만 애지중지하다니, 큰형님은 너무 하셔!"

앞 수레가 덜커덩 넘어지면
뒤 수레도 이와 마찬가지라네.
분명하게 평탄한 길을 가르쳐주나
바른말을 나쁜 말로 오인들을 한다네.
前車倒了千千輛 後車倒了亦如然
分明指與平川路 錯把忠言當惡言

서문경이 반금련을 부인으로 맞이해 집안에 들여앉힌 후 깊은 저택에 머물게 하면서 옷과 장식 등을 모두 갖춰주고 보니, 두 남녀가 그야말로 하늘이 맺어준 짝인 양 서로 떨어질 줄을 모르는 데다가 나이도 한창때인지라 마치 아교와 옻칠처럼 정이 두터워 서로 상대가 말하는 대로 상대가 원하는 대로 음욕적인 육체관계를 하루라도 거르는 날이 없었다.

한편 무송은 팔월 초순이 되어 청하현으로 돌아왔다. 오자마자 현청으로 가서 동경에서 가져온 답서를 전달하니 지현은 대단히 기뻐하며 자기가 동경으로 보낸 금은보화가 무사하게 전달되었음을 알고는 무송에게 은자 열 냥을 상으로 내리고 술과 음식을 푸짐하게 준비하여 환대해주었다. 무송은 숙소로 돌아와 옷을 바꿔 입고 신발을 갈아 신고 새 두건을 두른 다음에 방문을 잠그고 곧장 자석가로 달려갔다. 이웃 사람들은 무송이 돌아온 것을 보고 모두 놀라 손에 땀을 쥐고 수군거리기 시작했다.

"이번에야말로 저놈 집구석에 큰일이 벌어지겠군! 저 괴물이 돌아왔으니 어찌 그냥 두겠어. 필시 일이 벌어지고 말 거야!"

무송이 형네 집 문 앞에 이르러 발을 걷어 제치고 안으로 들어가 보니 조카인 영아가 혼자 다락마루에서 실을 뽑고 있었다.

"내 눈에 뭐가 끼어 제대로 보지 못하나?"

하면서 형수를 불러도 대답이 없고, 형을 불러도 아무 대답이 없었다.

"내 귀가 먹은 것도 아닌데! 어찌 형이나 형수의 목소리가 들리지 않지?"

앞으로 가서 영아에게 물었다. 영아는 삼촌이 온 것을 보고는 깜짝 놀라면서 아무 말도 못한다.

"아버지와 어머니는 어디 가셨냐?"

영아는 울기만 할 뿐 말을 하지 못했다.

이때 옆집 왕노파가 무송이 왔다는 소식을 듣고 일이 탄로나 모든 것을 그르칠까 두려워 바삐 건너와서는 영아를 도와 몇 마디 거들려고 했다. 무송은 왕노파가 건너오는 것을 보고는 인사를 하면서 묻는다.

"내 형님께서는 어디 가셨소? 그리고 형수님은 어째서 보이지 않죠?"

"무송 나리, 우선 좀 앉으세요. 제가 모든 것을 다 말씀드릴게요. 형님께서는 나리가 동경으로 출장 가신 후 사월경에 좋지 않은 병에 걸려 돌아가셨답니다."

무송이 놀라 묻는다.

"형님이 사월경에 돌아가셨다고요? 아니 무슨 병으로? 누구 약을 잡수셨습니까?"

"나리 형님께서는 사월 스무날에 갑자기 가슴이 몹시 아프기 시작해 팔구 일은 그렇게 앓았답니다. 굿도 해보고 점도 쳐보고 온갖 약을 다 써보았지만 결국은 죽고 말았다오."

"형님께서는 예전에 그런 병을 앓은 적이 없었는데 어떻게 가슴앓이로 죽는단 말이오?"

"대장 나리, 어찌 말씀을 그렇게 하세요? 하늘엔 예측할 수 없는 바람과 구름이 있고, 인간들에게는 아침저녁으로 변하는 화복이 있다잖아요. 오늘 저녁에 벗어놓은 신과 버선을 내일 아침에 신을 수 있을지 없을지 분명치 않으니, 누가 아무런 일도 없을 거라고 장담할 수 있겠어요?"

"그럼 내 형님은 어디에 묻었소?"

"나리 형님께서 돌아가시고 나니, 집안에는 돈도 한 푼 없고 부인은 손발이 잘린 개와 같은 처지가 되어 아무것도 하지 못하니 어디 묘지를 쓸 수 있겠어요? 다행히 근처 사는 부자 한 분이 생전에 형님과 친분이 있어서 시신을 안장할 관을 보내주어 사흘 동안 모셨다가 후에 메고 가서 화장했답니다."

"지금 형수님은 어디에 계십니까?"

"부인은 나이도 젊고 홀몸으로는 도저히 살아갈 수 없었지요. 정신없이 백일 상을 지내고 친정어머니 권유로 지난달에 외지 사람한테 시집갔다오. 이 귀찮은 애물단지를 남겨두어 내게 보살펴달라고 하곤 말이에요. 저도 대장 나리께서 돌아오시기를 기다리고 있었어요. 이제 돌아오셨으니 나리께서 데리고 가서 잘 보살펴주세요. 이제 제 일도 끝났군요."

무송이 이 말을 듣고서 한참 동안 침통하게 생각에 잠겨 있다가 왕노파를 밖으로 내보낸 뒤 곧바로 현청 앞 숙소로 돌아왔다. 문을 열고 방 안으로 들어가 하얀 상복으로 갈아입고는 사병을 시켜 거리에 나가 삼베 두건과 베신을 사오게 하고 상주가 쓰는 상모[喪帽]를 썼다. 그리고 과일과 과자, 초, 제사 때 태우는 종이와 종이돈을 사오게 한 뒤 다시 무대네 집으로 와서 새로 위패를 만들고 제사상을 준비했다. 그런 다음 탁자 위에 향초를 피우고 술과 고기를 진설하고 지방을 써 붙이고 하면서 서너 시간에 걸쳐 모든 준비를 다 했다. 일경(저녁 일곱 시부터 아홉 시 사이) 무렵에 무송은 향에 불을 붙이고 몸을 바닥에 엎드려 절을 했다.

"형님 영혼이 멀리 있지 않으시겠지요. 형님께서는 이 인간 세상에 계실 때에도 사람됨이 나약하시더니 돌아가시는 것도 분명치가 않으시군요. 원한을 품고 다른 사람한테 억울하게 돌아가셨다면 꿈에 나타나 저한테 알려주세요. 제가 형님을 대신해 원한을 깨끗이 풀어드리겠습니다.”

술을 따라 올린 뒤에 지방을 태우면서 무송은 목 놓아 울음을 터트렸다. 너무 섧게 울어대니 길 가는 사람은 물론이고 이웃 사람들도 모두 당황해 어쩔 줄 몰랐다. 무송은 한 차례 울고 난 뒤에 술과 음식을 사병과 영아와 나누어 먹었다. 그러고 나서 돗자리 두 개를 찾아와 사병을 한쪽 구석에 자도록 하고 영아는 방 가운데에서 자게 하고서 자기는 돗자리를 가지고 무대 영전의 탁자 앞에 가서 잠을 잤다.

시간이 조금 흘러 한밤중이 되었으나 무송은 잠을 이루지 못하고 이리저리 뒤척이면서 연신 긴 한숨만 내쉴 따름이었다. 사병은 코를 골면서 죽은 사람처럼 길게 뻗어 자고 있었다. 무송이 일어나 위패를 모신 탁자를 바라보니 유리등 안의 촛불이 깜박이고 있었다. 무송은 돗자리에 앉은 채 혼잣말로 중얼거렸다.

“형님께서는 살아 계실 때에도 나약하시더니 돌아가시고 나서도 분명치가 않구나.”

말이 채 끝나지 않았는데 갑자기 탁자 아래에서 한 줄기 찬바람이 불어왔다.

형체도 없고 그림자도 없고
안개도 아니고 연기도 아니어라.
한바탕 불어오는 것이 마치 회오리바람이 뱃속에 차갑게 스미는 듯
살을 파고드는 매섭고도 차가운 한기
캄캄하고 어두워지네.

영전의 등불이 꺼지니

조용하며 어두운데

벽에 걸려 있던 종이돈이 어지러이 날리네.

독을 먹은 귀신을 몰래 숨기고

죽은 자를 저승길로 안내하는 영혼의 깃발만 흔드누나.

無形無影 非霧菲煙

盤旋似怪風侵骨冷 凜冽如殺氣透肌寒

昏昏暗暗 靈前燈火失光明

慘慘幽幽 壁上紙錢飛散亂

隱隱遮藏食毒鬼 紛紛飄逐影魂旛

한 줄기 찬바람이 불어오니 무송의 머리카락이 전부 곤두섰다. 눈을 크게 뜨고 보니 한 사람이 위패가 있는 탁자 밑에서 천천히 걸어나오며 울부짖었다.

"아우야! 내 죽음은 정말로 비참하고 억울하단다!"

무송이 자세히 보지 못해서 앞으로 나가 다시 물어보려고 하자 이미 냉기는 흩어지고 사람은 보이지가 않았다. 무송은 돗자리에 털썩 주저앉으며 생각했다.

'괴이하구나! 이것이 꿈인가 생시인가? 방금 형님이 나에게 무엇인가를 말씀하시려고 했는데, 나의 기가 솟구쳐 형님의 혼백을 흩어버린 것 같구나. 형님의 죽음에 뭔가 수상쩍은 게 있어!'

그때 바로 삼경(밤 열한 시에서 새벽 한 시 사이)을 알리는 북소리가 들려왔다. 고개를 돌려 사병을 바라보니 세상모르고 자고 있었다. 무송은 찜찜한 마음을 가까스로 참아 누르고 날이 새면 어떻게 해보기로 하고 마음을 진정시켰다. 잠깐 눈을 붙였다가 새벽을 알리는 닭소리를 듣고 일어나니 동쪽으로 해가 밝아오기 시작했다. 사병이 일어나 세숫물을 데워오자 무송은 세수를 하고 영아에게 집을 보라 이르고는 사병을 데리고 거리로 나가 이웃 사람들에게 물었다.

"내 형님이 어떻게 죽었습니까? 형수는 어떤 사람에게 시집을 갔습니까?"

이웃 사람들은 이 사실을 훤히 알고 있었으나 모두 서문경이 두려워 누구도 감히 입을 열어 말해주지 않았다. 다만,

"대장께서는 다른 데서 묻지 마시고, 옆집에 살고 있는 왕노파에게 물어보면 바로 알 수 있을 거예요."

라고만 할 뿐이었다. 한데 어떤 말 많은 사람이 넌지시 말했다.

"배를 파는 운가와 시체를 검시하는 하구 두 사람이 가장 잘 알 거예요."

이 말을 듣고 무송은 거리로 나가 운가를 찾았으나 보이지 않았다. 하지만 마침 이 꼬마 운가가 버드나무로 만든 바구니에 쌀을 사 들고는 돌아오는 길이었다. 무송이 큰소리로 운가를 불렀다.

"운가야! 잘 있었느냐."

운가는 무송이 부르는 소리를 듣고 쫓아와 화급히 말했다.

"무송 대장님, 한 걸음 늦으셨어요. 손을 쓸래야 쓸 수가 없었어요! 한 가지 방법이 있기는 하지만 제 아버지가 이제 예순이라 돌봐드릴 사람도 없고 먹고살 것도 변변치가 않아서, 대장께서 소송을 걸더라도 제가 증인을 서드리기가 곤란해요."

"동생, 나를 따라와봐."

무송은 운가를 이끌고 식당 안으로 들어가 주인을 불렀다.

"식사 이 인분을 가져오게."

"동생, 넌 나이도 어린데 부모에 대한 효성이 지극하구나. 너에 비해 난 아무것도 아니군."

그러면서 몸을 더듬어 은자 닷 냥을 꺼내 운가에게 준다.

"너 이것을 가지고 가서 늙으신 아버지 생활비에 보태 쓰도록 해라. 그리고 나를 조금만 도와줘. 일을 마친 뒤에 내 너에게 열 냥을 줄 테니 장사 밑천으로 삼도록 해라. 그러니 나한테 자세히 말 좀 해주게. 우리 형님께서는 도대체 누구와 싸움을 했나? 그리고 누구 손에 돌아가셨나? 또 형수는 누구한테 시집을 갔나? 하나도 숨기지 말고 자세하게 얘기해줘!"

운가는 한 손으로 은자를 받아 넣으면서 속으로 생각했다.

'이 닷 냥이면 아버지께서 네댓 달은 충분히 생활할 수 있을 거야. 그렇다면 무송 형님을 도와 소송을 하더라도 괜찮겠군!'

이어 무송에게 말하기를,

"무송 형님, 제 말 좀 들어보세요. 그렇지만 제 얘기를 듣고 너무 화를 내시면 안 돼요!"

하면서 처음 배를 팔기 위해 서문경을 찾던 일부터 뒤에 왕노파에게 얻어맞고 안으로 들어가지도 못한 일, 그리고 어떻게 무대를 도와 서방질을 하던 부인을 잡은 일, 서문경이 무대를 발로 걷어찼던 일, 발로 가슴을 걷어차여 며칠을 앓다가 어찌된 일인지 죽어버린 일들을 처음부터 끝까지 아주 자세하게 얘기해주었다. 무송이 듣고서 다시 확인했다.

"네가 한 말이 다 사실이지? 그럼 형수는 누구한테 시집을 갔지?"

"형수님은 서문경이 가마를 태워 데리고 갔어요. 아마 지금쯤은

서문경의 마누라가 되어 있을 거예요. 제 말이 참말인지 거짓말인지
는 직접 가서 물어보세요."

"너 거짓말하는 건 아니겠지!"

"저는 관청에 가서도 이렇게 말할 수 있어요!"

"좋다, 일단 밥이나 먹자꾸나."

잠시 뒤에 밥을 잔뜩 먹고 밥값을 주고는 둘은 아래로 내려왔다.
무송이 운가에게 일렀다.

"너는 집에 돌아가서 이 돈을 아버지께 전해드려라. 그리고 내일
아침 일찍 현청에 와서 증인이 되어다오. 참, 그리고 하구는 어디 살
고 있지?"

"이제야 하구를 찾으시려구요? 그놈은 형님이 돌아오시기 사흘
전에 어디로 갔는지 쥐도 새도 모르게 사라져버렸어요."

이에 무송은 운가를 집으로 돌려보냈다.

다음 날 아침 무송은 일찍 일어나 우선 진[陳]선생네 집으로 가서
고소장을 쓴 다음에 바로 현청 앞으로 나가니 운가가 그곳에서 기다
리고 있었다. 둘은 곧장 현청으로 들어가 무릎을 꿇고 고소장을 올리
면서 원통함을 호소했다. 지현이 보니 잘 아는 무송이었다.

"자네는 무엇을 고소하려고 하는가? 무슨 원통함을 호소하려고
하나?"

"소인에게 무대라는 형님이 있었는데, 망나니인 서문경과 간통을
한 형수 때문에 발로 가슴을 얻어맞고 시름시름 앓다가 왕노파의 모
략으로 억울하게 생명을 잃고 말았습니다. 하구가 대강 시신을 검사
하고는 흔적도 없이 화장을 해버렸습니다. 지금 서문경은 형수를 자
기 집에다 데려다놓고 첩으로 삼았습니다. 이 아이 운가가 증인이오

니, 바라옵건대 상공께서는 이 일을 공명정대하게 처리해주십시오!"

그러면서 고소장을 올리니 지현이 받으며 묻는다.

"하구는 어째 보이지 않는가?"

"하구는 미리 낌새를 알아차리고 어디론가 사라져버렸습니다."

지현은 우선 운가에게 몇 마디를 물어보고 퇴청해 주위 아전들과 상의했다. 원래 지현을 비롯한 모든 관리들이 서문경과 손을 대고 있던 터라, 관원들은 심리하기 어려운 사건이라고 결정했다. 지현이 밖으로 나와 무송을 불렀다.

"자네가 포도대장이 된 지 얼마 되지 않아 법도를 잘 모르는 것 같네. 예부터 간통은 현장을 잡아야 하고, 도적은 장물이 있어야 하며, 살인은 상처가 증거네. 자네 형 시신도 없을 뿐더러 간통한 장면을 잡은 것도 아닌데, 단지 이 아이 말만 믿고 살인죄로 고소한다는 것은 올바른 일이 아닐세. 그러니 함부로 하지 말고 잘 생각하기 바라네!"

"제가 지현께 말씀드린 모든 것은 사실이며 결코 소인이 거짓으로 지어낸 것이 아닙니다."

"자, 우선 일어나게나. 천천히 잘 생각했다가 때가 되면 내 자네에게 사람을 잡아오도록 하겠네."

무송은 일어나 밖으로 나갔으나 운가는 현청 안에 남아 있게 하고는 돌려보내지 않았다. 이미 다른 사람이 이러한 사실을 서문경에게 알려 무송이 돌아온 사실과 무송이 운가를 데리고 고소장을 올린 일을 자세히 말해주었다. 이에 서문경은 매우 놀라고 당황해 심복인 내보와 내왕을 시켜 몸에 돈을 지니고 가서 관리들에게 주어 모두 매수해놓았다.

다음 날 이른 아침 무송은 현청에 가서 지현에게 보고하고 빨리 범인을 잡게 해달라고 독촉했다. 그런데 이 지현 또한 뇌물을 탐하는 위인인지라 아니나 다를까 바로 고소장을 돌려주면서 말했다.

"무송, 자네는 외부 사람들이 떠들어대는 말만 믿고 서문경을 적으로 알면 안 되네. 이 사건은 분명치 않은 곳이 있어 심리하기가 어렵네. 성인도 이르기를 '춘추경전상에 쓰인 사실도 믿을 수가 없는데 뒤에서 하는 말들을 어찌 다 믿을 수 있겠느냐?'라고 하지 않는가? 그러니 경거망동을 해서는 안 되네!"

지현이 이렇게 말을 하자 곁에 있던 이방 관속도 한마디 거들었다.

"무송 대장, 당신도 관청에서 일을 하고 있으니 법을 잘 알고 있겠지요. 무릇 인명에 관한 사건은 반드시 시신·상처·병·물증·행적 등 다섯 가지를 갖추어야 비로소 신문을 할 수 있는 겁니다. 지금 당신 형님의 시체는 화장을 해 모두 없어졌는데 어떻게 심리를 할 수 있단 말이오?"

"지현께서 정히 이 소송을 다루어주지 않으신다면, 소인도 따로 생각이 있습니다."

무송은 고소장을 되돌려 받아들고는 현청을 나왔다. 숙소로 돌아오면서 운가를 집으로 돌려보내고는 자기도 모르게 하늘을 바라보면서 길게 탄식하며 이를 꽉 깨물고 음탕한 계집 반금련을 끝없이 욕했다. 이 사나이가 어떻게 분을 삭이겠는가? 곧바로 서문경네 생약 가게 앞으로 가서 서문경을 찾아내 두들겨 패려고 했다. 그때 가게를 보는 부이숙이 계산대 안쪽에 있었는데 무송이 화가 난 모습으로 다가와 인사를 하고는 물었다.

"나리는 댁에 계십니까?"

부이숙이 보니 무송인지라 곧 대답했다.

"집에 계시지 않습니다. 대장께서 무슨 할 말이 있으신지요?"

"잠깐 나와 얘기 좀 합시다."

부이숙은 감히 나가지 않을 수 없어 무송에게 이끌려 한적하고 구석진 골목으로 끌려갔다. 그곳에 가서 무송은 험악한 얼굴로 목덜미를 움켜쥐고 눈을 부라리면서 말했다.

"너, 죽고 싶으냐, 아니면 살고 싶으냐?"

부이숙이 떨며 말한다.

"대장 어른! 저는 나리께 죄지은 것도 없는데, 어찌 저에게 화를 내십니까?"

"네가 죽기를 원한다면 말을 하지 않아도 되고, 살기를 원한다면 나한테 솔직하게 사실을 말해다오. 서문경 이놈은 지금 어디 있느냐? 그리고 내 형수가 그놈에게 시집온 지 얼마나 됐느냐? 하나하나 사실대로 말하면 내 풀어줄 테니, 어서 말하거라!"

원래 부이숙은 담이 작고 겁이 많은 위인인지라 무송이 화가 나서 길길이 날뛰는 모습에 기가 질려서 손발을 부들부들 떨며 말했다.

"무송 대장님, 제발 화내지 마세요. 저는 달마다 은자 두 냥을 받고 가게를 봐주고 있을 뿐 주인 나리가 무슨 일을 하는지는 알지 못한답니다. 주인어른께서는 지금 집에 계시지 않고 방금 전에 친구와 함께 사자가의 술집으로 한잔하러 가셨습니다. 정말입니다!"

이 말을 듣고 무송은 비로소 먹살 잡은 손을 놓고 큰 걸음으로 나는 듯이 사자가로 달려갔다. 부이숙은 놀란 나머지 얼이 빠져 한동안 움직이지도 못했다.

무송은 곧바로 달려가 사자가의 다리 옆에 있는 술집 앞에 도착했

다. 이때 서문경은 현청에서 일을 보는 이외전이라는 자와 함께 있었다. 이외전이란 인물은 현청에서 소송 관련 일을 직접 담당하면서 소송 당사자들 양편에 적당히 소식을 전해주면서 돈을 챙기는 자였다. 만약 양편에서 고소를 했으면 한쪽 편을 들어주는 체하거나, 관부의 소식을 얻어들은 뒤에는 양편에서 돈을 다 받아 챙기곤 했다.

이러한 연유로 고을 사람들은 그를 '이외전[李外傳]'이라고 별명을 붙여 불렀다. 이날도 지현이 무송의 고소장을 돌려준 소식을 얻어듣고는 바로 서문경에게 와서 무송의 고소건이 제대로 되지 않았음을 알려주고 있는 것이었다. 이 소식을 전해들은 서문경은 이외전을 술집으로 초대해 술을 접대하면서 은자 닷 냥을 주었다. 한참 시끌벅적하게 술을 마시고 있을 때 서문경이 눈을 돌려 밖을 내다보니 무송이 흥맹스럽게 다리 밑으로 해서 곧바로 술집으로 달려오는 것이 보였다. 무송이 오는 것은 별로 좋은 일이 아님을 알아채고 서둘러 뒷간에 간다고 핑계를 대고는 뒤창을 훌쩍 뛰어넘어서 담장을 타고 남의 집 후원으로 들어갔다. 그때 무송이 곧장 술집으로 들어와 주인에게 물었다.

"서문경은 어디 있느냐?"

"서문경 나리는 친구분과 함께 이층에서 술을 마시고 계십니다."

무송은 문을 박차고 옷자락을 걷어 올리고는 날 듯이 이층으로 올라갔다. 가보니 정면에 한 사람만 앉아 있고 좌우에 기녀 둘이 앉아 있었다. 바라보니 현의 관리인 이외전이라, 그자가 소식을 알려주려고 온 것을 알아차렸다. 마음속으로 노기가 충천했으나 앞으로 가서 물었다.

"서문경은 어디 있소?"

이외전이 보니 바로 무송인지라 크게 놀라면서 아무 말도 하지 못했다. 무송이 발을 들어 탁자를 걷어차니 위에 놓여 있던 접시며 그릇들이 모조리 산산조각 났다. 두 기녀들도 놀라서 꼼짝도 하지 못했다. 무송은 이외전의 얼굴을 정면으로 한 대 후려갈겼다. 이외전은 소리도 내지 못하고 바로 의자 위로 펄쩍 뛰어올라서는 창을 통해 집 뒤로 뛰어내리려고 했다.

그러다가 다시 무송이 붙잡아 창 앞에서 끌고 와 거리 가운데다 거꾸로 집어던지니 떨어져 까무러쳐버렸다. 아래층에 있던 주인은 무송의 흉포함과 잔인스러움을 보고는 놀라 얼이 빠져 있었고 누구도 감히 앞으로 나와 말리지 못했다. 길을 가던 사람들이 모두 걸음을 멈추고 눈을 크게 뜨고는 바라보고 있었다. 무송은 그래도 분이 풀리지 않아 아래층으로 뛰어 내려갔다. 내려와 보니 이외전은 반쯤 죽어서 땅에 나자빠져 눈만 껌뻑이고 있었다. 이에 다리 가랑이 사이 불알 있는 곳을 두세 번 걷어차니, 오호라 애달프게도 숨이 끊어지고 말았구나! 사람들이 모여들어 말했다.

"무대장, 이 사람은 서문경이 아닌데 잘못 팼어요."

"내가 아무리 물어도 말을 하지 않아서 패준 거요. 원래 이렇게 때리지 않았어도 죽었을 거요."

지방의 보갑[保甲](마을 치안을 담당하는 경관)들이 무송이 사람을 때려죽이는 것을 보았으나 감히 앞으로 나와 바로 잡지 못하고 천천히 다가가 잘 구슬려 느슨하게 포박했다. 그러고는 술집 주인인 왕란[王鸞]과 두 기녀인 포[包]씨와 우[牛]씨도 전부 묶어 현청으로 데리고 갔다.

그리하여 사자가가 떠들썩하고 청하현이 시끌벅적했다. 거리에 나와서 구경을 하려는 사람이 셀 수 없을 정도였다. 많은 사람들이 말하기를 서문경은 죽지 않고 어디론지 도망을 갔다고 했으며 이외전이 대신 벌을 받은 것이라고 수군거렸다.

장씨가 술을 마셨는데 이씨가 취하고, 뽕나무가 칼에 맞았는데 버드나무가 상했네. 누구는 이익을 얻고, 누구는 벌을 받으니, 어찌 이런 일이 있을 수가!

시가 이를 알리고 있나니,

영웅이 원수를 갚으려다 오히려 구금되니
하늘의 공도[公道]가 어찌 이리도 어둡단 말인가?
저승 구천에는 독을 먹고 억울하게 죽은 자 있는데
깊은 규방에서는 금련이 미소를 짓고 있네.
英雄雪恨被刑纏 天公何事黑漫漫
九泉乾死食毒客 深閨笑殺一金蓮

죽음의 문턱에서 살아나다

무송은 맹주로 귀양을 가고,
처첩들은 부용정에서 주연을 열다

아침에 유가경[瑜伽經]을 읽고
저녁에 재앙을 없애는 주문을 외워도
참외를 심은 곳에서는 참외가 나고
콩을 심은 곳에서는 콩이 난다네.
경문도 주문도 본래 마음에 없는데
맺어진 원수를 어찌 풀 수 있겠는가.
지옥을 가든 천당을 가든
일을 만든 자가 스스로 거두는 법이라네.
朝看瑜伽經 暮誦消災呪
種瓜須得瓜 種荳須得荳
經呪本無心 冤結如何究
地獄與天堂 作者還自受

무송은 지방 보갑에게 잡혀 현청으로 와서 지현에게 끌려갔다.

한편 서문경은 술집 이층 창에서 뛰어내려 지붕을 타고 내려와 남
의 집 후원에 엎드려 숨어 있었는데, 그 집은 병원을 하는 호[胡]노인

네 집이었다. 그 집에서 일하는 뚱보 하인이 뒷간에서 일을 보고 큰 엉덩이를 걷어 올리다 보니 한 남자가 정원 담 아래에 엎드려 있었다. 뛰어나가려고 했으나 겁이 나서 나가지 못하고 다만 큰소리로 외쳤다.

"도둑이야!"

이 소리를 듣고 호노인이 황급히 달려왔다. 와서 보니 아는 서문경인지라 얼른 말했다.

"나리, 기뻐하세요. 무송이 나리를 찾다가 찾지 못하자 이외전을 때려죽였어요. 그래서 지방 관원들이 붙잡아서 지현에게 끌고 갔으니 아마도 사형당할 거예요. 그러니 나리께선 댁으로 돌아가셔도 별일 없을 겁니다."

이에 서문경은 호노인에게 고맙다고 인사를 한 연후에 버젓이 활개를 치면서 집으로 돌아와 금련에게 사건 전말을 자세하게 전했다. 둘은 이제 큰 걱정거리가 없어졌다고 손뼉 치며 좋아했다. 반금련이 서문경에게 일렀다.

"아래위로 돈을 좀 써서 무슨 일이 있어도 절대 풀어주지 못하도록 해요."

서문경은 심복인 내왕을 시켜 지현에게 금은 주기[酒器] 한 벌과 은자 쉰 냥을 갖다 주었다. 그리고 상하 관리들에게도 많은 돈을 뿌려 절대로 무송을 가볍게 처벌하지 말 것을 신신당부했다. 지현이 서문경에게 뇌물을 받고 다음 날 아침 현청에 오르자 지방 보갑이 무송과 술집 주인과 증인인 기생들을 데리고 와서는 현청 앞에 무릎을 꿇렸다. 뇌물을 먹은 지현은 하룻밤 사이에 얼굴을 바꾸어 큰소리로 꾸짖었다.

"무송 네 이놈아! 어제 거짓으로 고소해 법을 지키지 않더니, 벌건 대낮에 이유 없이 사람까지 때려죽이고 도대체 무슨 할 말이 있느냐?"

무송이 머리를 조아리며 고했다.

"원컨대 상공께서 모든 것을 밝혀주십시오. 소인은 단지 서문경한테 원수를 갚을 생각이었는데 뜻하지 않게 그 사람을 술집에서 만나 소인이 서문경은 어디에 있느냐고 물었으나 대답을 하지 않았습니다. 그러기에 소인도 모르게 그만 화가 나서 실수로 때려죽였습니다."

"네 무슨 헛소리를 하는 게냐? 그가 현청에서 일하는 관리라는 것을 네가 어찌 몰랐겠느냐? 필시 다른 까닭이 있을 터인데 바른대로 말하지 않는구나."

지현이 좌우 관원들에게 명을 내렸다.

"저놈을 평틀에 매어 매우 쳐라, 놈이 독종인지라 때리지 않고는 안 되겠구나!"

좌우 양쪽에서 포졸 서너 명이 재빨리 형구를 가지고 나와 무송을 뒤집어 묶어놓고는 소나기 퍼붓듯이 곤장을 때리기 시작했다. 삽시간에 스무 대를 맞은 무송은 맞을 때마다 억울하다고 소리를 질렀다.

"소인은 평소에 상공을 위해 몸과 마음을 다 바쳐 일했는데, 상공께서는 어찌 저를 가엾게 여기지 않으십니까? 상공께서는 제발 저에게 혹독한 형벌을 가하지 말아주십시오."

지현은 이 말을 듣고 더욱 화를 냈다.

"저놈이 사람을 제 손으로 때려죽이고도 아직도 주둥아리를 놀려 변명을 하다니! 놈의 손에 주리를 틀라!"

포졸들이 무송의 손가락에 나무토막 다섯 개를 끼워 비튼 다음 다시 곤장을 쉰 대나 더 내리쳤다. 그런 연후에 목에 큰 칼을 씌워서 옥에 처넣었고 술집 주인과 기생들도 옥에 집어넣었다. 현청에 있는 관리 중에는 평소에 무송과 사이가 좋은 사람도 있어, 무송이 의혈남아라는 것도 잘 알고 있기에 말을 잘해 일을 처리하려는 사람도 있었으나, 대부분이 서문경에게 뇌물을 받아먹은지라 입을 꽉 다물고 앞에 나서는 사람이 없었다. 무송이 억울하다고 부르짖었으나 제대로 받아들여지지 않다가, 그만 적당하게 진술을 받고는 관리와 술집 주인, 무송을 끌고 온 관원과 이웃 사람 등 몇 사람을 불러 사자가에 가서 이외전의 시신을 검사한 뒤에 당시 상황을 자세하게 기록했다.

　　무송이 이외전을 찾아다니다가 만나서 빌려 쓴 돈을 갚으라고 독촉했으나 일이 뜻대로 되지 않자, 술에 취하고 화가 난 무송이 별안간 걷어차는 바람에 굴러 넘어져 죽었음. 왼쪽 갈비뼈, 얼굴, 심장, 콩팥 등에 모두 푸르고 붉은 상처가 있음.

　이렇게 검사를 마친 후 다시 현청으로 돌아와 하루에 걸쳐 사건 전말을 상세히 기록한 보고서를 작성해 무송의 신병과 함께 동평부로 보내 사건 처리를 요망했다. 동평부의 부윤(정삼품)은 성이 진[陳]이고 이름은 문소[文昭]인데 하남 사람으로서 지극히 청렴결백한 관리였다. 보고서가 올라왔다는 소식을 듣고서는 바로 등청해 사건을 신문했다. 그 부윤의 성품은 이러했다.

　평생이 정직하고 품성이 현명하여라.

어려서부터 열심히 공부하여
커서 과거에 급제를 했네.
항상 마음속에 충효의 마음을 품고 있어
매번 행하는 일에 인자한 마음뿐이라네.
인구는 늘고 돈과 식량은 충분하니
백성들이 길가마다 칭송이 가득하네.
소송은 줄고 도적은 없어지니
거리마다 노인들 칭찬이 자자하네.
임기를 마치고 떠나려 함에 길을 막고 만류하네.
그 이름 청사에 길이 남을세라.
비석에 이름을 새겨 그 공덕을 기리고
황당[黃堂]*의 명성이 만고에 전하네.
정직과 청렴은 백성의 부모라
현명하고 바른 성품에 청천이라 불린다네.

平生正直 票性賢明
幼年向雪案攻書 長大在金鑾對策
常懷忠孝之心 每行仁慈之念
戶口增 錢糧辦 黎民稱頌滿街衢
詞訟減 盜賊休 父老讚歌喧市井
攀轅截鐙 名標書史播千年
勒石鑴碑 聲振黃堂傳萬古
正直淸廉民父母 賢良方正號靑天

---

* 고대 태수들이 집무를 보던 곳

이러한 성품을 지닌 동평부 부윤 진문소가 이 사건을 맡은 것이다. 진문소는 바로 범인과 증인들을 압송해오게 하고 우선 청하현에서 보내온 사건 전말에 관한 보고서를 보고는 각 사람들이 주장하는 바를 들어보기로 했다. 보고서에 어떻게 쓰여 있는가 보니 다음과 같았다.

동평부 청하현의 살인 사건에 관한 건

범인 무송은 나이가 스물여덟 살로서 양곡현 사람임. 힘이 세어 본현(청하현)에서 포도대장직을 맡고 있음. 공무로 출장 갔다가 돌아와 죽은 형의 제사를 지낸 후, 형수인 반씨가 탈상의 기일을 다 채우지 않고 다른 사람에게 시집간 것을 알았음. 이에 무송은 거리에서 자세한 소식을 들은 후에 부당하게 사자가에 있는 왕란의 술집에 갔다가 우연치 않게 전에는 그 이름을 몰랐다가 지금은 서로 알게 된 이외전을 만남. 술 취한 김에 전에 빌려주었던 삼백 문을 갚을 것을 요구하다 이외전이 돌려주지 않자 불법적으로 치고받기를 시작했고 서로가 양보하지 않고 주먹으로 때리고 발로 차던 중에 이외전이 부상당해 그 자리에서 즉사함. 기녀 우씨와 포씨가 증인임. 사건 직후 무송은 지방 보갑에게 잡힘. 본관은 시신이 있던 곳으로 관원과 보갑, 이웃 사람들을 보내 시신을 명백하게 조사한 연후에 여러 사람의 진술을 받고 증거를 갖추고 검시 보고서도 첨부하여 사건에 대한 심판을 회부하는 바임. 무송이 사람을 때려죽인 것에 대해서는 의심할 여지가 없으니 수족을 자르고 재물을 몰수한 후에 교수형에 처하는 것이 마땅하다고 생각함. 술집 주인인 왕란과 기녀 우씨와 포씨는 무죄가 명백함. 금일 범인과 사건 보고서를 함께 보내드리니 부윤의 현명하신 판단과 집행을 바라는 바임.

정화 삼년 팔월 초여드레

지현[知縣] 이달천, 현승[縣丞] 악화안, 주부[主簿] 화하록, 전사[典史]

하공기, 사리[司吏] 전로

부윤이 한 번 보고 무송을 불러 앞에 무릎을 꿇리고는 물어보았다.

"너는 어찌하여 이외전을 때려죽였느냐?"

이에 무송이 땅에 머리를 조아리면서 고했다.

"현명하신 나리, 소인은 대인 앞에 이렇게 무릎을 꿇고 보니 비로소 하늘의 태양을 본 것 같습니다! 소인이 말하는 것을 다 들어주신다면 감히 모든 것을 다 말씀드리겠습니다."

"하고 싶은 말이 있으면 다 해보거라!"

"소인은 본래 형님의 원수를 갚기 위해 서문경을 찾다가 사람을 잘못 보고 이 사람을 때려죽인 것입니다."

무송은 사건의 전말을 자세히 얘기했다.

"정말로 소인은 억울하게 죄를 뒤집어썼습니다. 서문경은 돈이 많아서 제가 어떻게 해볼 수가 없습니다! 단지 소인의 형인 무대가 억울하고 헛되이 목숨을 잃었을 뿐입니다!"

"네가 다 말하지 않아도 내 이미 모든 것을 잘 알겠다."

부윤은 바로 청하현에서 온 사리 전로를 불러 스무 대 남짓 곤장을 때렸다.

"네 고을 지현은 관리를 할 자격이 없다. 어찌 이렇게 사사로운 정에 얽매여 법을 팔아먹는단 말이냐?"

그러고는 사건에 관련된 증인들을 하나하나 새롭게 조사하고 무송의 진술서도 모두 고쳐 다시 썼다. 그런 후에 보좌관을 향해 명했다.

"이자는 형의 원수를 갚으려다가 사람을 오인해 이외전을 때려죽였으니 의기가 있는 사내대장부로서 보통 살인자들과는 다르다."

그러면서 무송의 목에 씌운 큰칼을 작은 것으로 바꿔 씌우고는 감옥에 넣었다. 그리고 나머지 증인들은 모두 현으로 돌려보내 기다리라고 지시했다. 또한 청하현으로 문서를 보내 악당 서문경과 반금련·왕노파·운가 소년·검시관 하구 등을 모두 체포해 사건의 진상을 다시 철저하게 조사한 뒤에 보고하도록 했다.

무송이 동평부 감옥에 갇히자 옥졸들은 무송이 억울하게 들어와 있다는 사실을 모두 알고 있었기 때문에 무송에게서 돈 한 푼 받지 않고 술과 먹을 것을 주었다. 이러한 사실을 일찍이 누군가가 청하현에 가서 서문경에게 알려주니 혼비백산했다. 진문소는 원래가 청렴 결백한 관리인지라 섣불리 뇌물을 줄 수도 없었다. 어쩌지도 못하고 딸의 시댁인 진씨 집 심복에게 주선을 부탁하는 한편, 하인 내보로 하여금 밤낮을 가리지 않고 동경에 가서 자세한 내막을 적은 편지를 양제독에게 전하도록 했다.

편지를 받은 양제독은 바로 내각의 채태사[蔡太師](송대 휘종 때 권신. 태사는 문관 중 최고의 지위로 정삼품임)에게 알리니, 채태사는 이지현의 명예가 손상되는 것을 두려워해 급히 비밀리에 편지를 써서 동평부의 진문소에게 보내, 서문경과 반금련을 문제 삼지 말도록 부탁했다. 원래 진문소는 대리시[大理寺](형법을 관장하는 곳)의 시정[寺正](대리시의 장관으로 정육품임)으로 있다가 승진해 동평부의 부윤이된 사람으로 이 또한 채태사의 문하생이었으며, 양제독은 조정에서도 권세가 세고 발언권이 강한 사람이었기에 이들 두 사람과의 관계

를 소홀히 할 수 없었다. 그리하여 무송에게 사형은 면해주는 대신에 곤장 마흔 대를 때리는 것으로 죄를 묻고, 얼굴에 먹물을 넣어 죄인 표시를 한 뒤에 이천 리 밖으로 추방해 군인을 붙여 감시하게 했다.

형인 무대는 죽고 시체도 없으니 사건이 의심스러운 점이 있기는 했지만 더는 거론치 않았다. 나머지 증인들은 석방해 모두 집으로 돌려보냈다. 상급 관청에 이러한 사정을 자세히 통보해 허락을 받은 뒤에 당일로 집행했다.

진문소는 옥에서 무송을 끌어내어 조정에서 내려온 문서를 읽어준 뒤 목에 씌운 칼을 벗기고 어쩔 수 없이 곤장 마흔 대를 때리고 목에 일곱 근 반이 되는 쇠로 된 칼을 씌웠다. 그러고 나서 얼굴에 두 줄로 죄인 표시를 한 후에 맹주[孟州](하남 회경부로 지금의 맹현) 감옥으로 귀양 보낼 일을 준비하고 나머지 사람들도 처리했다.

당일에 부윤은 압송에 필요한 공문을 만들고 호송관 둘을 딸려 보내 무송을 맹주까지 압송토록 했다. 그날 무송은 두 호송관과 함께 동평부를 떠나 청하현의 숙소에 도착해 가재도구를 모두 팔아 호송관들에게 주어 여비에 쓰게 했다. 그러고는 이웃에 사는 요이랑[姚二郞]에게 조카인 영아를 잘 보살펴줄 것을 부탁했다.

"만약 조정의 은혜를 입어 일찍 사면되어 집으로 돌아온다면 이 은혜를 절대로 잊지 않겠습니다."

이웃에 사는 사람들은 무송이야말로 의리를 중히 아는 사내대장부인데 불행히도 이러한 형을 당하는 것을 모두 알고 있었다. 그래서 평소에 무송과 사이좋던 사람들은 몇 푼씩 돈을 내거나 술과 음식, 쌀 등을 내주었다. 숙소에 도착해 사병에게 짐이 다 정리되었는지 묻고는 그날로 청하현을 떠나 맹주로 귀양길에 오르니, 때는 바야흐로 중추절이었다.

만약에 온전하게 목숨을 보전할 수만 있다면, 굶주림을 참고라도 평생을 지내리. 시가 있어 이를 알리나니,

부윤의 상세한 조사와 공평무사한 재판으로
무송은 죽음의 문턱에서 다시 살아났도다.
오늘 아침 먹물로 얼굴에 죄인 표시하고 유배지로 떠나니
병든 풀이 우거져 있으나 따스한 바람을 만났어라.
府尹推詳秉至公 武松垂死又疏通
今朝刺配牢城去 病草蔞蔞遇暖風

한편 서문경은 무송이 맹주로 유배를 떠났다는 소식을 전해 듣고 큰 돌덩이를 땅바닥에 내려놓은 듯하고 가슴속 답답한 것이 쑥 뚫리는 게 속이 매우 시원했다. 이에 하인인 내왕과 내보와 내흥아에게 분부해 안뜰에 있는 부용정을 깨끗이 청소하게 한 뒤에 병풍을 두르고 비단 장막을 둘러쳐 술자리를 마련하여 악사들을 불러 노래와 춤을 추게 하면서 큰부인인 오월랑, 둘째 부인 이교아, 셋째 부인 맹옥루, 넷째 부인 손설아, 다섯째 부인 반금련 등과 온 집안 식구들을 모두 불러 함께 즐거워하며 술을 마셨다. 하인의 아내나 몸종들은 양쪽에서 시중을 들었다. 이날의 호화스러운 술자리를 볼 것 같으면 다음과 같다.

향은 향로에서 타오르고, 꽃은 금화병에 꽂혀 있네.
늘어놓은 그릇은 상주[象州]의 골동품

드리워진 주렴은 합포[合浦]의 명주.

수정 접시에는

신선들이나 먹는다는 구운 대추와 배가 가득

푸른 옥의 술잔에는

향기로운 술이 가득하네.

용의 간을 삶고 봉황의 내장을 구우니

과연 한 번 젓가락질로 수많은 돈이…

검은 곰의 발바닥에 낙타의 발

술을 마신 후에 전해오는 향기가 좌중에 가득하네.

그런 후에 갓 지은 연꽃 향의 밥과 잘게 회를 뜬 인자어[印子魚]

이하[伊河]의 방어와 낙하[洛河]의 잉어

정말로 소나 양보다 귀한 것이로다.

용눈 같은 엽지의 열매

진실로 동남 지방의 진미라네.

빻아 만든 봉황 무늬 새긴 떡은

백옥의 사발에 가득하네.

빚어낸 술은 자금의 항아리에서 싱그러운 향기를 내뿜어라.

필경 맹상군[孟嘗君]*의 호화스러움을 압도하고

감히 석숭[石崇]**의 부유함을 기만하는구나.

香焚寶鼎 花揷金瓶 器列象州之古玩 簾開合浦之明珠

水晶盤內 高堆火棗交梨 碧玉盃中 滿泛瓊漿玉液

烹龍肝 炮鳳腑 果然下筯了萬錢

---

* 전국시대 제[齊]나라 귀족. 식객들이 수천이었다고 전함
** 진[晉]나라 때의 대부호

黑熊掌 紫駝蹄 酒後獻來香滿座

更有那軟炊紅蓮香稻 細膾通印子魚

伊魴洛鯉 誠然貴似牛羊

龍眼荔枝 信是東南佳味

碾破鳳團 白玉甌中分自浪

斟來瓊液 紫金壺內噴清香

畢竟壓賽孟嘗君 只此敢欺石崇富

그날 서문경과 오월랑은 상석에 자리를 잡고 나머지 이교아·맹옥
루·손설아·반금련은 양옆으로 늘어앉았다. 술잔을 주거니 받거니
하면서 화려하고도 시끌벅적하게 술자리를 벌여 마시고 있었다. 이
때 하인 대안이 심부름꾼 사내아이와 계집아이 한 명씩을 데리고 들
어오는데, 머리를 눈썹 있는 데까지 가지런히 빗어 내린 생김이 영리
해 보였다. 아이들이 상자 두 개를 가져와 바쳤다.

"옆집에 사시는 화태감[花太監](태감은 내관 혹은 환관을 이름) 댁에
서 마님들 머리에 꽂으시라고 꽃을 보내왔습니다."

그러고 나서 서문경과 오월랑 앞으로 다가가서는 머리를 조아려
큰절을 올린 뒤에 옆으로 서면서 말했다.

"저희 집 마님께서 저희를 시켜 이 상자에 담긴 과자를 갖다드리
고, 함께 꽃을 보내시어 서문 나리댁 마님들께 꽂으시라 하셨어요."

이에 상자 뚜껑을 열어 안을 보니, 한 상자에는 궁중에서나 먹는
진귀한 떡이 담겨 있고, 다른 상자에는 방금 딴 신선한 옥잠화가 들
어 있었다. 이를 보고 오월랑이 대단히 기뻐했다.

"이거 또 공연히 폐를 끼치는구나!"

이렇게 말하고 차려놓은 음식에서 과자를 내주어 두 아이에게 먹게 했다. 그런 뒤에 계집아이에게는 손수건을, 사내아이에게는 돈 일백 문을 주었다.

"돌아가서 마님께 매우 고맙다고 전해드려라."

그리고 계집아이에게 물었다.

"너는 이름이 무엇이냐?"

"저는 수춘[綉春]이라 하고요, 이 남자 아이는 천복[天福]이라 합니다."

아이들이 돌아간 뒤에 오월랑이 서문경에게 말한다.

"우리 옆집에 사는 화씨댁 부인은 아주 좋은 분이에요. 매번 하인이나 계집종을 시켜 나한테 물건을 보내주곤 하는데 나는 아직까지 아무런 답례도 못했어요."

"화형이 그 부인을 맞이한 지가 아직 이 년이 안 됐지. 그 사람도 자기 부인이 마음씨가 아주 착하다고 하더군. 그렇지 않으면 방에서 데리고 있는 애들이 참하고 곱게 생길 수 있겠나?"

"지난 유월에 그 댁 할아버지(화태감)께서 죽었어요. 장례식 때 제가 가서 부인 얼굴을 잠깐 봤는데 키는 오 척 정도로 자그마했으며 둥근 얼굴에 가느다란 눈썹, 하얀 피부에 무척 온순해 보였어요! 나이도 그리 많지 않아 스물네다섯쯤 됐구요."

"당신이 뭘 모르는군. 그 부인은 본래 대명부[大名府] 양중서[梁中書]의 첩이었는데, 후에 다시 화자허한테 시집오면서 돈을 많이 가져왔다고 합디다."

"부인이 과자나 꽃을 보내 당신이나 나와 친해지려고 하고, 또 서로 이웃에 살고 있으니 우리도 실례가 되지 않도록 내일이라도 약간의 선물을 답례로 보내야겠어요."

사람들아! 내 말 좀 들어보소. 원래 화자허 부인은 성이 이씨로 정월 십오일생. 태어난 날에 어떤 사람이 한 쌍의 물고기 모양을 한 화병을 보내왔기에 어려서 이름을 병저[甁姐]라 했으며, 나이가 들어 처음에는 대명부 양중서의 첩이 되었다네.

이 양중서는 동경 채태사의 사위로서 부인이 질투가 아주 심한 성격인지라 노비나 첩 등을 때려죽여서는 후원에 묻곤 했다. 이 이씨 부인은 바깥채에 있는 글방에서 머물며 유모의 시중을 받았다. 그러던 중에 정화 삼년 음력 정월 대보름날 밤에 양중서가 부인과 함께 취운루에 있을 때 이규[李逵](『수호지』에 나오는 흑선풍 이규)가 들어와 전 가족을 죽였는데, 당시 이씨 부인만 겨우 목숨을 건져 도망쳤다.

이때 이 부인은 서양 진주 백 개와 두 냥이 넘는 검푸른 비취옥 한 쌍을 가지고 유모와 함께 동경 친척집으로 도망갔다. 그때 화태감은 황제의 총애를 받는 측근으로서 광남[廣南] 진수[鎭守]로 승진한다. 화태감은 조카인 화자허가 부인이 없음을 알고는 바로 매파를 시켜 혼담을 성사시켜 조카의 정실로 맺어준 것이다. 화태감이 광남으로 가면서 둘도 함께 데리고 가서 반년 남짓 머물렀는데, 불행히도 화태감이 병이 들어 관직을 사직하고는 고향인 청하현으로 돌아와 살고 있었다. 지금에 와서는 화태감도 죽고 남겨놓은 재산은 모두 화자허 손에 넘어가니, 화자허는 매일 친구들과 기생집이나 드나들다가 서문경과도 사귀어서는 모임의 친구가 된 것이다.

서문경이 제일 큰형이고, 둘째는 성이 응, 이름은 백작으로 본래 포목점을 하던 응원외[應員外]의 아들이었으나 밑천을 다 까먹고 빈

털터리가 되어 아예 기녀들에 빌붙어서 먹고살았는데 공도 잘 차고 쌍륙·장기 등 모든 잡기에 능했다. 셋째는 성이 사, 이름이 희대로 자는 자순인데 역시 별 하는 일이 없는 건달이었다. 그러나 비파를 잘 타 매일 하는 일 없이 오직 기생집에 의지해 먹고살았다.

그 밖에 축일념·손과취·오전은·운리수·상시절·복지도·백뢰광 등 모두 열 명의 친구가 있었다. 이 중에서 복지도가 죽자 화자허가 빈자리를 메운 것이다. 매월 한곳에 모여서 기생들을 불러 한바탕 멋지게 놀곤 했다. 사람들이 보니 화자허는 환관 집 자손으로 수중의 돈을 물 쓰듯 하니 모두가 화자허를 꼬드겨서는 기생집에서 질탕하게 놀면서 사흘 밤낮을 집에 돌려보내지 않았다.

교외의 거리에는 봄빛이 좋고
화려한 기녀 방은 음악에 취하네.
인생이 몇 번이나 있던가.
즐기지 않으면 어찌하랴!
紫陌春光好 紅樓醉管弦
人生能有幾 不樂是徒然

그날 서문경이 부인과 첩들을 데리고 온 가족이 즐겁게 부용정에서 실컷 마시고 놀다가 저녁 늦게야 겨우 흩어졌다. 반금련의 방으로 돌아왔을 때에는 이미 반쯤은 취해 있었다. 술을 마신 김에 정사를 벌이려고 했다. 이에 금련은 급히 향을 피우고 자리를 편 뒤에 서문경의 옷을 벗기고는 침대 위로 올라갔다. 그러나 서문경이 곧바로 금련과 정사를 벌이지는 못했다.

서문경은 예전부터 금련이 입으로 하는 정사가 매우 뛰어남을 알고 푸른 비단 장막 안에 앉은 뒤에 금련에게 말처럼 몸 가까이에 꿇어앉게 하니 금련은 금팔찌를 낀 손으로 서문경의 물건을 받쳐 들고 입으로 빨았다. 서문경은 머리를 숙여 빠는 기교를 즐기고, 소리 내어 빨기를 오래하니 색욕이 더욱 치솟아 춘매를 불러 차를 가져오게 했다. 금련은 춘매가 볼까봐 급히 장막을 내리니 서문경이 말한다.

　"무엇을 두려워하오? 이웃 화형네 집에는 계집종이 두 명 있소. 오늘 꽃을 가져온 애는 작은 애고 다른 애는 춘매 정도 나이인데 벌써 화자허가 자기 것으로 만들어버렸대. 그 댁 부인이 문 앞에 서 있을 때 그 계집애가 나오는 것을 봤는데 아주 귀엽더군. 누가 알았겠소, 나이도 어린 화자허가 방 안에 그렇게 사람을 쓰고 있을 줄!"

　반금련이 듣고는 눈을 흘겼다.

　"못된 양반 같으니라구! 어처구니가 없어 말이 안 나오는군요! 춘매를 갖고 싶으면 가지면 되잖아요? 그런데 무엇 때문에 말을 빙 돌려서 이웃집까지 끌어다 대세요? 저는 그런 사람이 아니며 그 애도 제 계집종이 아니잖아요. 기왕 이렇게 되었으니 제가 내일 뒤켠에 나가 있고 잠시 방을 비워드릴 테니, 당신이 춘매를 방으로 불러들여 가지면 될 거 아녜요."

　말을 마친 연후에 입으로 빠는 것을 끝내고 서로 껴안고서 잠자리에 들었다.

　솜씨가 좋아 낭군의 뜻을 맞이하여, 은근하면서도 즐겁게 자줏빛 피리를 불었으니, 「서쪽 강에 달이 뜨네[西江月]」라는 시에서는 이렇게 노래했다.

비단 장막 안에 가볍게 난꽃과 사향 향기 흩날리고
미인은 습관적으로 피리를 부네.
눈같이 하얀 피부는 방 안 휘장을 뚫고
혼백이 요동치며 달아나는 것을 참지 못하네.
옥 같은 팔에는 금팔찌를 차고 있어
두 사람은 사랑에 취한 듯 얼이 빠진 듯
사랑하는 임, 정이 움직여 부탁한 것을 나는 알지.
천천히 많이 빨아드리리.
紗帳輕飄蘭麝 娥眉慣把簫吹
雪白玉體透房幃 禁不住魂飛魂蕩
玉腕款籠金釵 雨情如醉如痴知
才郎情動屬奴知 慢慢多呞一會春

다음 날 과연 금련은 뒤채에 있는 맹옥루의 방으로 나가 있었다.
서문경은 춘매를 방으로 불러들여 봄이 붉은 앵두 알을 어루만지듯,
바람이 푸른 버드나무를 희롱하듯이 마침내 자기 것으로 만들어버
렸다.
이 일이 있고 난 다음부터 반금련은 춘매를 특별히 대우해주어 부
엌일을 하지 못하게 하고 단지 자기 방 안에서 침대나 이불 등을 정
리하는 일과 차를 내오는 일만 시켰다. 옷과 장식 중에서도 마음에
드는 것을 골라 주고, 두 발도 작고 예쁘게 잘 싸주었다. 원래 춘매는
추국[秋菊]과는 달리 총명하고 영리해 익살을 곧잘 부렸으며, 말 응
대도 제법 잘하고 생김도 괜찮았다. 그러하기에 서문경도 몹시 귀여
워했다. 반면 추국은 사람이 약간 멍청한 데다 일도 제대로 못해 반

금련에게 항상 맞기만 했다.

제비가 연못가에서 지저귄다 해도
모든 게 인의[仁義]로 인해 우둔함과 현명을 말하네.
비록 수많은 새가 함께 난다 하나
귀하고 천함, 높고 낮음은 같지가 않다네.
燕雀池塘語話喧 皆因仁義說愚賢
雖然異數同飛鳥 貴賤高低不一般

(2권에서 계속)

옮긴이의 말

고전 그대로의 '색'과 '정'을 느껴보시길!

원문 맨 마지막 문장인 '금병매일백회종[金甁梅一百回終]'이라는 부분을 번역하면서 혹시라도 더 남은 것이 없나 하면서 몇 번이나 뒷장을 넘겨봤다. 이런 감정을 시원섭섭하다고 하는지, 묘한 아쉬움과 허전함을 남긴 채 지난 몇 년 동안의 숱한 일들이 머릿속을 스쳤다.

1992년 『금병매 연구』 논문으로 한국에서 최초로 이 분야에서 박사학위를 받았다. 그 당시 논문 심사위원으로 들어오셨던 원로교수님께서 "왜 점잖은 사람이 하필이면 이런 음란한 작품을 연구하게 되었나? 더운 대만에서 유학을 하고 오더니 좀 이상해진 것 아니야?"라며 웃으시던 모습이 떠오른다. 1980년대 중반 대만 유학 시절에 석사학위 논문 대상으로 이 작품을 선정했을 때에도 지도교수가 그 연구는 한국에 돌아가 하는 게 좋을 거라 하여 연구 대상을 『유림외사[儒林外史]』로 바꿨을 정도이니, 이 작품에 대한 당시의 평가를 알 만할 것이다.

대학 강단에서 중국의 사대기서[四大奇書]라 일컬어지는 『삼국지』『수호전』『서유기』『금병매』를 강의하다가 유독 이 『금병매』라는 작품에 이르게 되면 강의를 시작한 지 거의 15년이 다 되었는데도 매번 똑같은 질문을 받는다. 학생들은 하나같이 궁금해했다. "교수님, 이『금병매』라는 작품은 중국의 여러 소설 중에서도 매우 음란한 작품이라고 하는데 국내에 나와 있는 번역본을 읽어보면 전혀 야하지가 않아요. 그런데 왜 이 작품을 중국 역대 소설 중 가장 음란하고 야한 소설의 대표로 꼽는 거죠?"

사실 이러한 학생들의 질문은 당연한 것이다. 원본을 구해 보려해도 삭제되지 않은 완정본[完整本]을 구하기가 쉽지 않고, 또 국내에서『금병매』라는 제목으로 번역된 책들 역시 무삭제 판본이 아닌 삭제된 판본을 근거로 삼았기 때문이다. 여기에 설상가상으로 그것은 완역[完譯]이 아닌 초역[抄譯]이거나, 일본 사람들이 그들의 취향에 맞게 일어로 번역해놓은 것을 다시 한국어로 번역한 것이었다. 간혹 원문에 충실한 번역이었다 할지라도 명·청 시대에 음란한 부분이 삭제되어 널리 유포되었던 판본을 번역했기에 그 또한 완전한 번역이라고 보기에는 부족함이 있다.

이 때문에『금병매』를 읽는 많은 독자들은 희대의 방탕아로 일컬어지는 서문경의 신체적 특성에 대해 잘 알 수 없고, 더불어 어떠한 매력을 지녔기에 숱한 여인들이 서문경과 함께 잠자리하기를 원했는지 알지 못한다. 그리고 음부의 대명사로 일컬어지는 반금련은 신체적으로 다른 여인들과 어떻게 다르며, 어떤 독특한 방중술을 지니고 있었기에 서문경이 그토록 탐닉했는지 알 수 없다. 이런 사실은 나이가 어린 대학생들에게는 제대로 설명해주지 못하고, 대학원 강의에서나 겨우 그 일부분을 전할 뿐이었다.

번역을 하는 과정에서 많은 난관에 부딪쳤다. 원문을 보면 무슨 내용인지 알겠는데, 그것을 가장 적절한 한국어로 옮기자니 적당한 한국어를 찾지 못했던 것이다. 그 외 여러 가지 어려움 속에서 번역은 제2의 창작이라는 말을 실감하면서, 또 남들이 제대로 해놓지 않은 시[詩]·사[詞]·곡[曲] 부분을 나름대로 사전을 찾아 주석을 달면서 번역할 때에는 '역시 이 작품은 내가 아니면 안 되는 것이었구나!' 하는 묘한 희열과 뿌듯함이 들기도 했다.

이러한 긴 과정을 거치면서 『금병매』는 비로소 그 온전한 모습을 선보이게 되었다. 이 책이 나오게 됨에 따라 적어도 학생들에게 궁금한 부분이 있으면 이 책을 보라고 자신 있게 권할 수 있게 되었다. 또한 원문을 보다가 한국어로 어떻게 번역을 해놓았는지(혹은 그 반대의 경우에도)를 보려는 학생들이나 일반 독자들을 위해 글자 하나, 점 하나도 빼놓지 않고 번역해놓았기에 누락된 것이 있어 당황하는 경우도 없을 것이다. 게다가 원 작품에 나오는 시[詩]·사[詞]·곡[曲] 등도 빠짐없이 번역했을 뿐만 아니라, 숭정본[崇禎本]에 있는 200폭의 삽화도 그대로 수록해 원작품의 맛을 깊이 느낄 수 있게 했다.

끝으로, 중국에서 최근에 '금학[金學]'이라 하여 새롭게 각광받고 재조명을 받는 중국의 대표적 색정소설[色情小說]인 본 작품을 번역, 출판할 수 있게 기회를 준 솔출판사의 임양묵 사장님께 사의를 표하며, 방대한 양의 교정 작업을 끝까지 도와준 임유정 학생에게 고마움을 전한다.

강태권